강변의 조문객

The Mourner

메리 셸리
정지현 옮김

강변의 조문객

The Mourner

리처드 로스웰이 그린 메리 셸리의 초상

차례

폴란드인의 사랑 —— 7

보이지 않는 소녀 —— 53

악마의 눈 —— 71

불멸하는 필멸의 존재 —— 101

변신 —— 121

유프라시아 —— 145

강변의 조문객 —— 165

순례자들 —— 197

꿈 —— 229

추천의 말 —— 251

폴란드인의 사랑

 로마에서 출발한 이륜마차가 몰라 디 가에타(Mola di Gaeta)[1]를 향해 전속력으로 달려오는 모습이 목격된 것은 해질 녘의 일이었다. 여관으로 가는 길은 좁고 바위가 많았다. 한쪽으론 바다까지 뻗어 있는 오렌지나무 숲이, 다른 한쪽에는 만개한 관목과 거대한 알로에, 물 흐르듯 복잡하게 뒤엉킨 넝쿨, 남부에서만 자라는 다양한 기생식물로 무성하게 뒤덮인, 고대 로마의 벽이 있었다. 이 협곡에는 이륜마차가 왕래하는 일이 드물었다. 마부가 잠깐 한눈을 파는 사이, 바퀴 하나가 툭 튀어나온 바위에 걸리면서 마차가 뒤집어졌다. 어느새 사람들이 한 무리를 이루어 현장으로 달려왔다. 하지만 그중에서 거꾸러진 마차 속의 여행자를 구해 줄 사람은 단 한 명도 없었다. 다들 요란한 몸짓과 큰 목소리로, 마차가 어떻게 망가졌고, 이 기회에 자기들이 어떤 이익을 취할 수 있을지 헤아려 보는 데에만 급급했다. 수레바퀴를 만드는 목공은 마차의 바

---

[1] 오늘날 이탈리아 라치오주 포르미아에 해당하는 지역.

퀴가 전부 부서졌다고 말했다. 목수는 바퀴 축이 산산조각 났다고 덧붙였다. 대장장이는 마차 아래를 연신 들여다보며 죔쇠와 나사와 못을 잡아당겨 보았고, 수리 작업을 맡아서 한몫 단단히 챙길 수 있도록 더 거세게 흔들어 댔다. 여행자는 망토와 책, 지도 사이에서 조용히 빠져나온 뒤 천천히 마차에서 내렸다. 방금 전까지만 해도 분주하게 움직이던 사람들은 잠시 멈추었다. 그러고는 이 고귀한 모습의 이방인을 바라보았다. 그는 스물두 살도 채 되지 않은 듯 보였는데, 큰 키에 완벽한 비율을 자랑했다. 가벼운 젊음과 강인한 남성성이 매우 희귀하게 조화를 이루고 있었다. 건강한 혈색이 도는 투명한 피부, 반듯한 이목구비, 풍성한 금발. 깊은 생각에 잠긴 듯한 표정과, 차분하고 용맹한 분위기를 제외하면 빼어난 미인이라 말할 수 있을 정도의 얼굴이었다. 그는 자리에 모인 사람들 가운데 현재의 마차 사고에 가장 무관심해 보였다. 마차를 쳐다보지도 않았고, 열 사람 넘는 이들이 외쳐 대는 온갖 제안에도 전혀 관심을 기울이지 않았다. 그저 시계를 꺼내 보면서, 하인에게 마차가 부서졌느냐고 물었다.

"판,[2] 바퀴 축이 끊기고 스프링 두 개가 부서진 데다 린치핀마저 날아갔습니다."

"수리하는 데 얼마나 걸릴까?"

"24시간이요."

"지금 시각이 4시니까, 내일 새벽까지 전부 고쳐 놓도록!"

"판, 이탈리아인들은 게을러서 아무래도 힘들 것……."

---

2 [원주] Pann, 폴란드어로 '주인님'이라는 뜻이다.

"Ya pozwalam."[3] 여행자는 냉정하지만 단호하게 대답했다. "돈은 얼마든지 줄 테니, 내가 말한 기한까지 준비하도록."

그는 더 이상 얘기하지 않고 여관으로 걸어갔다. 구경꾼들도 한 푼만 적선해 달라며 뒤따라갔다. 조금 전까지 힘이 넘치는 건강한 모습으로 큰돈을 내야만 마차를 고쳐 주겠노라고 야단법석이던 남자들이 돌연 병에 걸렸다고, 자기는 불구라면서 애걸했다. 심지어 아이들도 고아라고, 여자들은 먹고 살 길이 막막한 과부라고 하면서, 나리가 몇 푼 쥐여 주지 않으면 굶어 죽을 판이라고 외쳐 대는 것이었다. "참 짜증 나는 족속들이구나!" 여행자가 동전 한 줌을 땅바닥에 내던지며 소리쳤다. 너도나도 바닥에 떨어진 동전을 향해 달려드는 틈을 타서 그는 무사히 여관에 당도할 수 있었다. 그러나 여관 안에는 또 다른 골칫거리가 그를 기다리고 있었다. 여관 주인 부부와 여관의 종업원들, 말꾼들이었다. 한자리에 모여 있던 이 새로운 무리가 그에게 질문을 퍼붓기 시작했다. 여관 주인은 손님의 팔다리가 부러지지 않았기를 바란다면서, 자신을 이곳의 주인으로 여겨 달라고 했다. 종업원들은 몇 시에 저녁을 먹을지, 무슨 음식을 원하는지, 얼마나 오래 묵을지, 어디에서 왔고 어디로 가는지를 궁금해했다. 그리고 여주인은 과시하듯 객실을 하나하나 다 보여 주면서 각 방의 독특하고 형언할 수 없는 장점을 줄줄이 늘어놓았다. 그들의 거들먹거리는 태도에 지친 여행자는 마침내 길고 널찍한 복도를 가로질러, 가에타만이 내다보이는 발코니로 겨우 피신했다.

---

3 [원주] 폴란드어로 '그래, 알겠다.'라는 뜻이다.

그 여관은 키케로[4]의 집이 있었던 곳에 지어졌다. 발코니 아래엔 만의 양쪽 곡선을 따라 오렌지나무가 빽빽이 우거진 숲이 뻗어 있었다. 그 숲은 지중해에 닿는 데까지 경사를 이루었다. 동그란 황금빛 오렌지와, 은밀한 향기를 풍기는 별처럼 아름다운 꽃이 짙푸른 나뭇잎에 둘러싸인 원형 극장을 장식하고 있었다. 그 끝에선 도도히 흐르는 빛 같은 파도가, 광택이 도는 나뭇잎을 뚫고 그 푸른빛을 지상의 푸른 천국과 뒤섞고 있었다. 바위와 산은 전부 보랏빛으로 빛났다. 그 빛이 몹시 강렬하고 부드러웠으므로, 저녁 하늘의 창백한 광채에 녹아드는 보랏빛 증기 같았다. 저 멀리 넓은 바다엔 두 개의 산, 이스키아섬과 프로치다섬[5]이 솟아 있었다. 그리고 그 사이엔 눈처럼 하얀 연기를 깃발처럼 흔드는, 들쑥날쑥한 베수비오산이 자리해 있었다. 고독한 하늘엔 태양도 달도 별도 구름도 없었지만, 그는 영원불변의 평화를 웅변하는 부드럽고 순결한 빛깔의 미소를 지어 보였다.

이 장면을 바라보는 여행자의 심정은 뭐라 말할 수 없이 복잡했다. 하늘을 올려다보는 그의 얼굴엔 깊고 간절한 우울함이 가득했고, 불가피한 억울함에 대해 간곡하고 열렬하게 항변하는 듯 보이기도 했다. 그는 조국을 생각하고 있었다. 지금 그의 눈앞에 펼쳐진, 아름답게 빛나는 이 땅과 고국의 폐허가 된 마을, 황폐해진 들판이 얼마나 천지 차이인지를 실감한 것이다. 그는 가슴속으로 러시아 전제 정치 아래에서 파탄 난

---

4 Marcus Tullius Cicero(기원전 106~기원전 43). 고대 로마의 정치인, 작가, 웅변가.
5 둘 다 이탈리아반도 서쪽, 티레니아해에 자리한 섬이다.

조국 폴란드의 잔인한 운명을 열정적으로 호소하고 있었다. 그 순간, 저 아래 오렌지나무 사이에서 폴란드어로 노래하는 한 여성의 목소리가 그의 상념을 깨뜨렸다. 노래 부르는 사람의 모습은 보이지 않았지만 감미로운 목소리와 자기 속마음을 읽어 낸 듯한 가사가 그를 깜짝 놀라게 했다.(노랫말을 번역해 보자면 이러하다.)

"그대여, 고요한 푸른 하늘을 바라보며 이렇게 말하지 마세요. 세상에 지친 내 눈엔 도저히 닿을 수 없는 아름다운 모습으로 나타나다니, 동정심이라고는 조금도 없느냐고.

그대여, 부드럽게 불어오는 남쪽 바람을 나무라지 마세요. 네 요람은 아침 태양이 떠오른 창공이고, 너는 도금양과 레몬꽃의 향기로운 정수를 마셨으니, 네 날개엔 달콤한 감정과 부드러운 욕망만을 실어 날라야 하건만, 왜 내 고통을 치유해 주지는 않느냐고.

어두운 밤 그대의 조국과 친구들을 떠올리며 슬픔에 잠겨 이렇게 말하지 마세요. 그들은 사라졌다, 존재하지 않아! 그 대신 기뻐하며 이렇게 말하세요. 그들은 훌륭했다! 그걸 알고 있으니 이 얼마나 큰 행복인가!"

달콤한 가수여, 그대의 가르침에 따르는 편이 좋겠군요, 여행자는 생각했다. 그는 이 노래가 참으로 특이하다고 연신 생각하며 저 아래의 숲을 바라보았다. 나뭇가지 사이에선 바스락거리는 소리도, 그곳에 사람이 숨어 있음을 알려 주는 인기척도 없었다. 아주 희미한 저녁 공기의 숨소리밖엔 아무 소리도 들리지 않았다. 혹시 시인의 상상 속에서만 존재하는, 그런 이가 아닐까? 저 신성한 풍경에 담긴 기운이 그의 우울함을 달래 주기 위해 인간의 목소리와 언어를 취한 건 아닐까, 하는 생각마저 드는 것이었다. 그만큼 그 노랫가락은 흐르는 공기처럼 가벼웠고, 노래가 끝난 뒤엔 오직 깊은 적막만이 감돌았다. 그런데 잠시 후, 똑같은 곳에서 이탈리아어로 도움을 청하는 소리가 들려왔다. 엄청난 고통이 담긴 찢기는 듯한 날카로운 비명에, 여행자는 번개같이 재빠르게, 긴 복도를 지나 계단을 거쳐 정원으로 달려 나갔다. 그의 눈에 처음 들어온 광경은, 열여섯 살 남짓 되는 소녀의 모습이었다. 그녀는 한 팔로 나무를 꽉 잡은 채, 다른 팔로는 그녀를 억지로 끌어당기는 젊은이를 거칠게 밀어내고 있었다.

"난 절대로 오빠랑 같이 가지 않을 거야. 난 더 이상 오빠를 사랑하지 않아, 조르조. 안 갈 거라고!" 소녀가 두려움 섞인 격렬한 어조로 소리쳤다.

"잔말 말고 따라와!" 침략자는 천둥같이 우렁찬 목소리로 쏘아붙였다.

"널 다시 찾아냈으니, 이번엔 네 같잖은 잔꾀에 속아 넘어가지 않을 거다, 마리에타. 근데 당신은 뭐야, 누가 참견해 달라고 했나?" 남자는 자기 손을 마리에타에게서 떼어 놓은 여행자 쪽으로 고개를 홱 돌렸다.

"차림새로 보아하니 당신 장교인가 본데, 참고로 나도 장교라고! 더 이상 주제넘는 행동은 용납하지 않겠다."

"장교라면 무방비 상태의 소녀를 괴롭히진 않지." 폴란드인은 경멸을 담아서 점잖게 대답했다.

조르조는 상대방의 조롱을 듣자 분노로 몸을 떨었다. 여느 이탈리아 남자들처럼 반듯한 이목구비를 지닌 잘생긴 얼굴이 심하게 일그러졌다. 그의 손이 경련하듯 떨리더니 가슴팍에서 숨겨 둔 단검을 찾아냈다. 사악한 영혼이 담긴 것 같은 이글거리는 검은 눈동자는 상대를 죽일 듯이 매섭게 노려보았다.

"조심하세요. 악마 같은 인간이에요." 마리에타가 구원자 쪽으로 달려가며 외쳤다. 이윽고 여관에서 하인 몇 사람이 달려 나오자 위태위태한 분위기는 곧 사그라들었다. 그들은 조르조를 끌어내면서, 비록 네가 저 아이의 오빠지만 지금 가에타를 순회하는 오페라단에서 동생을 떼어 놓을 권리는 없다고 말했다.

"E vero è verissimo."[6] 마리에타는 의기양양한 목소리로 외쳤다.

"내가 자유를 원하고, 여기저기 떠돌면서 노래하고 싶다는데 자기가 무슨 상관이람."

"마리에타! 말조심해! 감히 나를 모욕하지 마라!" 조르조는 끌려가는 내내 어깨 너머로 소리쳤다. 눈빛만으로 여동생을 완전히 제압할 수 있을 만큼 위협적인 시선이었다.

마리에타는 오빠의 모습이 사라질 때까지 불안한 침묵 속에서 그저 지켜볼 뿐이었다. 그러고는 애정 어린 겸손과 숨길 수 없는 우아한 순발력으로 살짝 무릎을 굽히더니 이방인의 손에 입을 맞추었다.

"내가 불러 준 노래를 훨씬 큰 은혜로 돌려주셨군요." 그녀는 다시 일어나더니 여관으로 앞장섰다. "원한다면 저녁 식사를 하는 동안 다른 노래를 불러 드릴게요."

"폴란드 사람인가요?" 여행자가 물었다.

---

6 이탈리아어로, '정말 맞는 말이에요.'라는 뜻이다.

"아주 훌륭한 질문이군요! 내가 어떻게 폴란드 사람일 수 있죠? 폴란드라는 나라는 더는 존재하지 않는다고 당신이 말하지 않았던가요?"

"내가요? 그런 기억은 없는데요."

"인정하세요. 말로 표현하지 않았더라도 생각은 했잖아요. 이제 폴란드 사람들은 전부 러시아인이 되어 버렸죠. 시뇨르,[7] 난 무슨 일이 있어도 절대로 러시아인이 되지 않을 거예요. 러시아어엔 명예를 뜻하는 단어가 없잖아요.[8] 절대로! 러시아인이 되느니 차라리 조르조를 따라가겠어요. 그것도 죽도록 싫지만."

"그럼, 이탈리아 사람인가요?"

"아뇨. 정확히는 아니에요."

"그럼 어디 사람인가요?"

"음! 난 그냥 나예요. 내가 나지 뭐겠어요? 하지만 시뇨르, 한 가지 부탁할게요. 개인적인 질문은 삼가 주세요. 조르조에 대해서도요. 노래도 불러 주고, 말 상대도 해 주고, 심지어 심부름 등 원하는 건 다 해 줄 수 있지만 그 질문엔 답하지 않을 거예요."

그날 저녁, 마리에타는 여행자의 방에서 그는 물론 다른 방해물과도 멀찍이 떨어진 채 어두운 구석의 등받이 없는 의자에 앉아서 기타를 치며 노래를 불렀다. 그녀는 복잡한 기교를 지극히 자연스럽게 표현할 줄 아는 재능을 가진 탁월한 가수였다. 하지만 그 뛰어난 기교마저 타고난 아름다운 목소리에 비

---

7 이탈리아어로, 남자에게 붙이는 경칭이다.
8 [원주] 사실이다. 러시아어에는 명예를 의미하는 단어가 없다.

하면 아무것도 아니었다. 그 감미롭고도 구슬픈 목소리는 슬픔에 잠긴 여행자의 영혼을 속절없이 녹였다. 그녀의 노래를 듣고 있노라니, 행복했던 고향 집과 어린 시절, 진실하고 다정했던 친구들과 나눈 우정, 찬란한 애국심, 소중한 순간과 장소, 그가 사랑했던 모든 것들, 그리고 그가 지상에서 잃어버린 모든 것들에 대한 기억이 되살아났다. 그러나 곧 다시금 희미해졌다. 마리에타는 그에게 전혀 관심을 기울이지 않았고, 괜히 애쓰는 기색도 없이 그저 자기 흥에 취해서 숨 쉬듯 쉼 없이 선율을 내뱉었다. 나이팅게일 한 마리가 푸른 나뭇잎으로 지은 둥지에서 달콤한 소리로 고독을 칭송하는 듯했다. 아직 앳된 얼굴과 몸매였지만 좀 더 성숙해진다면 분명 아름다울 터였다. 가볍게 슥슥 그은 밑그림에 불과하지만 영혼과 의미가 충만한 까닭에 분명 완성되었을 때 걸작이 되리라는 점을 쉬이 알아차릴 수 있는 위대한 예술가의 스케치를 닮아 있었다.

다음 날, 여행자는 나폴리에 도착한 뒤 첫 일정으로 대시코프 황녀를 만나러 갔다. 그녀는 고귀한 신분과 막대한 재산, 탁월한 지략을 갖춘 러시아인으로, 유럽 왕실의 절반과 친분을 쌓았고 상트페테르부르크 궁정에선 이미 전능한 존재였다. 모국의 냉혹한 야만성을 혐오하는 그녀는 나폴리의 스트라다누오바 근처, 호화로운 저택에서 살고 있었다. 이탈리아에 대한 무한한 애정을 가진 그녀는 예술과 예술가들을 아낌없이 후원할 뿐만 아니라, 회화와 음악, 춤, 연기에 대한 자신의 재능을 계속 과시했다. 그 덕분에 북쪽의 코리나[9]라는 별명을 얻었다. 그녀의 살롱은 똑똑하고 무료하고 재치 넘치는

---

9 Corinna. 고대 그리스의 전설적인 시인.

방탕자들이 저녁마다 찾아드는 휴양지였다. 이 코리나를 모른다는 것은, 한마디로 별 볼 일 없는 사람이라는 뜻이었다. 그리고 그녀와 자주 소통하지 않는다는 것은, 나폴리 사교계에서 유행하고 있거나 재미를 주는 모든 것들로부터 차단되었음을 의미했다.

저녁 연회가 열리는 시간이었다. 폴란드인은 한시바삐 황녀와 이야기를 나누고 싶어서 마음이 조급했다. 그녀가 상트페테르부르크에서 발휘하는 영향력에, 바로 그의 하나뿐인 남동생의 운명이 달렸기 때문이다. 조명이 이글거리고, 사람들로 북적거리는 화려한 방들이 그의 눈앞에 펼쳐져 있었다. 그는 하인들에게 자신의 이름을 알리지 않은 채 곧장 안으로 들어갔다. 상상력이 몹시 풍부한 사람이 어떤 거대한 감정에 사로잡혔을 때, 그 감정과 완전히 대조를 이루거나 정반대로 화려하게 빛나는 무언가를 마주하면, 그 감정이 한층 강렬하게 고양되는 법이다. 축제를 연상시키는 장미로 장식된 대리석 기둥, 벽면을 가득 채운 베네치안 거울[10]이 반사하는 무수히 많은 양초 불빛, 어지러이 춤추며 둥둥 떠다니는 듯 움직이는 사랑스러운 여성들과 즐거움에 취한 젊은 남자들의 모습은 그에게 끔찍한 슬픔을 가리는 기만적인 쇼처럼 보였다. 그 순간 그는 어떤 결심이 선 듯, 빠른 발걸음으로 그들 사이를 서둘러 지나쳤다. 어떻게 도착했는지 모를 일이었지만, 어느새 그는 대리석 콜로네이드에 자리한 황녀 옆에 서 있었다. 뚫린 천장을 통해 달빛과 하늘의 별이 쏟아졌고, 양쪽에선 근처

---

10 베네치안 거울은 반사력이 좋고 투명하기로 유명했다. 심미적인 데다 장식성이 뛰어나서 당대 최고의 사치품 중 하나였다.

정원의 아몬드나무 꽃향기가 풍겼다.

"라디슬라스!" 그녀가 놀란 얼굴로 소리쳤다. "여기서 당신을 보다니 믿기지 않는군요."

폴란드인은 잠시 깊은 침묵 속에서 생각을 정리한 뒤 대답했다. 대화는 두 사람만이 알아들을 수 있는 나지막한 목소리로 이어졌다. 그들의 몸짓과 태도를 보자면, 라디슬라스가 엄숙하고도 절실하게 간청함과 동시에 몹시 괴로운 일에 대해 이야기하는 듯했고, 황녀는 이에 맞장구를 치거나 상대를 진정시키며 들어 주고 있는 것 같았다.

그들은 콜로네이드 바깥으로 걷다가 다시 콜로네이드가 끝나는 작은 신전으로 들어갔다. 바람이 잘 드나드는 돔 중앙엔 불을 밝힌 보트 모양의 설화 석고 램프가 걸려 있었고, 그 아래엔 젊은 여성이 홀로 앉아서 기둥 사이로 보이는 달빛에 젖은 언덕을 스케치하고 있었다. 황녀가 말했다. "이달리에, 네가 그릴 새로운 주인공을 데려왔어. 워낙 유명한 분이어서 네 상상력을 자극해 줄 거란다. 오스트로웽카[11]와 비슬라의 영웅 못지않은 분이거든. 그러니 가장 밝고 행복한 기분으로

---

11 [원주] 오스트로웽카(폴란드 북동부에 위치한 도시이다.)에서 러시아군과 폴란드군이 서로 마주쳤다. 폴란드군은 파멸을 피할 수 없을 듯했다. 공격을 예상하지 못했기에 미처 전열을 갖추지 못한 상태였다. 반면 러시아군은 규모가 세 배나 컸고, 완벽하게 전열을 갖춘 채 전진하고 있었다. 이 같은 비상사태를 맞닥뜨리자 바르샤바 대학교의 학생 삼백 명이 급하게 모였고, 기꺼이 죽음을 각오한 채 적군의 공격을 막아 내고자 행진했다. 이들을 맨 앞에서 이끈, 가장 용맹한 청년은 이 전투에서 유일하게 살아남았다. 그는 러시아군이 진군하는 길목의 작은 숲속에 학도병을 배치했고, 세 시간 동안 적의 전진을 저지했다. 지금 그 숲은 애국자의 무덤이 되었고, 나무 하나하나가 바람에 나부끼는 묘비가 되었다. 그들이 러시아군의 진군을 막아 준 덕분에 폴란드군은 전열을 갖춘 뒤 돌격해서 눈부신 승리를 거둘 수 있었다.

네 천재성을 발휘해 보려무나. 그렇게 내 앨범을 풍성하게 만들어 주렴." 황녀는 그녀 앞에 앨범을 펼쳤다.

방금 자신의 중요한 청을 들어준 사람의 부탁이라면 거절하기가 힘든 법이다. 라디슬라스는 하는 수 없이 자리에 앉았다. 황녀가 자리를 뜨자마자 오스트로웽카와 비슬라가 그의 이마에 드리운 그늘 역시 사라졌다. 젊은 화가의 빼어난 외모 때문에라도 고역은 곧 즐거움으로 바뀌었을 터였다. 그녀는 라파엘로의 마돈나를 방불하게 할 만큼 아름다웠다. 가령 명화 속 주인공처럼 그녀에겐 아무리 얄팍한 사람조차 경탄하게 하고 감동하게 하는, 고요한 아름다움이 깃들어 있었다. 황금빛과 윤기 나는 갈색의 머리카락(저무는 햇살에 비친 가을의 나뭇잎 색깔)이 얼굴과 목, 어깨 위로 가볍고 투명하게 물결치고 있었다. 작고 뽀얀 이마는 상냥한 생각으로 반짝였다. 보드라운 곡선의 장밋빛 입술, 타고난 순수함과 진실함을 드러내는 하관의 섬세한 실루엣은 완벽한 고대 그리스의 조각 같았다. 아치형의 눈꺼풀과 화살 같은 새카만 속눈썹, 녹갈색 눈동자는 깊고 부드럽지만 상대의 영혼을 꿰뚫어 보았다. 그녀는 눈처럼 하얗고 우아한 직물로 된 긴 옷을 입고 있었는데, 그 옷은 순수해 보였지만 그녀의 눈부시게 찬란한 부드러운 팔다리를 숨기고 있다는 점에서 무례해 보이기도 했다. 천장의 설화 석고 램프에서 비치는 희미하고 섬세한 빛은, 이달리에의 아름답고 투명한 형체 안에서 타오르는 신비한 사랑과 닮아 있었다. 조심스럽지만 주의 깊게, 그의 얼굴을 바라보았다가 눈앞에 놓인 종이로 다시 시선을 옮기는 그녀는, 라디슬라스가 보기에 행복한 연인의 두근거리는 심장처럼 반짝반짝 고동치는 샛별보다 더 신성하고 사랑스러웠다. 이 순간 오로지 라디슬라스에게만 열정적인 사랑이 싹튼 것은 아니었다. 이달리에도 똑같은 마법이 가슴에 와닿고 있음을 느꼈다. 어느 순간, 두 사람은 눈을 마주치고, 서로를 힐끗 쳐다보았다. 조용하지만 축복이 가득한, 도저히 말로 표현할 수 없는 고귀하고 영원한 사랑에 빠진 얼굴이었다. 그들의 눈꺼풀은 아래로 떨어진 채 더는 올라가지 않았다. 샘솟는 황홀함이 가슴을 설레게 했다. 겉으로는 숭배감에 사로잡힌 듯 미동은커녕 한마디 말조차 없었지만, 속으로는 오직 서로의 신성한 힘과 이끌림을 느끼고 있었다.

나는 초상화가 완성되었는지 아닌지 알지 못한다. 아마도 완성되지 않았으리라고 짐작한다. 이달리에가 스르르 일어나서 황녀를 찾으러 가자 라디슬라스도 뒤따라갔다. 잠시 후, 영국인 여행자가 여인들 무리에 섞인 이달리에를 가리켰다. "저 아름다운 아가씨는 누구인가요!"

"폴란드 소녀, 제가 데리고 있는 제자죠." 황녀가 대답했다. "이곳에서 이름도 없이 가난하게 살다가 죽은 코스키우스코의 가엾은 추종자 중 한 사람의 딸입니다. 가히 천재적인 그림 실력을 가지고 있지만 성격이 보통 사람들과는 너무 달라서 세상 밖으로 나가면 잘 적응하지 못할 것 같아 걱정이랍니다. 저 애의 가족들에겐 전부 괴짜 같은 구석이 있지요. 특히 저 애의 남동생은 망나니가 따로 없답니다. 폴란드인처럼 용맹하고, 이탈리아인처럼 물불 가리지 않는다고 하죠! 바이런 경의 작품에 나오는 해적이나 이교도처럼 화려하게 포장된 악당일 거예요! 여동생도 하나 더 있는데, 그 여동생이야말로 가장 구제 불능이에요. 내 집에선 도저히 못 견디겠다며 칼라브리아인지 캄파니아로 도망치더니 프리마돈나를 자처하고 있죠. 정확히 말하자면, 이 둘은 이탈리아인인 두 번째 부인이 낳은 아이들이에요. 이달리에는 자기 남동생이나 여동생처럼 제멋대로 날뛰는 무법자가 아니에요. 아주 온화하고 침착한 아이랍니다."

라디슬라스는 자신의 황홀경을 방해하는 이 몰인정한 대화에 넌더리가 났으므로 서둘러 대시코프 궁전을 떠났다. 그는 나무에 둘러싸여 고독을 즐길 수 있는 별궁으로 향했다. 이 호화로운 정원에는 아침부터 자정까지 즐거움을 좇는 무리가 자주 출몰하는데, 다행히 지금은 무리에서 빠져나온 사람이 단 한 명도 보이지 않았다. 어둠과 그림자에 묻힌 일직선의 산책로, 물줄기가 잠든 석재 주발, 대리석 조각상, 하늘을 가리키는 오벨리스크, 자정의 공기. 저녁 찬송가의 마지막 선율이 잦아들고, 마지막 양초가 다 타서 꺼지고, 마지막 향로가 피어오르고, 사제들과 예배자들이 모두 떠난, 인적이 끊긴 기도실처럼 적막만이 감돌았다. 라디슬라스는 만의 가장자리를 빙 둘러싼 호랑가시나무 숲의 돌의자에 털썩 앉았다. "나는 사랑을 꿈꾸지 않았어. 그녀를 만나고 싶었던 게 아니야! 나는 삶 자체를, 삶이 주는 황홀경과 희망, 기쁨을 전부 포기한 사람이 아니던가. 내 가슴엔 차갑고 공허한 소망과 죽음의 그림자가 드리워져 있다. 그런데 갑자기 그녀가 내 앞에 나타난 것이다, 고인의 영혼을 영원한 지복의 왕국으로 안내하는 천사처럼 사랑스러운 모습으로. 그녀는 용맹하지만 부드럽게, 단지 눈빛만으로 내 영혼에 마법을 쏟아부었다. 지금 나에게 가장 중요한 건 이거야. 그녀의 사랑을 얻지 못한다면 죽을 테지!"

라디슬라스는 호랑가시나무 숲의 돌의자에 비스듬히 기대앉은 채, 얼마 남지 않은 밤의 시간 동안 바로 곁에서 사랑하는 사람이 여전히 빛나고 있는 듯 행복에 도취해 있었다. 그 유명한 나폴리만의 경이로운 아름다움이 서서히 그에게 강렬한 인상으로 깊이 각인되었다. 포실리포[12]의 키 큰 느릅나무 뒤로 가라앉는 희뿌연 둥그런 달, 파도를 비추는 별빛, 잔물결이 그의 발치까지 다가와서 부서지는 소리, 소렌토의 보랏빛 곶, 그곳에서 불어오는 부드러운 바람, 만의 한가운데서 고독하게 홀로 솟아오른 웅장한 카프리섬, 푸른빛으로 물든 두 개의 대중목욕탕을 지키는 거대한 스핑크스, 구름 한 점 없는 창공에 연기와 불꽃을 뿜어내는 베수비오 화산, 이 모든 것들이 그의 새로운 열정과 형언할 수 없는 방식으로 조화를 이루었고, 그날 밤에 대한 기억과 영원히 한데 묶였다.

다음 날 아침, 이달리에는 별궁에서 스케치를 하고 있었다. 그녀는 그늘진 골목의 바깥쪽에 자리를 잡았다. 그녀 뒤로 두 사람이 지나갔고, 그중 한 명의 어린아이 같고 심통 난 듯한 목소리가 그녀의 관심을 끌었다. 짜증이 섞여 있음에도 너무나 감미로운 그 목소리의 주인은, 분명 이곳에서 도망친 이달리에의 여동생일 터였다. "그 애야!" 이달리에는 이렇게 소리치면서 나무 사이로 미끄러지듯 빠르게 달려 나갔다. 그러고는 그 목소리의 주인인 여동생의 가슴팍을 와락 껴안았다. "마리에타, 사랑하는 내 동생 마리에타! 드디어 돌아왔구나. Cattivella!(나빴어!) 이제 나랑 함께 있겠다고 약속해. 네가 그렇게 떠나고 나서 내가 얼마나 괴로웠는지 넌 상상도 못 할 거야."

"아니! 난 그런 약속은 할 수 없어." 마리에타가 기타 끈을

---

12 이탈리아 나폴리만에 위치한 고급 주택가.

만지작거리며 말했다. "난 자유를 선택할 거야."

여동생이 냉혹하고 단호하게 거절하자, 이달리에의 고개와 두 팔은 아래로 축 늘어졌다. 다시 곧바로 얼굴을 든 그녀는 여동생과 함께 있는 사람을 발견했다. 그 사람이 자신의 마음을 뒤흔든 라디슬라스라임을 알아차린 순간, 감히 억누를 수 없는 감정에 휩싸였다.

"얼마 전에 여기서 당신의 여동생을 만났습니다." 그 역시 가슴이 벅차오르는 듯한 어조로 차근히 설명했다. "그러니까 며칠 전에, 운 좋게도 제가 당신의 여동생을 도와줄 일이 있었습니다."

"맞아." 마리에타가 끼어들었다. "내가 가에타에서 저녁 내내 이분에게 노래를 불러 줬지. 아주 별난 사건이었어. 이분의 마차가 여관 근처에서 뒤집혔거든. 난 그 사고가 있기 삼십 분 전에 여관에 도착해 있었고, 근처의 오렌지나무 숲속을 거닐다가 마차가 뒤집혔다는 소식과 이분이 하인에게 폴란드어로 얘기하는 소리를 들었어. 너무 기뻐서 심장이 마구 뛰었지. 그런데 이분은 몹시 우울해 보였어. 분명 조국의 상황 때문이라는 생각이 들었지. 결국 생쥐처럼 살금살금 이분이 묵는 방의 발코니 아래쪽까지 다가가서 나무 사이에 숨은 채 폴란드어로 마음을 위로해 줄 만한 노래를 불렀어. 즉흥적으로 부른 노래라서 가사는 잘 기억나지 않지만 푸른 하늘, 남쪽에서 불어오는 바람, 도금양과 레몬꽃, 불행하지만 훌륭한 사람들에 관한 내용이었어. 틀림없이 이분의 마음에 위안이 되었을 거야. 노래를 마치자마자 조르조 오빠가 여관에서 달려 나오더니 평소보다 더 심하게 날 협박하는 거야. 내가 얼마나 놀랐겠어? 군대와 함께 시칠리아로 떠난 줄 알았는데. 어쨌든 사람들이 내게서 조르조를 떼어 냈고, 나는 이분의 방에 가서 저녁 내내 노래를 불러 줬어. 「내 사랑은 언제 오려나」, 「사랑에 빠진 니나」, 「장군들의 모든 군대들」, 「탄크레디」[13]에 나오는 「이처럼 설레는 가슴」, 「오텔로」[14]의 「침착하라!」 등 내 대표곡들을 전부 불렀지." 한참 조잘거리던 마리에타는 언니와 이방인의 비밀스러운 감정을 눈치채기라도 한 듯 슬쩍 입꼬리를 올리며 미소 지었다. "걱정하지 마, 언니. 날 도와준 이 사마리아인은 내 노래를 듣는 동안, 언니가 종종 그러는 것처럼 두 눈에 눈물을 가득 머금었지만, 칭찬은 단 한 마디도 하지 않았으니까."

"그럼 돌아와서 나랑 같이 살자, 사랑하는 마리에타. 이제 네가 원하는 것 이상으로 칭찬을 많이 해 줄게."

"Santa Maria di Piedigrotta![15] 언니, 정말 지겨워. 세상이 두 쪽 나도 내가 포기하지 않으리라는 걸 도대체 언제쯤 알아들을래? 절대 돌아오지 않을 거라고 이미 말했잖아. 언니가 진짜로 내 마음을 헤아린다면 내 결심도 이해할 수 있을 거야. 난 자유로운 게 좋다고. 하지만 내가 도망친 이유는 그게 아니야. 난 조르조 오빠, 황녀와 엮이지 않는 쪽을 선택한 거야. 사랑하는 언니, 언니의 눈엔 지금 내가 살아가는 방식이 부끄럽게 느껴지겠지만 그들이 이끄는 범죄의 길에 비하면 훨씬 떳떳한 삶이야."

"나도 그런 의심을 한 적이 있어." 언니는 한숨을 내쉬며

---

13 볼테르의 희곡에 조아키노 로시니가 곡을 붙인 2막 오페라.
14 셰익스피어의 희곡 「오셀로」에 조아키노 로시니가 곡을 붙인 오페라.
15 이탈리아 나폴리에 위치한, 성모 마리아의 탄생을 기념하는 성당.

말했다. "하지만 너무 심각하게 생각하진 않기로 했어. 사랑하는 마리에타, 그 사람들에 대해선 더 이상 생각하지 마. 넌 아마 모르겠지만 난 지금 황녀의 궁전을 떠나서 스트라다누오바 끄트머리에 자리한 작은 별장에서 혼자 살고 있어. 그곳에선 그들의 괴롭힘을 두려워하지 않아도 돼."

"그럼 조르조랑 같이 살지 않는 거야?"

"응. 못 본 지 한참 되었는걸. 나폴리에 있는지도 몰랐어."

"조르조 씨께서 또 나를 속였군. 하지만 그럴 줄 알았어. 그 인간의 입에서 나오는 건 모조리 거짓말이니까. 어쨌든 그가 나폴리에 있는 건 확실해. 오늘 아침에 막사가 있는 피조팔코네 언덕을 오르는 모습을 얼핏 봤거든. 황녀는 조르조와 인연을 끊은 척하지만 둘이 아직 각별한 사이라는 건 세상 사람이 다 알지. 그리고 난 산 카를로 극장과 계약했어. 이미 계약서에 서명했기 때문에 그걸 파기하려면 상당한 위약금을 물어내야만 해. 그것만 아니라면 나도 당연히 언니랑 둘이서 조용하게 살고 싶지. 이달리에 언니, 나 그동안 얼마나 힘들었는지 몰라. 얼마나 슬펐는지, 얼마나 혹사당했는지! 얼마나 핍박과 굶주림에 시달렸는지! 하지만 그것보다 더 끔찍한 일은, 조르조가 악착같이 나를 찾아내고 기어이 쫓아와서는 내가 노래하는 극장에 앉아 죽일 듯한 얼굴로 노려보는 거였어! 몇 번이나 극장을 뛰쳐나와서 광활한 마렘마[16]의 야생을 방황해야 했던지. 심지어 강도들과 물소, 멧돼지에 시달리며 밤을 보내야 했다고. 두려움과 혼란 때문에 정말 미쳐 버릴 지경이었어. 우리 가족은 저주를 받은 것 같아. 한때 우리 아버지는 하

---

16 이탈리아 중서부, 티레니아해와 인접한 해안 지대.

인을 백 명이나 거느리는 크고 호화로운 성에서 살았다는데, 결국 다락방에서 비참하게 돌아가셨잖아? 나 이제 가 봐야 해. 리허설이 있어. 잘 있어, 사랑하는 이달리에 언니. 언니라도 꼭 행복하기를. 내가 우리 가족의 저주받은 운명을 맞이하도록 그냥 내버려 둬."

"안 됩니다!" 라디슬라스가 소리쳤다. "그러면 안 됩니다! 계약을 취소해야 합니다." 그는 마치 친오빠처럼 다정하면서도 단호하게 두 사람 사이에 끼어들었다. 금전적으로 도움받기를 꺼리는 자매를 부드럽게 설득하는 데 성공한 그는, 마리에타의 손을 잡고 계약을 파기하러 산 카를로 극장으로 향했다.

한 시간 뒤, 계약은 취소되었다. 마리에타는 또다시 자유와 기쁨을 맛보았다. 세 사람은 이달리에의 작은 별장에서, 오랜 친구처럼 화기애애한 분위기로 재회했다. 그 별장은 스트라다누오바의 초록빛 곶 맨 끄트머리, 도금양 숲속에 홀로 서 있었다. 나폴리만과 바이아만이 나뉘는 바로 그 지점이었다. 시끄럽고 북적거리는 도시에서 멀리 떨어진, 그야말로 고독한 집이었다. 아침과 저녁에 불어오는 희미한 바람과, 이탈리아 하늘의 아름다운 미소, 한갓지게 떠도는 구름, 어쩌면 외로운 새 한 마리 정도가 그곳의 유일한 손님이었다. 집 어디에서나 태양 아래 숨 가쁘게 반짝이는 바이아 바다가 보였고, 창문과 포르티코[17]의 기둥 사이로 매시간 투명하게 피어오르는 보랏빛 증기 속에서 자수정처럼 빛나는 머나먼 해안의 산들을 내다볼 수 있었다. 열정적이면서도 평온하고, 눈부시면서

---

17 열주(列柱) 위에 지붕을 올린 개방된 공간, 혹은 주랑 현관을 가리킨다.

도 비현실적이었다. 정녕 이곳은 옛 시인들에게 천국의 영원한 평화와 찬란한 기쁨의 상징으로 선택될 만했다. 마리에타는 저 아래 해변에서 타란텔라 춤[18]을 추는 어부 소년들에게 다가갔다. 이달리에는 다시 그림을 집어 들었다. 그것은 그녀의 일과이자 근근이 먹고사는 방법이었다. 라디슬라스는 그녀 옆에 앉았다. 마차의 바퀴 소리도, 말이나 사람이 터벅터벅 걷는 소리도, 멀리서 들려오는 노랫소리도, 근처를 오가는 사람들의 목소리조차 없었다. 바람이 도금양 숲의 잎사귀를 바스락 흔들어 깨우는 일도, 잔잔한 해안의 파도가 울어 대는 소리마저 없었다. 라디슬라스의 듣기 좋은 저음 목소리만이 정오의 투명한 침묵을 깨뜨릴 뿐이었다. 파란색과 녹색의 옷으로 화려하게 치장한 이탈리아가 그의 도처에 있었지만, 그는 망명자였다. 고국에 대한 회상이 기억 속으로 자꾸 밀려들었다. 바르샤바에서 나폴리로 탈출하는 데 걸린 삼 개월의 세월 동안, 그의 입술은 꾹 닫힌 채 침묵을 유지했다. 그의 마음은 좀처럼 머릿속을 떠나지 않는 끔찍한 장면들이 빚어낸 어둠에 둘러싸여 있었다. 그런데 영혼의 순결함과 숭고함, 강인함이 어려 있는 이달리에의 얼굴은 그저 깊은 감탄만을 불러일으켰다. 또 갑작스럽고도 심오한 믿음을 가져다주었다. 그녀는 세상의 풍진이 전혀 묻지 않은 채로 이곳에서 살아가는 초자연적 존재처럼 여겨졌다. 그녀 스스로는 알아차리지 못할 테지만, 기꺼이 기쁨과 평화를 나눠 주는 사람 같았다. 라디슬라스는 조국의 어두운 슬픔에 대해 그녀에게 털어놓았고, 그녀의 이해심 덕분에 슬픔은 필멸의 무게를 잃고 아름다움으

---

18 이탈리아 나폴리 지방의 민속춤으로, 남녀가 짝을 이뤄 춤을 춘다.

로 승화되었다. 그는 얼굴을 반짝이며, 자유를 되찾기 위한 폴란드의 영웅적 투쟁에 대해 이야기했다. 자유를 쟁취한 몇 달 동안 모든 이의 가슴을 가득 채운 승리의 기쁨, 그들이 견뎌 낸 고난과 궁핍, 남자들의 용맹한 행동, 투쟁이 일깨운 여자들의 영웅심, 폴란드의 함락과 다시 들이닥친 러시아군, 끔찍한 러시아의 전제주의, 그 무자비와 기만, 오만한 자부심과 이기적 무지, 정부와 개인 모두에게서 사라진 진실, 선에 대한 불신, 핍박과 압박 속에서 사람들이 참아 내야만 하는 즐거움이라고는 전혀 없는 황폐하고 절망적인 삶.

그렇게 오전 시간이 지나갔다. 오후엔 이달리에가 라디슬라스를 해변으로 향하는 언덕의 오솔길로 이끌었다. 라디슬라스는 바이아 해안에서 좀체 시선을 떼지 못했다. 고대의 영웅들과 황제들의 휴양지를 얼른 방문하고 싶은 마음뿐이었다. 해변에 도착한 그들은 바위투성이 바닷가에 묶여 있던 작은 배를 타고 출발했다. 행복한 연인을 실은 작은 배는 목적지를 향해 순조롭게 나아갔다. 돛의 힘에 의지할 때는 본토의 부리 모양 곶과 니시다섬의 좁은 절벽 사이로 펼쳐진 작은 물길로 휩쓸려 들어갔다. 해류가 좀 더 부드러울 때는 탁 트인 바이아만으로 미끄러져 들어갔고, 무성한 해초에 뒤덮인 신전들과 궁전들의 폐허 위로, 반투명한 물살을 가르며 나아갔다. 수면으로 쏟아져 내리는 햇살은 천 가지 무지갯빛으로 반짝였다. 그 위로 배가 지나갈 때마다 물결의 색깔은 시시각각 바뀌었다. 온통 푸른빛으로 가득한 잔잔한 수면 위에서 오직 그들의 작은 배만이 유일하게 움직였다. 배는 자신을 품은 바다의 아이인 양, 하늘에서 굽어살피는 태양을 쬐며 유쾌하게 속도를 내었다. 브루투스와 카시우스가 카이사르를 암살한 뒤

피난처로 삼았던 요새를 지나쳤다. 제우스와 포세이돈의 신전도 보았고, 한때 세 명의 로마인들이 세상을 나눠 가졌던 시절의 폐허를 지나 스키피오 아프리카누스가 살다 죽은, 아름다운 리테르눔에 그늘을 드리운 쿠마에 언덕으로 갔다. 이 해안 전체는 자연의 아름다움이 충만한 천국이다. 고유한 사랑스러움에 더해, 시간의 흐름으로 마모된 잔해가 여기저기 흩어져 있다. 무심히 썩어 가는 과거가 생생한 현재와 뒤섞인다. 폐허와 잿빛 소멸을 영원한 봄이 장식하고 있다. 해안의 나무 우거진 구불구불한 숲길, 그곳의 우묵한 지면 아래엔 고대 영웅들이 살았던 주택의 반짝이는 대리석 조각들이 드러나 있다. 무너져 내린 신전들의 수직 기둥들과 어우러진, 자연의 관능적인 꽃을 두른 푸른빛의 곶, 떠나간 신들의 창백한 유골함, 나뭇잎과 섬 내륙의 분수, 해안에 부서지는 파도. 이 모든 것들이 사랑과 기쁨에 젖은 음유 시인 주변에서 연신 웅얼거리고 있었다. 대지, 바다, 하늘은 마치 세 명의 신처럼 고요하고 활기차고 사랑스럽게 이글이글 타올랐다. 그 화려한 풍광은 눈을 멀게 하지 않았고, 그 풍성함은 도무지 만족할 줄 몰랐다. 아름답고 따사로운 해안의 공기는 향기로 가득 찬 들판 같았다. 천국에서 불어오는 듯한 상쾌한 바닷바람은 그들의 감각을 일깨워 주었고, 뭔지 모를 수천 가지 꽃향기마저 실어 왔다. "이런 세상도 존재하는군요!" 라디슬라스가 자기 질문에 스스로 대답하듯 황홀한 어조로 소리쳤다. "마법의 정원에 들어온 것 같아요. 네 가지 하늘이 나를 둘러싸고 있습니다. 저 위의 하늘, 별처럼 반짝거리는 파도가 이는 순수한 바다, 그 너머의 화려하게 장식된 땅, 그리고 내 가슴속에 만들어진 기쁨의 천국. '아침은 장미, 한낮은 튤립, 밤은 백합이라네. 저녁엔 다시 아침처럼 장미이고, 삶은 아름답고 찬란한 감정들이 합창하는 찬가라네. 지금 나는 이 영원한 꽃길을 따라 걸으며 노래하네.'"

그들이 별장으로 돌아온 때는 아직 밤이 되기 전이었다. 그 집은 맑은 달빛 아래, 어두컴컴한 장소에 홀로 서 있었다. 문은 잠겨 있었다. 그들은 아무리 문을 두드리고 소리쳐 봐도 답이 없자 마리에타가 떠났음을 알 수 있었다. 처음에 그들은 그녀가 남긴 편지를 보지 못했다. 꽤 커다란 종이가 접힌 채로, 마치 관심을 끌려는 듯 문 바로 앞에 놓여 있었다. 이달리에가 그것을 집어 들고 읽기 시작했다.

"이달리에 언니! 몇 시간 전까지만 해도 우리는 평온하고 고요한 행복을 누렸는데, 이제 우리 앞엔 어쩌면 파멸만이 기다리고 있을지 몰라. 하지만 아직 기회가 남아 있어. 이 편지를 읽자마자 당장 나폴리를 떠나라고, 그 사랑스러운 이방인을 설득해 줘. 아니, 설득만으로는 안 돼. 어떻게 해서든지 떠나게 만들어야 해. 그는 더 이상 이곳에서 안전하지 않아. 절대로 내 말을 의심하지 마. 그랬다간 그의 목숨을 대가로 치러야 할 거야. 어떻게 해야 언니를 이해시킬 수 있을까? 난 그 누구도 배신하고 싶지 않지만, 그러지 않고 과연 그를 구할 수 있을까? 조르조가 여기 다녀갔어. 아! 얼마나 거칠고 끔찍한 인간인지! 미친 사람처럼 소리를 질러 대면서 사악하고 피비린내 나는 협박을 해 댔어. 공포의 문이 내 앞에 활짝 열려 버린 것 같아. 언니, 난 내가 할 수 있는 일을 찾으러 떠나. 난 조르조가 자주 가는 곳과 그의 동료들을 잘 아니까, 그의 협박이 진심인지 아닌지 금방 알아낼 수 있을 거야. 언니가 돌아올 때까지 기다릴 수도, 문을 열어 놓고 갈 수도 없었어. 내가 떠나고 언니가 돌아오기 전까지 암살자가 집 안에 몰래 숨어들어 있다가, 바로 언니가 보는 앞에서 그 이방인을 해칠지 누가 알겠어. 그의 목숨을 노리는 무장한 첩자들이 그의 일거수일투족을 감시하고 있어. 어떻게 해야 할지 모르겠어. 하지만 내가 떠나는 게 재앙을 막는 길이라는 생각이 들어."

"마리에타."

라디슬라스는 편지의 내용을 들으며 아무런 미동도 없었지만, 이달리에가 받은 충격은 엄청났다. 한 글자, 한 글자, 편지를 읽어 내려가는 그녀의 목소리는 종말이 눈앞에 바짝 다가오기라도 한 듯 떨렸다. 마침내 그녀는 완전히 침착성을 잃었다. 그동안 이달리에는 속 깊은 성찰을 통해 그토록 두려워하는 뇌졸중을 가까스로 피할 수 있었지만, 순식간에 고통이 그녀를 집어삼켰다. 마치 경고가 이미 현실로 이루어진 것 같았다. 묵직하고 예상치 못한 고통이 가져다준 압도적 고통을 설명하는 것보다 더 힘든 일이 또 있을까. 오늘 그녀는 너무나 행복한 하루를 보냈다. 삶의 아름다움을 절실하게 느낀 날이었다. 그녀가 늘 꿈꾸었던 영혼을 신성하게 하고, 감히 형언할 수 없는 기쁨에 흠뻑 젖게 하는 사랑을 꿈꾸며 하루를 보냈건만, 이토록 갑자기 행복의 절정에서 불빛 하나 없는 캄캄한 동굴 밑으로 가라앉아 버렸다. 유령 같은 형체가 떠돌고, 오싹한 기운이 감도는 죽음의 장소로! 이것은 황홀경에서 곧장 고통으로 곤두박질친 이달리에의 심정을 설명해 주는, 지극히 미약한 비유일 뿐이다. 그녀는 라디슬라스를 바라보았다, 밝고 생기 넘치는 그의 모습을. 장밋빛으로 물든 건강한 뺨, 평화로운 기쁨으로 빛나는 눈, 평소대로 흐트러짐 없이 침착함을 간직한 고귀한 얼굴. 그 순간 그녀의 머릿속엔 끔찍한 장면이 떠올랐다. 이 사랑스러운 사람이 암살자의 칼에 피를 흘리며 영영 생명을 잃어 가는 모습! 그녀는 온몸의 피가 심장으로 쏠리는 것 같았고, 돌연 박동이 멎은 듯한 느낌에 혼란과 공포의 안개로부터 겨우 깨어났다. 라디슬라스는 충격을 주체하지 못하는 그녀를 고통스럽게 바라보았다. 하지만 그가 느낀 것은 고통만이 아니었다. 내가 사랑하는 사람이 나만큼이나 다정하고 뜨겁게 나를 사랑한다는 사실을 처음 확인한 순간에 느낄 법한, 의기양양한 기쁨도 섞여 있었다.

이달리에는 약간 정신을 차리자마자 라디슬라스에게 간절히 애원했다. 제발 자신이 사는 외딴집을 당장 떠나 달라고, 사람들이 북적거리는 나폴리의 거리로 피신하라고. 그러나 그는 그녀의 말을 듣지 않았다. 라디슬라스는 그토록 두려워할 필요는 없다고, 부드럽게 그녀를 달래 주었다. 조르조가 가에타에서 잠시 마주친 일만으로, 마리에타가 말하듯 맹렬한 복수심을 자신에게 품게 되었을 리 없다고. 그는 이 모든 상황을 심각하게 여기지 않았다. 마리에타의 풍부한 상상력이 오빠의 성난 표정을 잔인한 괴물로 인식했을지도 몰랐다. 그녀가 자기들을 겁주려고 생각해 낸 장난일 뿐이라고, 틀림없이 잠시 기다리면 장난꾸러기 여동생이 나타나서 우리를 제대로 골탕 먹였음에 환호하리라고, 이달리에를 진정시켰다. 정말 그러기를 바라며 두 사람은 마리에타를 기다렸다. 하지만 두 시간이 지나도 그녀는 나타나지 않았다. 사악한 의도를 가진 사람들의 계략을 피해 이달리에를 도망치게 하기엔 이미 늦어 버리고 말았다. 그래서 그들은 밤새 포르티코에서 시간을 보냈다. 이달리에는 이따금 두려움에 사로잡혀서 얼굴이 창백해지고 숨이 가빠졌다. 그러나 라디슬라스가 열정적으로 밀어를 속삭이면 차분하고 행복해졌다. 반대로 그의 감정은 다른 불순물이 전혀 섞이지 않은 순수함 그 자체였다. 이달리에가 있는 곳에 온 세상이 있고, 그녀가 없다면 오직 공허한 어둠만이 있을 뿐이니까. 그는 그녀를 생각하면 도저히 달랠 수 없는 갈증을 느꼈다. 함께하면 할수록 그 갈증은 오히려 더욱 커져 갔다. 그로서는 이렇게라도 그녀와 더 오랫동안 함께 있을 수 있으니, 그저 행복할 따름이었다. 그녀가 곁에 없다면, 분명 그리움에 사무쳤을 테니까. 다른 생각은 떠오르지조차 않았다. 그녀의 사랑스러운 얼굴과 흠잡을 데 없이 완벽한 모습을 바라보고 있노라니, 그의 두 눈에선 축복이 넘쳐흘렀다. 천사마저 그의 행복을 질투하리라.

고요한 아침이 밝았다. 해가 떠오르고, 산과 바다는 마법의 빛을 되찾았다. 도금양 숲과 정원의 모든 꽃송이가 햇살에 반짝이고, 온 땅이 빛의 힘으로 지고한 행복에 젖어 들었다. 그들은 아침 8시에, 대시코프 황녀 그리고 그녀의 친구들과 어울려 파에스툼[19]으로 소풍 가기로 했음을 떠올렸다. 약속 장소는 별궁의 해안이었고, 다 같이 그곳에서 예약해 둔 증기선을 타기로 했다. 이제 보금자리마저 사라진, 불확실한 상황에 놓인 이달리에에게는 오히려 잘된 일이었다. 두 사람 모두 황녀의 보호 아래 함께 하루를 보낼 수 있는 데다, 나폴리로 돌아올 무렵이면 마리에타의 실종에 관한 미스터리도 풀려 있을 터였다. 그러면 이달리에는 다시 안전하게 집에 머물 수 있

---

19 기원전 600년 무렵에 건설된 고대 도시로, 이탈리아 캄파니아주 살레르노 근처에 있다.

을지도 몰랐다. 그들이 출발 준비를 거의 끝마쳤을 때, 나폴리 거리에서 쉬이 볼 수 있는 이륜마차가 이쪽으로 달려오는 모습이 보였다. 누더기를 걸친 마부 소년은 노래를 부르며 말을 몰았고, 역시 누더기를 걸친 또 다른 부랑아는 하인처럼 뒤쪽에 서 있었다. 그런데 바로 그들 사이에 마리에타가 앉아 있었다. 그녀의 뺨은 공포로 창백하게 질리고, 두 눈은 끔찍한 무언가를 목격하기라도 한 듯 잔뜩 흔들렸다. 그녀는 서둘러 마차에서 내리더니, 마부에게 약간 떨어진 곳에서 잠시 기다리라고 지시했다.

"저 사람이 왜 아직도 여기에 있는 거지?" 마리에타가 언니에게 물었다. "언니, 이토록 어리석고 눈이 멀었다니! 어째서 내가 편지에 쓴 대로 하지 않은 거야? 자존심 때문에 남의 말이라면 아예 안 듣겠다, 이거야? 내가 말했잖아, 내 경고를 무시하면 저 사람을 잃을지도 모른다고, 그 고통이 가슴속 깊이 새겨질 거라고!" 마리에타는 갑자기 이탈리아인다운 격렬한 몸짓으로 라디슬라스 앞에 쓰러지듯 무릎을 꿇었다. 그녀는 확고한 표정으로, 지금 당장 나폴리가 아니라 이탈리아를 떠나 달라고 애원했다. 암살자와 배신자의 땅에서 그의 목숨은 결코 안전하지 않으리라고 말이다. 라디슬라스와 이달리에 역시 마리에타만큼이나 격렬하게 제발 무슨 상황인지 설명해 달라고 요구했다. 하지만 마리에타는 답도 없이 한층 더 격정적으로 그들을 설득할 뿐이었다. 너무 다급한 나머지, 설명을 하느라 일분일초를 허비할 겨를이 없다고 했다. 나폴리에 한시라도 더 머물렀다간 죽게 되리라고.

라디슬라스는 현재 상황에 호기심이 동했다. 그는 페르시아와 튀르키예를 상대로 한 러시아군의 전투에 참여했고, 그곳에서 매일 죽음의 위협을 맞닥뜨렸다. 폴란드와 러시아의 전투에선 워낙 단호하고 대담한 행동으로 용맹을 떨친 까닭에 폴란드 국민은 그의 이름을 영광스러워했고, 적들은 공포에 떨었다. 이 모든 업적에서 그는 전적으로 죽음을 각오하고 투신하였으므로, 그 당시 죽음을 피할 수 있었던 일 자체가 하늘의 기적적인 중재로 여겨질 정도였다. 이 인간의 모습을 한 전쟁의 신 아레스, 수없이 많은 위기 속에서 용맹하게 죽음을 견뎌 낸 아킬레우스가 망상에 사로잡힌 소녀(적어도 그의 눈에는 마리에타가 그렇게 보였다.)의 경고에 벌벌 떨며 도망친다는 것은 가당찮은 일이었다. 그는 괴로워하는 마리에타를 가엾게 여기며 달래려고 애썼지만, 자신이 나폴리를 떠날 일은 전혀 없으리라고 단호하게 입장을 밝혔다.

그들이 마리에타를 설득해서 그 이유를 듣기까지 꼬박 이십오 분이나 걸렸다. 그녀 마음속에 휘몰아친 혼란은 그저 상상에 불과할지도 몰랐다. 마리에타는 두 사람의 목숨과 관련한 비밀을 알고 있었다. 라디슬라스는 그녀 오빠가 왜 생명을 앗아 가려고 하는지, 정확히 밝히지 않으면 결코 안전한 곳으로 도피하지 않겠다고 말했다. 마리에타는 사방에 죽음이 도사리고 있음을 느꼈다. 그녀는 타인의 고통을 생생하게 공감하는 심장과, 도덕적 청렴함의 적절한 경계를 빠르게 자각하는 마음, 그리고 마음이 인식한 바에 따라 행동하는 열정을 타고났다. 이러한 원칙에서 벗어나는 행동은 모두 다 운명이었다. 갈대처럼 약하고 여린 그녀를 구부러뜨리는 폭풍처럼 막강하고 맹렬한 운명. 그녀는 한때 조르조를 사랑했다. 조르조는 어린 마리에타를 돌보고, 귀여워해 주었다. 오빠의 애정은 고아로 보낸 어린 시절에 그녀에게 허용된 유일한 사치였다.

형제에 대한 사랑은 그녀에게, 오빠의 생명을 위험에 빠뜨려선 안 된다고 큰 소리로 외치고 있었다. 한편, 은혜와 감사의 마음은 그녀의 구원자가 오빠한테 희생당하도록 놔둬선 안 된다고 울부짖고 있었다. 후자의 일은 상상만으로도 끔찍해서 도무지 견딜 수가 없었다. 지금 이 상황은 어린 마리에타가 감내하기엔 너무 버거웠다. 그녀는 아는 바를 전부 털어놓았다.

마리에타는 무모하고 즉흥적이었다. 간밤에 그녀는 카포 디 몬테 아래에 자리한 산 야누아리오 카타콤에 있었다. 조르조가 비밀리에 우두머리를 맡고 있는 암살단의 야간 집회가 그곳 지하에서 열린 것이다. 카타콤의 입구는 인적 드문 포도밭에 있었고, 무성히 자란 거대한 알로에에 뒤덮혀 있다. 돌밭과 날카로운 바위에 뿌리 내린 가시 돋친 잎사귀들이 입구를 잘 가려 주었다. 근처의 무화과나무는 이곳의 비밀을 아는 사람들이 이 장소를 쉽게 알아보도록 하는 표지다. 카타콤은 본래 제법 널찍하고 구불구불한 동굴인데, 오래전에 죽은 사람들이 매장되어 있다. 세월이 흐르면서 백골이 된 시체 더미가 동굴의 울퉁불퉁한 측면을 따라 켜켜이 쌓여 있다. 두 남매의 우애가 아직 깊었을 때, 조르조는 산책을 하다가 마리에타에게 이곳을 구경시켜 주었다. 당시 그는 그녀가 자신의 비밀스러운 생활을 아는 데에 전혀 신경 쓰지 않았다. 비록 남들이 보기에 거칠고 다루기 힘든 말괄량이일 테지만, 그녀를 진심으로 사랑하는 소수는 마리에타가 에피카리스[20]만큼 조용

---

20 Epicharis. 고대 로마의 황제 네로의 폭정을 견디다 못해 지배층 인사들이 황제의 암살을 기도한 계획, 이른바 '피소 음모'에 가담한 여성이다. 온갖 끔찍한 고문에도 자백하기를 거부했고, 공범자에 대해서도 끝까지 함구했다.

하고 과묵한 성격이라는 사실을 잘 알았다. 그런데 전날 정오에 조르조가 찾아와서 협박을 늘어놓자, 마리에타의 경계심은 최고조에 달했다. 그녀는 어떤 위험을 무릅쓰더라도 이방인에게 드리운 위험의 진상을 알아내기로 마음먹었다. 해가 저물 때까지 이달리에가 돌아오지 않자, 마리에타는 서둘러 카포 디 몬테로 향했고 홀로 카타콤에 들어갔다. 그녀는 백골 더미 뒤에 숨어서 조르조 일행을 기다렸고, 마침내 자정에 집회가 열렸다. 그들의 첫 번째 의제는 이방인이었다. 조르조는 동료들에게 이방인의 이력을 알렸다. 이것은 그날 아침, 러시아 상류층 여인에게서 들은 내용이며, 그 여인이 자신에게 임무도 맡겼노라고, 또 그 임무에 대해 곧 밝히겠다고 말했다. 조르조는 라디슬라스의 정체가 어떠한 정부의 보호도 받지 못하는 도망자라고 했다. 이방인은 바르샤바 궁전에서 보관하던 특별한 문서를 가지고 있는데, 그것은 러시아 황제가 이방인의 형제인 폴란드 총독에게 은밀히 전달한 서신이라고 했다. 그 내용은 유럽 전체가 러시아 황제에게 등을 돌린 만한, 매우 중대한 것이었다. 라디슬라스는 이 서신을 맡고 있으며, 곧 파리에 가서 그 내용을 공개할 계획이었다. 그러나 가장 중요한 개인적 문제 때문에 어쩔 수 없이 나폴리를 먼저 방문할 수밖에 없었다. 러시아 정부는 그를 따라 나폴리까지 추적해 왔고, 이곳의 러시아 여인에게 라디슬라스로부터 그 서신을 빼앗기 위해서라면 무슨 짓이든 할 수 있는 전권을 부여했다. 즉 그 여인이 자신한테 그 특별한 임무를 맡겼다고, 조르조는 얘기했다. 그는 여인의 이름을 조심스럽게 숨겼지만 마리에타는 그녀가 틀림없이 대시코프 황녀이리라고 확신했다. 그들은 한참 동안 상의한 끝에 폴란드인을 암살하기로 결정했다. 이것만이 임무를 완수할 완벽한 방법이었다. 그는 항상 서신을 몸에 지니고 다니는 데다, 용맹하기로 이름난 자이므로 공공연하게 공격을 했다간 분명 맹렬히 저항할 터였다. 조르조는 평소 목적을 달성하기 위해서라면 수단을 가리지 않는 사람이었다. 그는 동료들에게 이번엔 더더욱 그래야 한다고 강조했다. 지체 높은 분들로부터 그를 죽여도 처벌받지 않으리라는 확답을 받았고, 보상도 엄청났기 때문이다. 라디슬라스는 나폴리에서 거의 알려지지 않은 인물이었다. 이탈리아 정부는 여권, 조국, 이름도 없는 도망자에게 관심을 가지지 않을 것이다. 게다가 이곳엔 위험에 처한 그를 도와줄 친구도 없었다. 심지어 그의 복수를 위해 나서 줄 친구는 더더욱 없지 않겠는가?

이것이 마리에타의 이야기였다. 라디슬라스는 그 이야기를 듣자마자 피신의 필요성을 인정했다. 그는 러시아인이 쉽게 배신한다는 점을 너무나 잘 알고 있었다. 방금 마리에타의 이야기에서 드러났듯이, 대시코프 황녀 같은 귀부인이라도 뒤에서 사악한 계략을 꾸밀 가능성은 충분했다. 만약 황녀가 이탈리아인이나 프랑스인이었다면 그녀의 세속적이고 거짓된 언행은 단지 음모를 즐기는 습관에서 비롯되었다고 치부할 수 있었다. 그러나 그녀는 러시아인이다. 그 같은 태도는 잔인함과 배반을 가벼이 취급하는, 조국 러시아로부터 배운 것이다. 러시아인은 사람의 목숨을 신성하게 여기지 않으며, 명예심이라곤 전혀 찾아볼 수 없다. 다만 문명화된 땅에선 그 끔찍한 악덕과 죄책감이라곤 모르는 냉혹함을 달콤한 미소 뒤에 숨기고 있을 따름이다. 라디슬라스는 이 점을 잘 알았다. 그는 부패한 나폴리 정부가 다른 곳에선 결코 용납될 수 없는 범죄를 허용한다는 사실을 익히 알았기에, 어느 모로 보나 위험한 이곳을 당장 떠나는 수밖에 없었다. 그가 이런 생각에 잠긴 동안, 이달리에는 간절한 눈빛으로 그에게 당장 이곳을 떠나라고 애원하고 있었다. 그는 그러겠다고 했지만 한 가지 조건을 붙였다. 이달리에도 자신과 함께 떠나야 한다는 것이었다. 그는 사랑하는 연인을 열심히 설득했다. 곧바로 사제를 찾아가서 결혼식을 올리면 두 사람이 함께 떠나더라도 절대 욕되지 않으리라고 말이다. 마리에타도 그의 의견에 찬성했다. 이달리에는 얼굴을 붉히며 혼란스러운 표정을 지은 채, 이렇게 답할 수밖에 없었다.

"내가 동행하면 당신은 더 위험해질 테고, 암살단이 더 쉽게 당신을 추적할 거예요. 여권은 어떻게 구하고요? 우리가 이곳을 어떻게 떠날 수 있죠?"

"나한테 다 생각이 있습니다." 라디슬라스가 답했다. 그는 나폴리 항구에 언제든 출발할 수 있는 증기선 설리호가 정박해 있다고 말했다. 그 배를 임대하면 나폴리 해안과 이 모든 위험으로부터 빠르게 멀어질 수 있을 터였다.

"하지만 그 배는 황녀가 파에스툼 나들이를 위해 임대한 배인 걸요." 이달리에가 나무라듯 말했다.

처음에 이 점은 그들의 계획을 복잡하게 만드는 듯 보였지만 머지않아 뜻밖의 사실을 깨달았다. 황녀는 그가 나폴리를 떠나려 하고 있음을 알지 못하는 데다, 그 배에 황녀의 일행으로 탑승해 있는 한 결코 위험한 일은 일어나지 않으리라는 것을. 밤중에 파에스툼에서 다시 나폴리로 돌아왔을 때, 모든 이들이 하선하기를 기다리는 것이었다. 이때 라디슬라스와 이달리에는 배에 남아 있다가 즉시 프랑스로 항해를 시작하면 될 터였다. 이 계획은 충분히 실현 가능한 일이었다. 라디슬라스는 애정을 가득 담아서 다그치는 어조로 이달리에게 왜 자신과 함께하는 운명을 거부하느냐고, 왜 함께 떠나지 않으려 하느냐고 물었다. 마리에타는 손뼉을 치며 "언니도 찬성이에요! 찬성이라고요! 더는 묻지 마세요. 이미 생각이 바뀌었으니까. 우리 다 같이 나폴리로 돌아가요. 라디슬라스는 즉시 설리호 선장을 찾아가서 모든 준비를 해 놓으세요. 우리도 당장 지체하지 않고 수녀원에 계신 바실 신부님을 불러올게요. 라디슬라스가 돌아올 때까지 모든 걸 준비해 놓을게요. 최대한 빨리 돌아와야 해요."

이달리에는 말없이 그들의 의견을 따랐다. 라디슬라스는 따스하게 흘러넘치는 감사의 마음으로 그녀의 손에 키스했다. 세 사람은 비좁은 이륜마차에 올라탔다. 마차가 출발하자, 라디슬라스가 말했다. "그런데 여태껏 마리에타의 앞날에 대해선 깜빡한 것 같군요. 우리가 떠나면 곁에 아무도 남지 않을 텐데, 몹시 불안하군요. 마리에타는 내 생명의 은인이고, 우리 둘 다 그녀에게 큰 책임이 있으니까요. 마리에타, 우리가 떠나면 어떡할 생각인가요?"

"내 걱정은 하지 마세요." 소녀가 씩씩하게 소리쳤다. "난 이곳에 남아서 이달리에 언니가 갑자기 떠난 뒤에 일어날 혼란스러운 상황을 정리해야 해요. 하지만 곧 파리에서 만날 수 있을 거예요. 내가 언니랑 떨어져서 어떻게 살겠어요?"

나폴리 시가지에 다다랐을 때, 라디슬라스는 마차에서 내리자마자 항구로 발걸음을 옮겼다. 그리고 아름다운 자매는 곧장 수녀원으로 향했다. 동생의 도움이 없었다면 수줍음 많고 사람들의 시선을 과하게 의식하는 이달리에가 이 상황을 어떻게 헤쳐 나갔을까? 상상조차 할 수 없었다. 마리에타는 내내 바쁘게 움직였다. 신부님을 설득해서 당장 결혼식을 올려 달라고 청했고, 사랑스러운 신부(新婦)의 긴 여행길을 위해 옷가지를 준비하는 등 무엇 하나 빠짐없이 모조리 다 챙겼다. 그 모습은 마치 두 연인을 축복하는 수호천사 같았다. 이 무렵, 라디슬라스는 증기선 선장과 성공적으로 말을 주고받은 뒤 수녀원에 도착했다. 마침내 모든 준비가 끝났다. 마리에타는 라디슬라스가 일을 잘 마무리했다는 얘기를 직접 들었고, 언니에게도 기쁜 소식을 전했다. 라디슬라스는 제단에서 이달리에를 만날 때까지 신부를 볼 수 없었기 때문이다. 그들은 제단에서 존경하는 신부님 앞에 무릎을 꿇고 영원히 하나가 되었다. 시간이 너무 촉박했으므로, 성스러운 혼인의 감개무량함을 느긋하게 즐길 여유 따윈 없었다. 이달리에는 여동생을 몇 번이나 끌어안으며, 간절하게 하루빨리 파리에서 다시 함께하자고 말했다. 마리에타에게서 편지를 꼭 보내겠다는 약속까지 받아 낸 다음에, 그녀는 남편의 호위를 받으며 일행 대다수가 이미 탑승한 설리호로 출발했다.

증기선은 항로를 따라 나아갔다. 나폴리여, 안녕! 어느 시인이 적절하게 표현하지 않았던. 천국의 도시, 바다와 육지와 하늘이 가장 사랑하는 곳. 나폴리를 둘러싼 언덕들이 험준하게 솟은 정상을 반듯하게 펼치면서 완만한 경사지와 탁 트인 골짜기로 내려왔다. 그 능선의 품이 건축물과 집 들을 받아들이고, 신전과 돔, 대리석 궁전들이 빙 둘러선 초승달 모양의 만은 어두컴컴한 덩어리, 나무들이 우거진 분지의 틈, 언제나 봄기운으로 만연한 초목들이 늘어선 아름다운 정원을 드러내 보인다. 그 앞으로 거대한 바다가 야생의 개천과 하나로 합쳐

지며 가장 부드러운 파도를 매끄럽게 흘려보낸다. 그러고는 자갈 가득한 은빛 해안에 입을 맞추고, 곶의 깊은 자리에서 고요한 중얼거림과 함께 머무른다. 그리고 하늘은 — 이탈리아의 하늘은 워낙 유명하지 않은가? — 눈부시고 고요하고 무한한 바다 위에서 불변의 미소를 지어 보이며, 저 멀리 흐르는 산등성이에 영원한 푸른빛을 드리운다.

배는 처음에 카스텔람마레, 이어서 소렌토와 고대 도시 아말피가 들어선 곳을 지나쳤다. 숭고하고 사랑스러운 풍경이 두 사람을 즐겁게 했다. 호랑가시나무와 짙푸른 월계수, 화사한 도금양에 뒤덮인 언덕이 깨끗한 파도에 반사되었다. 낮게 내려앉은 가지들은 바람을 타고 흔들거리며 서로를 어루만지고 입을 맞추었다. 그 뒤쪽으론 역시 나무가 우거진 또 다른 언덕이 솟아 있고, 더 멀리 웅장한 배경을 이루는 드높은 아펜니노산맥의 거대한 산마루가 자리해 있었다. 파에스툼으로 향하는 도중에 음산한 바위투성이 해안이 나타났다. 어스름한 산들이 내륙으로 밀려나며 불모지를 남긴 것이다. 말라리아가 발생하고 강도들이 출몰하는 곳. 그 풍경은 방금 전에 그들의 눈을 매혹한, 낭만적이고 화폭같이 사랑스러운 분위기 대신에 음울한 장엄함을 발산했다. 라디슬라스는 배의 측면에 몸을 기울이고 아름다운 자연 경관을 바라보았다. 행복을 느끼기엔 마음이 몹시 어지러웠다. 여유롭고 즐겁기만 한 사람들의 불길한 존재감이 그를 짜증 나게 했다. 그는 그들 가운데 있는 이달리에를 보았지만 그 무리에 끼고 싶은 마음은 조금도 들지 않았다. 그는 몸을 움츠리고 당장의 불편함을 잊고자, 사랑이 그를 천국으로 이끌어 애국심의 비탄을 보상해주었다는 사실만을 떠올리려고 애썼다. 그는 거짓된 연기를 해야만 하는, 이 영영 끝나지 않을 것만 같은 지루한 하루를 인내하려고 노력하면서, 다른 이들과 함께 있는 자신의 신부를 바라보았다. 그렇게 주의를 팔고 있는데, 돌연 들려온 대시코프 황녀의 목소리에 깜짝 놀랐다. 고개를 들어서 그녀를 바라본 그는, 어쩌면 저토록 무해한 얼굴과 차분한 목소리가 그다지도 막대한 거짓과 사악함을 숨길 수 있는지 의아했다. 시간이 흐르면서 상황은 극도로 짜증스럽게 변해 갔다. 한두 차례 그는 이달리에 근처로 다가가서, 그녀를 사람들로부터 떼어 놓으려고 기회를 엿봤는데, 그때마다 황녀가 자신을 몰래 지켜보고 있음을 알아차렸다. 그의 어린 신부는 여성스러운 신중함으로 분위기를 간파하고, 일부러 대화를 피했다. 라디슬라스는 이런 상황을 견디기가 힘들었다. 갑자기 그는 이달리에게 할 말이 엄청나게 많으며, 그 말을 제대로 전달할 수 있느냐, 하는 문제가 두 사람의 안전을 보장해 주리라고 믿기 시작했다. 그는 종이 뒷면에 연필로 급하게 몇 줄 적어서 그녀와 잠깐 대화할 수 있는 방법을 모색하고자 했다. 만약 상황이 여의치 않으면, 그날 저녁에 기회를 살피다가 모든 일행이 정신없을 때 큰 사원에서 기다리겠다고 전했다. 모든 성패가 단 둘이서 잠깐 이야기 나눌 수 있는 기회를 만들어 내는 데 달렸다고. 그는 오로지 황녀가 나폴리에서 하선할 때, 이달리에가 어떻게 행동할지 정확히 알아야 한다는 생각만으로, 모순과 조급함에 이끌려, 당최 무슨 뜻인지 스스로도 종잡을 수 없는 글을 적어 내려갔다. 그가 보기에 가장 중요한 최후의 문제는, 그녀가 자신의 계획대로 빈틈없이 행동하는 것이었다. 그가 메모한 종이를 접었을 때, 옆에서 황녀가 불쑥 말했다.

"소네트군요, 라디슬라스 백작, 좋은 시상이 떠올랐나 봅니다. 내가 봐도 될까요?"

　황녀가 손을 내밀었다. 그녀가 옆에 있었음을 눈치채지 못했던 라디슬라스는 날카로운 눈빛으로 상대를 쏘아보았다. 그의 시선에 놀란 황녀는 흠칫 떨면서 뒤로 물러났다. 혹시 발각된 건 아닐까? 그렇게 생각하자 온몸에 공포가 엄습해 왔다. 그러나 라디슬라스는 자신의 행동이 경솔했음을 알아차리고, 미소로 두려움을 감춘 채 대답했다. "폴란드어로 된 노랫말입니다. 이달리에가 황녀님의 친구분들을 위해 번역해 주었으면 좋겠군요." 그는 앞으로 나아가서 이달리에에게 종이를 건넨 뒤 부탁했다. 다들 그 노랫말이 어떤 내용인지 궁금해서 안달이었다. 이달리에의 낯빛은 종이에 적힌 글자를 힐끗 본 순간 변해 버렸다. 그녀는 가까스로 목소리를 쥐어짜서 변명을 늘어놓았다. 잠깐 생각해 볼 필요가 있어서 당장에 번역하기는 불가능하다고. 그녀는 떨리는 손가락으로 종이를 구기더니, 두서없이 다른 이야기를 끄집어냈다. 사람들은 서로 미소를 주고받았다. 황녀조차 그 편지엔 자신이 돌보는 소녀, 이달리에에 대한 사랑의 찬사만이 쓰여 있으리라고 생각할 뿐이었다.

　"적어도 시의 주제가 무엇인지는 알아야겠어요. 무슨 내용인가요? 말해 주세요." 황녀가 재촉했다.

　"배반입니다." 라디슬라스가 감정을 주체하지 못하고 말했다. 그러자 황녀의 안색이 창백해졌다. 침착함은 온데간데없고, 폴란드인이 내보인 혐오 섞인 날카로운 눈길에 고개를 돌리고 말았다.

　이제 목적지에 가까워지고 있었다. 종이를 움켜쥔 이달리에는 해안에 도착하기 전에 그 내용을 자세히 읽고 싶었다. 그녀는 무리에서 빠져나오려고 애썼다. 이달리에의 움직임을 주시하던 라디슬라스는 그녀를 돕고자 황녀와 대화를 시작했다. 방금 전, 그의 행동에서 두려움과 호기심을 동시에 느낀 황녀는 그가 말을 걸어 오자 기꺼이 응했다. 그가 정말로 무언가를 의심해서 그러는지, 아니면 그의 입에서 불현듯이 튀어나온 그 생뚱맞은 단어가 단지 자신의 죄책감을 자극한 것인지, 황녀는 알고 싶었다. 라디슬라스는 황녀의 관심을 붙잡아 두고자 노력하면서 그녀를 자연스럽게 선미 쪽으로 이끌었다. 두 사람이 배의 측면에 기댄 채 바닷물을 바라보고 있을 때, 이달리에는 사실상 모든 이의 시선에서 벗어날 수 있었다. 무리에서 완전히 빠져나온 그녀는 앞으로 걸어가며 라디슬라스가 연필로 끼적인 글을 읽었다. 편지에 담긴 비밀 탓에 겁먹은 그녀는 혹시 누군가가 그 내용을 알아차릴까 봐 두려운 듯 종이를 얼른 찢어 버렸다. 종잇조각을 바다에 던지려던 순간, 이달리에는 황녀와 라디슬라스가 서 있는 위치에서라면 물 위에 떠 있는 종잇조각을 금세 알아차릴 수도 있음을 깨달았다. 황녀는 눈치가 빠르므로, 이달리에는 조금이라도 위험의 소지를 없애고자 두려움에 떨며 배의 측면에서 물러났다. 그녀는 위험한 종잇조각을 빨리 처리하고 싶어서 점점 초조해졌다. 이윽고 그녀는 선창에 던져 버리기로 결심했다. 그녀는 선창으로 다가가서 아래를 내려다보았다. 뱀의 형체를 보았다고 한들 그렇게 공포에 질리지는 않았을 것이다. 그녀는 터져 나오려 하는 비명을 가까스로 억눌렀다. 비틀비틀 도로 물러선 뒤 돛대에 기댄 채 공포에 떨었다. 틀림없이 잘못 본 게 아니었다. 그녀가 본 것은 무섭게 노려보는 조르조의 새까만 눈이었다. 위쪽을 올려다보는 그 사악한 얼굴은 잘못 보려야 잘못 볼 수가 없었다. 위험이 이토록 급박하게 턱밑까지 다가와 있다니, 결국 운명을 피할 수 없는 걸까? 어떻게 하면 곧 닥쳐올 비상사태에 대비하도록 남편에게 이 치명적인 정보를 은밀히 전달할 수 있을까? 그 순간, 조금 전까지 신중한 판단에 따라 실행하지 않기로 마음먹었던 편지 속의 요청이 떠올랐다. 그것은 어쩌면 그녀가 누구를 보았는지 그에게 알려 줄 수 있는 유일한 기회일지도 몰랐다.

이렇게 모두의 마음속엔 배신과 증오, 두려움이 가득했다. 아무것도 모르는 제삼자의 눈에는 이들 모두가 완벽한 행복을 누리기 위해 특별히 선택받은 사람들처럼 보였으리라. 푸른 하늘 아래에서 삶의 축복이라 할 수 있는 온갖 사치를 누리며, 마법에 걸린 듯한 해안을 따라 아름다운 바다를 미끄러지듯 유영하고 있으니 말이다. 그러나 이달리에게 화창한 하늘과 즐거움으로 넘실대는 바다는, 그저 뱀과 호랑이가 어슬렁거리며 도사리고 있는 마귀굴로밖에 보이지 않았다. 밝은 햇살을 등진 죄 많은 인간들이 기괴한 그림자를 드리우듯, 어두운 안개가 하늘의 빛을 가리고 있었다.

이제 그들은 야트막한 해안 가까이에 도착했다. 그들을 신전으로 데려갈 말들과 가벼운 무개 마차 두세 대가 물가에서 대기하고 있었다. 일행 모두가 배에서 내렸다. 라디슬라스는 배와 해변 사이에 놓인 널빤지를 건널 때 이달리에게 손을 내밀었다. "부디." 그는 그녀의 손을 꼭 쥐면서 간청하는 목소리로 물었다. 그녀도 부드럽게 손에 힘을 주었고 "조심하세요."라는 말을 떨리는 음성으로 내뱉었다. 예전에 그녀를 칭송했고, 오늘도 온종일 그녀의 환심을 사려고 애쓰던 젊은 영국인이 또다시 그녀 곁으로 다가왔다. 그는 황녀가 마차에서 그녀를 기다리고 있으니 부디 늦지 말라고 당부했다.

일행은 넓고 어스름한 해안가의 볼모지와, 척박한 땅 위에 홀로 솟아난 산과, 바다 사이에 우뚝 서 있는 영광스러운 유적으로 출발했다. 양 몇 마리가 고대의 기둥 아래에서 풀을 뜯었고, 무두질하지 않은 양가죽 옷을 걸친 두세 명의 남자가 휘둥그레진 눈으로 어슬렁거렸다. 모든 이들의 입에서 기쁨과 경이로움에 젖은 탄성이 터져 나왔다. 라디슬라스는 사람들 틈에서 슬쩍 빠져나와, 좀 더 호젓한 폐허로 가서 홀로 공상에 잠겼다. "인간의 가장 고귀한 영광은 무엇인가? 만약 우리가 폴란드를 해방시켰다면, 그리하여 폴란드가 자유를 누리며 그리스의 마법 같은 업적을 본받았다면 어땠을까? 그래도 뱀처럼 음흉한 족속들이 몇 세기 동안 폴란드의 발목을 붙잡았을 테지. 우리가 이룩한 기념물도 이렇게 허물어졌을 거야. 우리의 기념물, 새로운 파에스툼도 오로지 이토록 쓸데없는 경이로움과 하찮은 호기심을 자극하기 위해 존재했을 뿐이겠지!"

라디슬라스는 화를 곱씹는 동안 확실히 기분이 좋지 않았지만, 두 가지 상황에 더욱더 짜증이 치밀었다. 그것은 이 젊은 철학자를 괴롭히기에 충분했다. 첫째, 그가 이 장엄한 아름다움을, 그의 영혼을 감성과 외경심으로 가득 물들이는 이 장관을, 예술의 영광보다 소풍을 마치고 저녁에 무엇을 먹을지에 더 관심이 많은 거짓된 무리에 둘러싸여 바라보아야 한다는 점이었다. 둘째, 그의 신부는 낯선 사람들의 아첨에 포위되어 있었으므로, 자신과는 단 한 마디 말도, 신뢰의 표정마저 주고받을 수 없었던 것이다. 그는 이달리에의 외딴집 포르티코 아래에서 단둘이 함께 오붓하게 보냈던 시간을 떠올리며 한숨을 쉬었다. 조금만 기다리면 곧 같이 항해하게 되리라는 사실조차 현재의 상황을 기껍게 해 주지는 못했다. 적과 격식 차린 대화를 나눠야만 한다는 상황이 그의 마음을 어지럽혔고, 단지 용기만으로 극복할 수 없는 위험들이 머릿속에서 떠나지 않았다.

황녀 일행은 대주교의 궁전에서 저녁 식사를 한 뒤, 달이 떠오르는 10시 무렵이 되어서야 다시 출발하기로 예정돼 있었다. 폐허 유적에서 두어 시간을 보내니, 하인들이 식사가 준비되었음을 알렸다. 거의 6시가 다 되었을 때였다. 저녁 식사를 마치더라도 출발하기까지 두 시간 이상이나 남았다. 사방에 어둠이 내려앉았다. 아무리 낭만적인 사람이라도 이런 어둠 속에서라면 폐허를 다시 구경할 마음이 들지 않을 터였다. 손님들을 즐겁게 해 주려고 혈안이 된 황녀는 바이올린과 플루트, 오르간을 대령시켰다. 이탈리아의 시골 사람들이 직접 연주한 음악은, 그 유명한 바이페르트 가족[21]에 비길 만큼 이 시간과 장소에 잘 어울렸다. 사람들은 음악에 맞춰 춤을 추기 시작했다. 영국인은 이달리에에게 춤을 청했다. 그녀는 실내를 둘러보았지만 라디슬라스의 모습은 도통 보이지 않았다. 그녀를 만나기 위해 신전에서 기다리고 있음이 분명했다. 조르조가 여기에 와 있다는 사실은 꿈에도 모른 채, 아무런 의심도 없이, 완전히 무방비한 상태로 말이다! 그런 생각이 떠오르자, 온몸의 피가 차갑게 얼어붙는 것 같았다. 그녀는 춤 신청을 거절하고, 황녀가 왈츠에 몰입해 있는 모습을 확인한 뒤,

---

21　19세기 초에 영국에서 활동한, 가족으로 구성된 음악 연주자 집단으로, 당시에 큰 인기를 얻었다.

서둘러 궁전 밖으로 나갔다. 그러고는 잔디밭을 가로질러 폐허 쪽으로 달려갔다. 처음 칠흑 같은 어둠 속에 들어갔을 때는 주변이 온통 결코 걷어 낼 수 없는 어둠에 휩싸여 있는 듯 보였지만, 차차 별빛이 희미하게 섬광을 비추었다. 이윽고 어둠에 익숙해지자 앞이 보이기 시작했다. 신전으로 다가간 그녀는 기둥들 사이에서 천천히 움직이는 남자의 형체를 보았다. 이달리에는 망토를 걸치고 자신을 기다리는 사람이 남편이라는 사실을 의심하지 않았다. 이달리에는 급하게 그를 향해 나아갔다. 기둥에 바짝 다가섰을 때 그녀는 라디슬라스를 보았고, 그와 동시에 다른 형체가 살그머니 움직이다가 돌연 호랑이처럼 잽싸게 몸을 던지는 광경을 목격했다. 검은 형체의 손에서 번쩍이는 단검 역시 똑똑히 보았다. 그녀는 생각할 겨를도 없이, 암살자의 팔을 붙잡고자 쏜살같이 앞으로 달려 나갔고, 급기야 칼날은 그녀를 향했다. 이달리에는 희미한 비명을 내뱉으며 땅바닥에 쓰러졌다. 그 순간 라디슬라스가 돌아서서 암살자와 결투를 벌였다. 목숨을 건 싸움이 한동안 이어졌다. 라디슬라스에게 칼을 빼앗긴 악당은, 품에서 또 다른 칼을 꺼냈다. 라디슬라스는 그 반격을 제압하고, 자신의 단도를 암살자의 가슴팍에 찔러 넣었다. 암살자는 거친 신음과 함께 푹 고꾸라졌고, 무덤 같은 침묵이 주변에 내려앉았다. 기절한 채 바닥에 드러누운 이달리에의 하얀 옷자락이 라디슬라스의 시선을 끌어당겼다. 그는 그녀의 드레스를 물들인 피를 보며 감히 말을 잇지 못한 채 고통스러워했다. 겨우 그녀를 일으켜 세우니, 잠시 정신이 돌아온 듯했다. 그러고는 자기 상처는 깊지 않다고, 아무것도 아니라고 라디슬라스를 안심시킨 뒤, 그녀는 또다시 그의 품에 안긴 채 의식을 잃었다. 그 순간, 그의 머릿속에 새로운 계획이 떠올랐다. 그는 결심이 흔들리기 전에 얼른 실행에 옮기기로 했다. 기왕 이달리에가 이렇게 되었으니, 연회로 정신없을 대주교의 궁전으로 돌아가지 않고, 더 빨리 증기선에 올라타기로 한 것이었다. 그리하여 안장을 얹은 말을 사원으로 데려와서 일단 기둥에 묶어 두었다. 기절한 이달리에를 조심스럽게 말에 태운 뒤, 요란하게 시끌벅적한 궁전을 뒤로하고 한적한 해안가로 달렸다. 설리호에 당도하니, 선장과 선원들은 이미 집으로 돌아갈 준비를 하고 있었다. 그들의 도움을 받아 이달리에는 배에 오를 수 있었다. 곧이어 라디슬라스는 즉시 닻을 올리고, 예정된 목적지로 출발하라고 명령했다. 선장은 어째서 다른 사람들은 오지 않았느냐고 물었다. "그들은 육로로 돌아갈 겁니다." 라디슬라스는 그렇게 말하면서, 육로로 돌아가는 과정이 매우 고되리라는 사실에 약간의 죄책감을 느꼈다. 캄캄한 밤중에 산적이 들끓는 시골길을 여행해야 한다면 분명 두려울 터였다. 그러나 의식을 잃은 이달리에의 창백한 얼굴을 본 순간, 그런 걱정 따윈 사라져 버렸다. 일단 나폴리에 당도해서 이달리에의 상처를 치료해야 했다. 부디 상처가 가벼워서, 대시코프 황녀가 돌아오기 전에 항해를 재개할 수 있기를 바랐다. 한시도 지체할 수 없는 긴박한 상황이었다. 설리호의 선장은 더 이상 캐묻지 않았다. 배는 닻을 올리고, 은색 달빛이 내리쬐는 해안가를 벗어나, 빠르게 나폴리로 나아갔다. 배가 출발한 지 얼마 지나지 않아서, 라디슬라스의 아름다운 신부는 그의 정성스러운 간호 덕분에 정신을 되찾았다. 팔에 상처를 입었는데, 자세히 보니 거의 스친 수준이었다. 그녀를 기절시킨 것은 고통이나 출혈이 아니라, 사랑하는 남편의 목숨이 위협당하는 광경을 직접 목도한 순간의 공포였다. 그녀는 스스로 팔의 상처에 붕대를 감았다. 더는 치료할 필요가 없었으므로 그들은 나폴리로 돌아가지 않고, 즉시 바다로 나아가 마르세유로 향했다.

한편, 대주교의 궁전에서 열린 연회가 잠시 중단되었을 때 손님들은 라디슬라스와 이달리에가 사라졌음을 알아차렸다. 몇몇은 심하게 비아냥거리기도 했다. 이 대화에 대시코프 황녀도 동참했는데, 그녀는 불안한 마음을 억누를 수 없었다. 여기에 조르조가 와 있고, 미리 계략을 짜 두었으니 지금 라디슬라스만 홀로 보이지 않는다면 다 그만한 이유가 있는 것이었다. 그런데 이달리에마저 자리를 비웠으니 혹시 그녀가 범죄를 목격했을지도 몰랐다. 어쩌면 암살을 명령한 것이, 다름 아닌 황녀라는 사실이 알려질 수도 있었다. 마침내 달이 떠올랐고, 이제 해안으로 돌아가야 할 시간임을 알렸다. 현관 앞에 말과 마차가 준비돼 있었는데, 라디슬라스의 말이 없어졌음을 깨달았다.

"이달리에 양도 작은 말을 타고 오지 않았습니까?" 영국인이 비꼬는 듯한 말투로 물었다. 일행 모두가 말과 마차에 올라타고 있는데, 그때 누군가가 달빛에 물든 신전을 마지막으로 한 번 더 둘러보자고 제안했다. 황녀는 극구 반대했지만 소용없었다. 그녀는 양심의 가책 탓에 완강히 반대할 수 없었으므로, 평소처럼 단호한 결단력을 보이지 못했다. 결국 그녀는 끔찍한 뭔가가 발에 차일지도 모른다는 두려움에 떨며 조용히 걸어갔다. 일행이 입을 열 때마다 혹시나 공포에 질린 비명이 터져 나오지는 않을까, 줄곧 노심초사했다. 불규칙하게 쏟아져 내리는 달빛은 여기저기에 유령 같은 얼굴과 뒤엉킨 팔다리를 드러내 보이는 듯했다. 밤이슬 역시 황녀의 공연한 상상력을 자극하며 혹시 희생자의 축축한 피가 아닐까, 하는 두려움을 불러일으켰다.

그들이 미처 신전에 당도하기도 전에, 농부 한 사람이 다가와서 증기선이 사라졌노라고 알렸다. 그리고 그 농부는 해안가에서 라디슬라스의 말을 끌고 왔다. 라디슬라스가 승선하면서, 말의 굴레를 그의 손에 쥐여 준 것이었다. 농부는 그가 기절한 이달리에와 함께 떠났다고 밝혔다. 일행들은 이제 집으로 돌아갈 방법이 묘연해졌음을 깨닫고, 두 연인의 끔찍하게 이기적인 행동에 분노의 목소리를 높였다. 방금 전까지만 해도 양심 때문에 되도록 말을 삼갔던 러시아 황녀는, 폴란드인이 멀쩡하게 살아 있다는 사실을 확인하자마자 가장 격렬하게 화를 냈다. 모두 다 경악한 채 모여서, 이 곤란한 상황을 어떻게 해결해야 좋을지 토론하기 시작했다. 그때 대시코프 황녀는 전혀 온화하지 않은 모습으로, 이달리에의 부적절하고 배은망덕한 행동에 격노했고, 상대를 기만하는 뻔뻔한 행동을 보니 역시나 폴란드인이답다고 외쳤다. 그 순간, 창백한 달빛이 그녀의 발아래를 비추었는데, 월광보다 더 창백한 얼굴 하나가 떠올랐다. 그녀는 그것이 조르조의 얼굴임을 바로 알아보았다. 여자들은 비명을 질렀고, 남자들은 서둘러 현장으로 달려갔다. 황녀는 어느 쥐구멍에든 숨을 수 있기를 바라며 마치 마법에 걸린 듯 제자리에 붙박여 있었다. 그녀는 가만히 서서, 공포와 절망 속에 서서히 죽어 가는 남자를 바라보았다.

"황녀님, 그놈이 도망쳤습니다." 조르조가 말했다. "라디슬라스는 당신의 음모를 피해서 달아났습니다. 도리어 내가 당했습니다." 그는 여기까지 말하고는 고개를 떨구었다. 영국인이 그를 도우러 다가갔지만 생명의 불씨는 이미 꺼진 뒤였다.

폴란드인의 나폴리 모험은 이렇게 끝이 났다. 음모의 배후가 밝혀지자 다들 황녀를 피했으므로, 그녀는 혼자 이륜마차를 타고 나폴리로 돌아왔다. 그다음 날, 그녀는 나폴리에 공모자들을 남겨 둔 채, 자신의 범죄가 알려지지 않은 러시아로 떠나 버렸다. 한편, 마리에타는 언니의 정당한 결혼을 만방에 알리며, 이방인과 야반도주했다는 이달리에의 오명을 깨끗이 씻어 주었다. 이윽고 마리에타도 이탈리아를 떠나서 프랑스 파리로 향했다. 행복한 라디슬라스와 이달리에 그리고 마리에타는 마침내 재회했다.

보이지 않는 소녀

 이 짧은 이야기에는 서사적 규칙성이나 상황과 감정의 흐름을 꾸며 낼 만한 가식이 전혀 없다.
 세상에서 가장 겸손한 배우가 나에게 이야기를 들려주듯이 여러분에게 전하는 거짓 없는 경험담이다. 진실에서 흥미로운 사실만 빼내지 않고 최대한 정확하게 말할 것이다. 나는 웨일스와 아일랜드 사이를 흐르는 바다 쪽으로 돌출된 음울한 곳의 꼭대기에 자리한, 폐허가 된 탑처럼 보이는 장소를 찾았다가 깜짝 놀란 적이 있다. 외부는 비바람과 전쟁을 치르느라 흉흉하고 어수선해 보였지만 안쪽은 여름 별장처럼 꾸며져 있었다. 너무 작아서 다른 묘사는 어울리지 않는다. 1층이 현관 역할을 했고, 위쪽에는 방 하나가 있기에 두꺼운 벽에 만들어 놓은 계단을 올라가 보았다. 방 안을 보니 바닥에는 카펫이 깔리고 우아한 가구로 장식되어 있었다. 가장 시선을 끌고 호기심을 불러일으킨 것은 벽난로 위 선반에 걸린 수채화 그림이었다. 실내가 습하지 않도록 벽난로가 설치되어 있었는데, 탑과 너무도 어울리지 않아서 눈에 확 띄었다. 그림은 방의 다른 장식보다 이 엉성한 건물에 유난히도 어울리지 않아 보였다. 홀로 걸려 있는 것이나 그 주변이 황량한 점도 한몫했다. 그림 속 주인공은, 꽃 피어나는 싱그러운 젊음이 단연 돋보이는 사랑스러운 소녀였다. 그녀가 입은 옷은 18세기 초기의 소박한 스타일이었다. 얼굴에서는 순수와 지성이 뒤섞인 분위기와 차분함 그리고 타고난 쾌활함이 엿보였다. 그녀는 젊은이들에게 오랫동안 기쁨을 선사해 준 2절판 로맨스 책을 읽고 있었다. 발치에는 만돌린이 놓여 있고, 옆의 커다란 거울에는 작은 잉꼬가 앉아 있었다. 가구 배치와 벽걸이로 보아 부유한 환경이었다. 그녀의 차림새는 집에 있을 때의 옷차림이 분명했지만 격식 없는 편안함 말고도 상대방을 기쁘게 해 주고 싶어 하는 소녀다운 장식이 두드러졌다. 그림에는 황금색 글씨로 '보이지 않는 소녀'라고 새겨져 있었다.

내가 저 탑을 발견한 것은 인적이 거의 드문 시골길을 걷다가 길을 잃고 소나기까지 만난 탓이었다. 탑은 강한 바람에 흔들리는 것처럼 보였고 황량함의 상징으로서 절벽에 걸려 있는 듯했다. 나는 안식처와 거리가 멀어 보이는, 고작 폐허 더미를 발견한 불운을 저주하며 애석한 표정으로 탑을 바라보았다. 폭풍우가 더욱 거세지기 시작했다. 구멍 같은 곳에서 늙은 여인의 머리가 나왔다가 사라졌고, 잠시 후 안에서 나를 부르는 목소리가 들렸다. 목소리는 문을 가린 미로 같은 가시덤불을 뚫고 나왔다. 조금 전까지는 문을 보지 못했는데, 화분과 자연이 합세하여 능숙하게 문을 가리는 데에 성공했기 때문이다. 노부인은 입구에 서서 나더러 안으로 들어오라고 했다. "난 옆집에 사는데 잠깐 살피러 왔다오. 비가 내리면 그러거든. 그칠 때까지 들어와 있겠소?" 정말로 근처에 오두막

집이 있었고 좀 시들해진 빗줄기 속에서 바라보니 탑은 완전히 폐허라고 하기엔 그럴싸했다. 나는 노부인에게 잠깐 살피러 온 것이 비둘기인지 아니면 까마귀인지 물었다. 그때 바닥 깔개와 계단의 카펫이 눈에 들어왔다. 위쪽에 방이 있음을 발견하고는 더욱 놀랐다. 무엇보다 그 그림, 확실히 눈에 보이게 채색되어 있음에도 '보이지 않는 소녀'라는 기이한 설명이 붙어 있는 그 그림이 궁금증을 자극했다. 호기심과 노부인에 대한 나의 지나친 정중함, 그녀의 수다스러운 성격 덕분에 적잖이 혼란스러운 사연을 듣게 되었다. 그리고 거기에 내 상상력이 보태지고, 나중에 이어진 질문으로 바로잡힌 끝에, 다음의 이야기가 탄생했다.

몇 해 전 9월의 어느 날 오후, 잘생긴 외모지만 폭풍 치는 밤에 시달린 흔적이 역력한 신사가 이곳에서 약 15킬로미터 떨어진 작은 바닷가 마을에 도착했다. 그는 25킬로미터 정도 거리의 해안에 자리한 마을까지 자신을 배로 데려다줄 사람을 구한다고 했다. 하늘이 심상치 않아서 어부들은 전부 꺼렸지만 마침내 두 사람이 나섰다. 한 명은 딸린 식구가 많은 남자로, 낯선 이가 제시하는 넉넉한 수고비에 넘어갔다. 다른 한 명은 나를 받아 준 노부인의 아들로 젊은 혈기에 나선 것이었다. 바람이 잔잔했으므로 그들은 해가 저물기 전에, 또 태풍이 몰아치기 전에 항구에 도착하기를 바랐다. 모두 기분 좋게 출발했다. 적어도 두 어부는 그러했다. 낯선 남자를 둘러싼 우울감은 그가 입은 까만 상복보다도 더 짙었다. 그는 한 번도 웃어 본 적 없는 사람 같았다. 밤처럼 어둡고 죽음처럼 쓰라린, 뭐라 형언할 수 없는 생각이 가슴속에 들어앉은 까닭에 그것을 영원히 곱씹고 있는 듯했다. 그는 이름을 밝히지 않았지만 마을 사람 중 한 사람이 그가 헨리 버넌임을 알아보았다. 바로 남자가 지금 가려 하는 마을에서 약 5킬로미터 떨어진 곳에 대저택을 소유한 준남작의 아들이었다. 원래 그 저택은 거의 방치되다시피 했다. 하지만 헨리는 갑자기 낭만적 변덕에 사로잡혔는지 삼 년 전에 그곳을 방문했고, 그의 아버지 피터 경도 지난봄에 두어 달 동안 머물렀다.

배는 예상보다 멀리 나아가지 못했다. 바다로 나가자 미풍이 불었다. 그들은 튀어나온 암석을 피하고자 노도 젓고 돛을 올리기도 했다. 아직 해안을 벗어나지도 못했을 무렵, 돌연 바람의 방향이 바뀌면서 거세졌다. 강하면서도 변화무쌍한 바람이 불었다. 칠흑처럼 어두운 밤이 되자 울부짖는 파도가 용솟음치다 거세게 부서지면서 감히 저항하려 드는 자그마한 범선을 압도했다. 그들은 돛을 전부 내리고 노를 잡았다. 한 명은 물을 퍼냈고 버넌도 노를 잡고 필사적으로, 노련한 뱃사람에 뒤지지 않는 힘으로 저었다. 폭풍이 치기 전까지 두 뱃사람은 저희끼리 많은 대화를 나누었지만 이제는 짧은 지시 이외엔 온통 침묵이었다. 한 사람은 아내와 아이들을 떠올리며, 굳이 이런 날씨에 바다로 나가겠다고 해서 자기 목숨뿐 아니라 가족의 행복까지도 위태롭게 만든 낯선 방문객을 속으로 원망했다. 다른 한 명은 대담한 청년이라 겁이 덜했지만 뱃일을 하느라고 바빠서 말할 겨를이 없었다. 버넌은 다른 사람들까지 위험에 빠트린 스스로의 무모함을 후회했다. 이제 그는 활기차고 용감한 목소리로 뱃사람들의 기운을 북돋워 주고자 더욱 힘차게 노를 저었다. 일하는 데에 정신이 팔리지 않은 사람은 물 퍼내는 남자뿐이었다. 그는 가끔 유심히 주변을 살폈다. 소란스러운 황무지 같은 바다에서 뭔가를 찾아내려는 듯이. 하지만 높은 파도가 들이닥치거나 저 멀리 지평선 가장자리에서 더 거센 바람을 예고하는 구름이 올라오는 광경을 제외하면 사방은 텅 비어 있었다. 그러다 마침내 그가 소리쳤다. "저기 있다! 왼쪽 뱃전의 노를 저어! 당장! 저 불빛을 따라가면 우린 살 수 있어!" 노를 젓던 두 사람은 본능적으로 고개를 돌렸는데 칙칙한 어둠만이 보일 뿐이었다.

"보이지 않겠지만 가까워지고 있어. 신이시여, 오늘 밤을 무사히 넘기게 해 주소서." 잠시 후 그는, 몹시 지쳐 제대로 노를 젓지 못하는 버넌에게 노를 건네받았다. 버넌은 일어나서 안전을 약속해 줄 만한 표지를 찾으려고 했다. 그것이 희미하게 빛났다. "보입니다." 하지만 곧 다시 말했다. "안 보이네요." 그런데 배가 앞으로 나아갈수록 저 멀리 반짝이는 무언가가 점점 확실하게 눈에 띄었다. 불빛은 더욱 매끄러워졌고, 어슴푸레 반짝이는 그 빛 때문에 바다의 가슴 한복판에서 안전함을 느낄 수 있었다.

"우리가 찾아야 하는 표지가 뭐죠?" 버넌이 이제 한층 편하게 노를 젓는 남자들에게 물었다.

"동화 같으면서도 현실적인 것이지." 나이 많은 뱃사람이 말했다. "바다가 내려다보이는 바위 꼭대기에 지어진 낡고 무너진 탑에서 나오는 불빛이야. 올해 여름 이전에는 본 적이 없는데 지금은 매일 밤 보이지. 적어도 부러 찾으면 보여. 우리 마을에서는 좀체 보이지 않거든. 너무 구석에 있어서 굳이 가까이 가 볼 이유가 없지. 지금처럼 특별한 때만 제외하고. 마녀가 붙이는 불이라는 말도 있고, 밀수업자 짓이라는 소문도 있어. 마을 사람 둘이 탑에 가 봤는데 맨 벽뿐이었어. 낮엔 아무도 없고 밤에는 캄캄하고. 거길 둘러볼 때는 빛이 없었는데 바다에 나오니까 횃불이 활활 타고 있었지."

"여기 마을에서, 연인을 잃은 처녀 귀신이 태우는 불이라고 들었어요." 이번에는 젊은 뱃사람이 말했다. "연인이 탄 배가 좌초되고 탑 아래에서 시체가 발견되었대요. 우린 그녀를 '보이지 않는 소녀'라고 불러요."

그들은 탑 맨 아랫부분에 자리한 부두에 닿았다. 버넌은 위쪽을 바라보았다. 아직 불이 타고 있었다. 파도도 치고 어두운 터라 작은 범선을 겨우겨우 해안에 대고 모래밭으로 끌어 올렸다. 그다음에는 경험 많은 어부가 이끄는 대로 잡초와 덤불이 무성한, 깎아지른 듯한 길을 올라가 탑의 입구를 찾았다. 거기에는 문이 없었고 온통 무덤처럼 어둡고 고요했으며 죽음처럼 차가웠다.

"말도 안 돼요. 분명 집주인이 직접 나오거나 불빛을 보여 줄 겁니다. 집주인이 직접 나오지는 않더라도, 인기척을 따라 어두운 계단을 올라갈 수 있을 겁니다." 버넌이 말했다.

"위층 방으로 올라가더라도 무너진 계단에 부딪칠 거요. 장담하건대 눈에 보이지 않는 소녀와 횃불은 흔적도 없을 거야."

"가장 유쾌하지 못한 종류의 낭만적인 모험이로군요." 버넌은 중얼거리면서 울퉁불퉁한 바다 때문에 휘청거렸다. "불을 밝힌 여인은 분명 늙고 못생겼을 겁니다. 그게 아니라면 왜 그리 짜증을 잘 내고 불친절하겠어요?"

모험가들은 여기저기 여러 차례 부딪쳐서 멍이 든 끝에 위층으로 올라갈 수 있었다. 그런데 그곳은 텅 비어 있었다. 몸도 마음도 피로했으므로 딱딱한 바닥에 눕자마자 깊은 잠에 빠졌다.

뱃사람들은 오랫동안 푹 잠들었다. 버넌은 한 시간 동안 멍하니 있다가 이내 나른해졌지만 긴 의자가 불편해서 쉽게 잠들지 못했다. 자리에서 일어나 창문 역할을 하는 구멍으로 다가갔다. 당연히 창유리 따위는 없었다. 창가에는 딱딱한 의자조차 없어서 총안(銃眼)에 등을 기댔다. 그가 취할 수 있는 유일한 휴식이었다. 그는 위험과 불가사의한 불빛, 눈에 보이지 않는 수호자에 대해서는 깡그리 잊어버렸다. 자신의 운명에 대한 두려움과 심장 안에 악몽처럼 들어앉은 형언할 수 없는 비참함이 그의 머릿속을 가득 메웠다.

한때 행복했던 버넌이 겉보기에도 슬픔에 사로잡힌 애처로운 문상객으로 변해 버린 까닭을 이야기하자면 책 한 권을 다 써도 모자랄 것이다. 헨리는 피터 버넌 경의 외아들로, 늙은 준남작은 난폭하고 고압적인 성질이기는 하지만 아들만큼은 끔찍이 아꼈다. 마침 그는 고아 여자아이 하나도 거두어 키웠다. 그 아이도 마찬가지로 너그럽고 친절한 대우를 받았고, 피터 경의 권위에 깊은 경외심을 가지고 살았다. 홀아비인 피터 경이 힘을 휘두르거나 애정을 줄 대상은 두 아이뿐이었다. 수양딸 로지나는 명랑하면서도 약간 소심한 소녀였고, 보호자를 거스르지 않으려는 신중함을 가지고 있었다. 워낙에 유순하고 마음 여리고 애정도 많아서 오히려 헨리보다 더 아버지를 다정히 대했다. 두 사람은 어린 시절에 함께 놀았고 나중에는 연인이 되었다. 로지나는 두 사람이 사랑하는 사이이고, 몰래 사랑의 맹세까지 나누었다는 사실을 피터 경이 눈치채면 반대할까 봐 두려웠다. 가끔 그녀는 자신이 헨리의 신부가 될 운명이라는 생각으로 위안을 얻기도 했다. 처음부터 신이 장차 두 사람을 맺어 주기 위해 함께 자라게 한 것이라고. 헨리는 그렇게까지 생각하지는 않았다. 그는 사랑하는 로지나를 아내로 맞이하겠다고 말할 수 있을 나이가 될 때까지 기다리기로 했다. 그 전까지는 남들에게 들키지 않도록 조심했다. 안 그러면 사랑하는 소녀가 구박과 모욕을 받게 될 터였다. 피터 경의 시력이 나빠져 시골에 머무르게 되자 두 연인은 마음껏 같이 시간을 보낼 수 있었다. 매일 저녁 식사를 마친 뒤 로지나가 만돌린을 연주하고 노래를 들려주면 피터 경은 곤히 잠들었다. 그녀는 집 안에서 하인을 제외하면 유일한 여성이었기에 하고 싶은 일을 하면서 시간을 보낼 수 있었다. 피터 경이 얼굴을 찡그려도 순수한 그녀의 손길과 사랑스러운 목소리는 그 불같은 성질을 누그러뜨리기에 충분했다. 로지나는 지상의 천사였다. 순수한 사랑을 품은 그녀는, 헨리가 항상 곁에 있기에 행복했다. 서로에 대한 믿음과 함께 꿈꾸는 안정된 미래는, 두 사람이 나아가게 될 길을 구름 한 점 없는 하늘 아래 자리한 꽃길로 만들어 주었다. 피터 경의 존재는 그저 사소한 방해물일 뿐, 오히려 두 사람의 비밀스러운 시간을 더욱 행복하게 하고 서로에 대한 이해심도 깊어지게 했다. 하지만 버넌 저택에 갑자기 불길한 존재가 등장했다. 바로 피터 경의 여동생 베인브리지 부인이었다. 끔찍한 마음씨로 남편과 아이들을 죽음으로 내몰고 혼자가 된 그녀는 새로운 먹잇감을 찾는 탐욕스러운 하피(harpy)[22]처럼 오라버니의 집으로 들어와서 살게 되었다. 그녀는 두 연인의 관계를 금방 눈치챘다. 그녀는 곧장 오라버니에게 알렸고 피터 경은 분노했다. 교

22　고대 그리스·로마 신화에 나오는 여자의 머리와 새의 날개, 발을 지닌 괴물.

활한 그녀는 로지나를 남몰래 괴롭히기 위해 계략을 꾸며 냈고, 급기야 헨리를 외국으로 보냈다. 그리하여 사랑스러운 로지나에게는 구혼자 가운데 제일 돈 많은 남자와 결혼하라는 명령이 떨어졌다. 베인브리지 부인의 매서운 조롱과 피터 경의 난폭한 분노에 저항조차 할 수 없는 공포의 세월이 이어졌다. 그녀가 할 수 있는 일이라고는 침묵과 눈물뿐이었지만 흔들림 없는 목표가 하나 있었으니, 그 어떤 협박과 분노도 그녀에게서 진실한 기도를 결코 빼앗아 갈 수 없었다. 그녀는 그들이 자신을 미워해서가 아니라 단지 순종하지 않아서 저런다고 생각했다.

"우리가 모르는 일이 분명 있을 거예요. 내 말이 맞을 테니 두고 보세요, 오라버니. 분명 저것은 헨리와 몰래 편지를 주고받고 있을 거라고요. 저것을 웨일스에 있는 오라버니의 저택으로 보내자고요. 거기라면 도와줄 사람이 한 명도 없으니 고집을 꺾고 우리가 하라는 대로 할 거예요."

피터 경도 찬성했다. 그들 세 사람은 외딴곳에 자리한 암울해 보이는 저택으로 향했다. 그곳이 가족 소유의 저택이라는 말은 하지 않았다. 거기서 가엾은 로지나의 고통은 견딜 수 없을 정도로 커졌다. 익숙한 환경에서 친절한 얼굴들에 둘러싸여 생활할 때는 아무리 잔인하게 괴롭히는 이들이 있어도 인내심을 발휘할 수 있었다. 그녀는 헨리에게 편지를 써서 상황을 알리지 않았다. 피터 경이나 베인브리지 부인이 헨리와의 사이를 추궁한 것도 아니기에, 그녀는 굳이 도움을 요청하고 싶지 않았다. 고모의 학대와 아버지의 저주로 모욕받은 성스러운 사랑의 비밀이 밝혀지기 전에 혼자 힘으로 위험에서 벗어나고자 했다. 하지만 웨일스의 저택으로 옮겨져 방 안에 꼼짝없이 갇힌 죄수가 되자, 차가운 심장을 가진 사람들을 상대하기엔 자신이 몹시 나약하게 느껴졌다. 끝내 용기가 무너져 내리기 시작했다. 그녀가 접촉할 수 있는 사람은 베인브리지 부인의 하녀뿐이었다. 악마 같은 주인의 지도에 따라 그녀는 가엾은 죄수를 유인해 마음을 털어놓게 하고 배신하게끔 예정되어 있었다. 순수하고 상냥한 로지나는 너무도 쉽게 넘어갔다. 마침내 그녀는 절망을 이기지 못해 헨리에게 편지를 썼고, 하녀에게 건네주면서 보내 달라고 부탁했다. 사랑의 맹세에 대해서는 말하지 않고 아버지에게 예전처럼 자신을 아끼고 사랑했던 시절로 돌아가 달라고, 자신을 허물어뜨리는 잔인함은 부디 거두어 달라고 설득을 당부하는 내용이었다. 불운한 소녀는 이렇게 썼다. "다른 사람과 결혼하느니 차라리 죽겠어요!" 이 한 문장만으로도 그녀의 비밀이 드러나기에는 충분했다. 이미 들켰던 것이나 다름없었지만. 베인브리지 부인은 피터 경에게 자신의 말이 맞지 않았느냐고 큰소리를 쳤고, 그의 분노는 더욱 커졌다. 로지나의 편지는 주소를 쓴 잉크가 마르기 전에, 봉인이 채 식지도 않았는데 베인브리지 부인에게 전해진 것이었다. 로지나는 두 사람에게 불려 갔다. 그 이후의 일을 정확히 아는 사람은 없으리라. 잔인한 두 사람이 자신들의 악행을 축소해서 전했을 테니까. 피터 경의 으르렁거리는 소리, 그 여동생의 고함에 로지나의 여리고 작은 목소리는 파묻혔다. "당장 이 집에서 나가라. 널 이 집에 단 하루도 더 들일 수 없다." 노인이 소리쳤다. 로지나가 배은망덕하게 남자를 유혹했다는 둥 그녀가 난생처음 듣는 말이 하인들의 귀에까지 들어갔다. 베인브리지 부인은 준남작이 분노의 말을 쏟아 낼 때마다 옆에서 독기를 더했다.

로지나는 거의 반송장이나 다름없는 상태로 물러났다. 절망 때문인지, 피터 경의 말을 곧이곧대로 들어서인지, 그 여동생의 명령이 더 결정적이었는지 알 수는 없지만 로지나는 집을 떠났다. 그녀가 울면서 두 손을 꽉 움켜잡은 채 정원을 지나는 모습을 하인 하나가 보았다. 그 후 어떻게 되었는지는 아무도 몰랐다. 그녀가 사라졌다는 소식이 피터 경에게 전해진 것은 다음 날이었다. 그는 불안한 표정으로 당장 로지나를 찾으라고 했다. 집을 나가라는 소리는 그저 말뿐이었다. 사실 피터 경은 자선하는 마음으로 거둔 빈털터리 고아와 집안의 후계자가 결혼하는 일을 막으려고 했을 뿐, 속으로는 로지나를 진심으로 아꼈다. 로지나에게 그토록 심하게 군 것은 그녀에게 잘해 주지 못한 자신에게 화가 난 탓이기도 했다. 로지나의 흔적을 찾지 못했다는 소식이 계속 들려오자 피터 경은 회한에 사로잡혔다. 가장 큰 두려움을 차마 입 밖에 낼 수 없었다. 분노의 말로 양심을 억누르려는 인정머리 없는 여동생이 "그 못되고 헤픈 것이 우리한테 복수하려고 나가 죽은 거야."라고 소리쳤을 때 그는 심한 욕설과 표정만으로 그녀를 덜덜 떨며 입 다물게 했다. 하지만 그녀의 추측은 맞는 듯했다. 정원 끝에 세차게 흐르는 어두운 개울로 사랑스러운 로지나가 몸을 던져 생을 끝냈음이 분명했다. 결국 그녀를 찾지 못하자 피터 경은 도시로 돌아갔다. 사랑스러운 로지나의 얼굴이 연신 떠올랐다. 아들의 신부가 된 모습으로라도 좋으니 그녀를 다시 볼 수 있다면 목숨도 버릴 수 있다고 생각했다. 그는 아들의 질문 앞에서 더할 나위 없는 겁쟁이처럼 움츠러들었다. 헨리는 로지나의 죽음을 전해 듣고는 이유를 묻기 위해 곧장 외국에서 돌아온 터였다. 그녀 무덤에 찾아가고, 두 사람이 행복을 나누었던 숲과 골짜기에서 그녀의 죽음을 슬퍼하고자 했다. 수많은 질문을 했지만 불길한 침묵만이 돌아올 따름이었다. 답답하고 초조해진 헨리는 결국 하인들과 집안에 딸린 식구들, 혐오스러운 고모에게서 끔찍한 진실을 들었다. 그 순간부터 가슴에는 절망이 들어앉았고 불행은 그의 동반자가 되었다. 그는 아버지 눈앞에서 뛰쳐나갔다. 존경하는 아버지가 인간을 벌주는 복수의 여신들처럼 끔찍한 죄를 저질렀다는 사실이 그를 괴롭혔다.

그의 가장 크고 유일한 바람은 웨일스로 가서 새로운 소식이 있는지, 갈가리 찢긴 마음이나마 달래고자 로지나의 시체라도 찾을 수 있을지 알아보는 일뿐이었다. 그런 이유에서 그는 이 마을로 찾아온 것이었고, 지금 버려진 탑에서 절망과 죽음으로 어수선한 자신의 머릿속을 떠안고 있었다. 부드러운 마음씨를 가진 사랑하는 여인이 그렇게 끔찍한 선택을 하기까지 얼마나 괴로웠을까.

바다의 단조로운 포효를 벗 삼아서 암울한 생각에 빠져 있는 동안 몇 시간이 훌쩍 지나갔다. 버넌은 마침내 동쪽에서 햇살이 느릿느릿 스며 나와 거친 바다를 밝히는 광경을 보았다. 바위투성이 해변에서 파도가 여전히 거칠게 부서지고 있었다. 동행자들도 잠에서 깨어 떠날 준비를 했다. 그들이 챙겨 온 식량은 바닷물에 망가져 버렸고 오랫동안 힘을 쓰고 아무것도 먹지 못한 터라 배가 고파 죽을 지경이었다. 망가진 배로는 다시 바다에 나갈 수 없었다. 약 3킬로미터 떨어진 곳의 후미진 구석에 어부의 작은 오두막이 있었다. 탑이 서 있는 곳의 옆쪽이었다. 서둘러 배를 고쳐야 했다. 그들은 자신들을 구해 준 불빛이나 그 연유에 관한 생각은 벌써 잊어버리고, 더 편안한 거처가 되어 줄 오두막으로 떠났다. 버넌은 탑을 떠나면서 주변을 둘러보았지만 사람의 흔적이라고는 보이지 않았다. 결국 그는 그 불빛을 그저 환상에 불과했노라고 여기기에 이르렀다. 오두막에 도착하니 그곳에는 어부와 그 가족이 살고 있었다. 버넌 일행은 따뜻한 아침 식사를 얻어먹고 탑으로 돌아갈 준비를 했다. 배를 고치고, 가능하면 어딘가에 있을 연인의 시신을 거둬 올 계획이었다. 집주인 어부와 아들이 동행했다. 버넌은 보이지 않는 소녀와 탑의 불빛에 관해 몇 가지를 물어보았다. 오두막의 부자는 유령의 존재를 처음 들었고, 어떻게 그런 이름이 붙었는지도 몰랐다. 하지만 그들은 한두 번인가 근처 숲에서 여자를 보았고 가끔 낯선 소녀가 약간 떨어진, 곶의 반대편에 있는 다른 오두막에서 모습을 드러냈으며 빵을 샀다고 말했다. 그들은 두 사람이 같은 인물인 것 같지만 확실하지는 않다고 했다. 아둔한 그들은 호기심마저 느끼지 않는 듯 제대로 알아볼 생각조차 하지 않았다. 뱃사람들은 온종일 배를 고쳤다. 망치 소리와 남자들이 일하면서 나누는 말소리가 해안에 울려 퍼지면서 부서지는 파도 소리와 뒤섞였다. 사람 앞에 모습을 드러내려고 하지 않는 존재가 과연 사람인지 초자연적인 존재인지 밝히기 위해 탑을 살펴보기에는 적절하지 않은 시간이었다. 하지만 버넌은 탑으로 갔고, 구석구석을 샅샅이 뒤졌지만 소득이 없었다. 거무칙칙하고 헐벗은 벽에는 누군가의 은신처라고 할 만한 흔적이 전혀 없었고 계단 벽의 움푹 들어간 곳도 텅 비어 있기는 마찬가지였다.

    버넌은 탑을 나와서 주변을 둘러싼 소나무 숲을 거닐었다. 수수께끼를 풀겠다는 생각은 포기한 채 다른 생각에 빠져 있을 때쯤 발아래에 슬리퍼 한 짝이 보였다. 신데렐라 이후로 저렇게 작은 슬리퍼는 처음이리라. 신발이 말을 할 수 있다면, 저것은 틀림없이 우아함과 사랑스러움, 젊음에 대한 이야기를 들려줄 터였다. 버넌은 신발을 집어 들었다. 그는 로지나의 앙증맞은 발에 자주 감탄했는데, 그 순간 가장 처음 든 생각은 로지나의 발에 맞을까, 하는 것이었다. 정말 이상했다! 보이지 않는 소녀의 신발이 분명했다. 탑에 불을 밝힌 요정은 진짜로 있었다. 신발을 신어야 할 발이 있는 실체. 고급 염소 가죽으로 만든 세련된 모양인 것이, 로지나가 신던 것과 똑같은 슬리퍼였다! 이제 세상에 없는 사랑하는 사람의 모습이 또 그의 앞을 가렸다. 유치하지만 달콤했던 시간, 사소하지만 연인 같았던 그녀와의 시간이 마음을 가득 채웠다. 그는 그대로 바닥에 주저앉아 비극적인 운명을 맞이한 사랑스러운 고아를 위해 그 어느 때보다 서럽게 통곡했다.

저녁에 남자들이 일을 마치자 버넌은 그들과 함께 다시 오두막으로 출발했다. 그곳에서 하루 더 묵은 뒤, 날씨가 허락하면 다음 날 항해를 이어 갈 작정이었다.

버넌은 신발에 대해 아무 말도 하지 않은 채 동행들과 함께 오두막으로 돌아갔다. 그는 자주 뒤돌아보지만 탑은 파도치는 어둑한 바다 위에 까맣게 서 있을 뿐 불빛은 보이지 않았다. 오두막에 당도하니 그들이 묵을 자리는 벌써 준비되어 있었다. 버넌은 집 안에 하나뿐인 침대에서 자라는 안주인의 제안을 사양하고 마른 나뭇잎 더미에 망토를 깔고 잠을 청했다. 몇 시간 동안 잠들었다가 깨어나니 같은 방에서 자는 이들의 거친 숨소리 말고는 사방이 온통 조용했다. 버넌은 일어나 창가로 가서 잔잔해진 바다와 탑 쪽을 바라보았다. 불빛이 빛나고 있었다. 가느다란 빛줄기가 파도를 비추었다. 그는 예상하지 못한 상황에 기뻐하면서 조용히 밖으로 나갔다. 망토를 두르고 탑으로 걸음을 재촉했다. 도착했을 때도 불빛은 여전히 빛나고 있었다. 그는 안으로 들어가서 여인에게 신발을 돌려줄 생각이었다. 여인이 평소처럼 인기척을 알아채고 모습을 감출까 봐 조심스럽게 접근하기로 했다. 하지만 좁은 길을 올라가면서 잘못 밟은 돌멩이가 절벽 아래로 떨어졌다. 그는 불빛의 주인을 놓칠까 봐 뛰기 시작했다. 문에 이르러 안으로 들어갔을 때는 온통 고요하고 어둠뿐이었다. 그는 아래쪽 방에 멈추었다. 무언가 작은 소리가 들린 것 같았다. 계단을 따라 위쪽 방으로 올라가서 뚫어져라 쳐다보았지만 역시 텅 빈 어둠만이 자리해 있었다. 별 하나 없는 밤, 벽의 구멍을 통해 들어오는 희미한 빛조차 없었다. 눈을 감았다 뜨면 희미하게 떠도는 빛줄기가 보이리라고 생각했지만 소용없었다. 더듬더듬 움직이다가 멈춰 서서 숨죽였다. 가만히 귀 기울여 보니 그곳에 자신 말고 다른 누군가가 있음을 확실히 느꼈다. 그 누군가의 숨소리로 공기가 흔들리고 있었다. 계단의 우묵 들어간 공간이 떠올랐다. 하지만 그는 그곳으로 가기 전에 먼저 입을 열었다. 잠깐 망설이다가 말했다. "이렇게 혼자 지내게 된 불행한 일이 있었겠지요. 만약 남자의, 신사의 도움이……."

외침 소리가 그의 말을 가로막았다. 죽은 자의 목소리가 그의 이름을 발음했다. 로지나의 목소리였다. "헨리! ……정말 헨리 당신인가요?"

그는 소리가 들리는 곳으로 달려가서 죽은 줄로만 알았던 여인을 안았다. 보이지 않는 소녀가 바로 로지나였다. 그녀의 심장이 가까이에서 뛰었다. 두 팔로 그녀의 허리를 감싸 안고, 놀라서 바닥에 주저앉으려 하는 그녀를 받쳤지만 어둠 속이라 얼굴은 보이지 않았다. 게다가 그녀는 우느라고 말 한마디 못 했다. 도무지 믿기지 않는 상황이었지만 소란스러운 기쁨으로 가슴을 꽉 채운 본능은, 지금 그가 안은 날씬하고 연약한 몸이, 그대가 그토록 사랑하는 아름다운 여인이 맞다고 말해 주었다.

아침이 찾아왔고 그들은 순풍으로 잔잔한 바다를 항해했다. 로지나가 석 달 전에 비통함과 두려움을 안고 떠나온 피터 경의 저택으로 돌아갈 계획이었다. 아침 햇살이 어둠을 걷어내며 보이지 않는 소녀의 아름다운 얼굴을 비추었다. 그동안 고통과 괴로움으로 고생한 흔적이 역력했지만 입술에는 상냥한 미소가 여전했고, 부드러운 파란색 눈동자도 변함없었다. 버넌은 슬리퍼를 꺼내 보여 주면서 불가사의한 불빛의 수호자를 찾으려고 한 이유를 설명했다. 그녀가 어쩌다 저렇게 황량한 곳에서 지내게 되었는지, 무엇 때문에 사람들의 시선을 피하려고 했는지는 차마 물어볼 용기가 나지 않았다. 곧바로 사랑하는 자신을 찾았더라면 자기가 지켜 주었을 텐데, 두려워할 일도 없었을 텐데! 하지만 로지나는 그의 말을 들으며 움츠러들었고 죽은 사람처럼 창백해진 얼굴로 가냘프게 속삭였다. "당신 아버지의 저주와 무서운 협박 때문이었어요!" 피터 경의 난폭함과 베인브리지 부인의 잔인함이 로지나로서는 도저히 감당할 수 없는 거대한 공포를 느끼게 한 듯했다. 그녀는 미칠 것 같은 공포심에 짓눌려 아무런 계획도 없이 집을 나왔다. 빈털터리 상태였고 돌아갈 수도, 앞으로 나아갈 수도 없었다. 넓디넓은 세상에서 친구라고는 헨리뿐인 그녀가 어디로 갈 수 있을까? 헨리를 찾아간다면 두 사람의 앞날은 불행해질 것이 뻔했다. 피터 경은 두 사람이 결혼하느니 차라리 둘

다 죽어 버리는 편이 낫다고 했다. 그녀는 낮엔 숨고 밤에만 움직이면서 정처 없이 헤매다 은신처가 될 만한 버려진 탑에 이르렀다. 그녀는 그 뒤로 지내 온 이야기를 겨우 털어놓았다. 낮에는 숲에 있거나 아무도 관심을 주지 않는 낡은 탑의 천장 아래에서 잠을 청했다. 그리고 밤에는 숲에서 주워 온 솔방울로 불을 피웠다. 밤은 그녀에게 가장 편안한 시간이었다. 어둠과 함께 비로소 그녀는 안전함을 느꼈다. 피터 경이 시골을 떠난 사실을 알지 못한 그녀는 자신이 숨어 있는 곳을 그에게 들킬까 봐 노심초사했다. 헨리가 돌아와서 어떻게든 자신을 찾으리라는 사실만이 그녀의 유일한 희망이었다. 그녀는 시간이 점점 흐르기만 하고 곧 겨울이 다가와서 걱정이었다고 고백했다. 힘이 차츰 빠지고 몸도 해골처럼 말라 가서 헨리를 다시 보지 못하고 죽을지도 모른다는 사실에 두려웠던 것이다.

안전하고 편안한 생활로 돌아온 뒤, 그가 정성을 다해 돌보았는데도 끝내 그녀는 병에 걸리고 말았다. 몇 달이 흐른 다음에야 다시 뺨에 생기가 돌았고 팔다리에 살이 붙어서 슬픔을 전혀 몰랐던 행복한 시절에 그린 그림 속의 모습과 비슷해졌다. 그녀가 고통 속에 머물렀던, 내가 비 피할 장소로 찾아든 탑에 걸려 있던 그림은 바로 그 초상화를 복제한 것이었다. 땅을 치며 후회하던 피터 경은 사랑하는 수양딸 로지나가 돌아오자 크게 기뻐했다. 예전에는 그렇게 반대했지만 이제는 그녀를 아들과 맺어 주려고 극성이었다. 베인브리지 부인은 다시 모습을 드러내지 않았다. 헨리와 로지나는 해마다 몇 달씩 웨일스의 저택에서 시간을 보냈다. 신혼의 행복을 만끽하면서 로지나는 모진 시련을 겪었던 곳에서 새로운 삶의 기쁨을 맛보았다. 헨리는 애정을 가지고 탑에 가구를 들여 장식했다. 내가 본 것이 바로 그 모습이었다. 그는 '보이지 않는 소녀'와 함께 그곳을 종종 방문해, 어둠의 폐허 더미에서 두 사람이 재회한 일을 다시금 떠올리곤 했다.

악마의 눈

> "무릎까지 닿는 외투에 머리에는 숄을 둘러서 묶고
> 장식이 들어간 총을 들고 금으로 수놓은 옷을 입은
> 알바니아인은 보기에 좋았다.
> 진홍색 스카프를 두른 마케도니아의 남자."
> — 바이런 경[23]

모레아인[24] 카투스티우스 지아니는 혹시 강도를 당할까 봐 두려워하며 이오아니나 지역[25]을 이동하고 있었다. 하지만 그는 사실 두려워할 필요가 없었다. 그가 피곤하고 허기진 상태로 외딴 마을이나 좀 더 큰 마을에 도착했을 때 — 야만적인 산사람들이나 폭력적인 튀르크 사람들 사이에서 — 모레아인은 자기 혼자뿐이더라도, 사람이 살지 않는 산속에서 갑자기 도적 떼에 둘러싸이더라도 악마의 눈 드미트리의 포브라티모[26]라고 말하면 모두가 하나같이 악수를 청하고 환영의

---

23 [원주] 『차일드 해럴드의 순례(Childe Harold's Pilgrimage)』 2장 58절.
24 모레아는 동로마 제국의 제후국으로, 오늘날 그리스 남부 펠로폰네소반도에 위치해 있었다.
25 오늘날 그리스 북서부 지역을 가리킨다.
26 [원주] 그리스에서, 특히 일리리아(오늘날 발칸반도 서부에 해당하는 지역)와 에페이로스(기원전, 발칸반도 서부 지역에 존재한 왕국)에서 동성끼리 우정을 맹세하는 것은 결코 드문 일이 아니며, 이 맹세를 축성하는 종교 의식도 있다. 이러한 맹세를 통해 하나 된 남성들을 포브라티미라 하고, 여성들은 포세스트리메라 한다.

인사를 건넸기 때문이다.

알바니아인 드미트리는 코르보 마을의 토박이였다. 이오아니나와 테르펠레네[27]의 험난한 산맥 사이로 깊고 넓은 개울 아르기로카스트로가 흐른다. 이곳의 서쪽은 나무로 뒤덮인 절벽에 둘러싸여 있고, 동쪽으로는 우뚝 솟은 산들이 그늘을 드리운다. 그중 가장 높은 산은 트레부치산[28]이고, 그 산의 낭만적인 습곡에 그림 같은 코르보 마을이 들어서 있다. 피라미드 모양의 사이프러스나무들 사이로 반구형의 첨탑이 솟아나 있어서 대번에 마을임을 뚜렷이 구분할 수 있다. 그곳 마을 사람들에게는 양과 염소가 아주 귀한 보물이다. 그럼에도 총과 장검, 전투복을 무장한 산적, 이 고귀한 직업이 더 큰 수입원이다. 워낙에 불굴의 용기를 자랑하고 살육을 즐기는 민족이라 하지만, 드미트리는 그중에서도 특히 유명했다.

드미트리가 젊었을 때만 해도 그의 산적단은 다른 도적들보다 온화한 성격과 세련된 취향으로 이름을 날렸다. 그는 방랑자였고, 비록 조금도 자랑스럽게 여기지 않았지만 유럽의 예술을 배운 사람이었다. 그리스어를 읽고 쓸 줄 알았으며, 허리띠에는 권총과 함께 책이 꽂혀 있을 때가 적잖았다. 그는 그리스 지역의 섬들 중 가장 문명이 발달한 키오스섬에서 몇 해를 보냈고, 그곳 출신의 여성과 결혼까지 했다. 여성을 경멸하는 것이 알바니아인들의 특징이지만 드미트리는 헬레나를 아내로 맞이하면서 기사도를 받아들였다. 이를테면 더 나은 진리를 받아들인 것이었다. 그는 종종 고향인 고산 지대로 돌아

---

27 알바니아 남부에 자리한 지역.
28 오늘날 알바니아의 트레비쉬트 지역에 해당한다.

가서 저 유명한 알리[29]의 깃발 아래서 싸웠고, 다시 가정이 있는 섬으로 돌아왔다. 문명에 길든 야만인의 사랑은 불꽃처럼 뜨거웠고, 심지어 열정을 초월했다. 그에게 사랑은 삶의 일부이자 심장이었고, 거친 본성이 성스러운 틀 속에서 새로이 주조되어 탄생한 고결한 자기 자신이기도 했다.

어느 날, 알바니아 원정을 마치고 섬으로 돌아온 그는 집이 마니반도 사람들에게 약탈당했음을 발견했다. 그 광경은 감히 드미트리의 아내가 어떻게 죽었는지 알려 주지도 않고, 오직 그녀의 무덤만을 보여 줄 뿐이었다. 심지어 그의 사랑스러운 갓난아이 외동딸은 납치되었다. 사랑과 행복의 보물 창고였던 그의 집에 도둑이 들었고, 황금보다 더 귀한 재산을 앗아 갔다. 이제 이곳엔 황폐함만이 남았다. 드미트리는 삼 년 내내 잃어버린 딸을 찾으려고 애썼다. 그동안 무수히 많은 위험을 맞닥뜨리고, 엄청난 고난을 겪었다. 그는 마니반도 사람들이 피란해 있던 항구를 공격했다가 반격을 당했다. 사실 호랑이 굴에서 맹수를 공격한 것이나 마찬가지였다. 눈썹에서 뺨까지 깊게 벤 상처는 용맹함의 징표가 되었다. 드미트리는 그 일로 거의 죽을 뻔했지만, 마침 모레아 선박에 타고 있던 카투스티우스가 해안에서 벌어진 이 전투를 목격했다. 그는 치명적인 상처를 입고 버려진 한 남자를 보고 배에서 내렸다. 그러고는 그 남자를 배에 태운 뒤 치료해 주었다. 그 사건으로 드미트리와 카투스티우스는 우정을 맹세했고, 그 알바니아인은 한동안 의형제의 일을 도와주었다. 하지만 그에게는 너무

---

29 이슬람의 4대 칼리프이자 시아파에 의해 모하메트의 진정한 계승자로 추대되었다.

나 평화롭고 무척 심심한 일이었으므로 결국 다시 코르보로 돌아갔다.

얼굴에 무시무시한 상처가 난 이 야만인을, 그 옛날 어느 누구보다 멋지고 잘생겼던 알바니아인이라고 과연 상상이나 할 수 있겠는가? 그의 외모는 황폐해진 심성을 닮아 갔다. 그는 흉포하고 무자비해졌다. 오직 위험한 일에 뛰어들 때에만 미소를 지었다. 피를 보고 즐거워하는 악인 중에서도 가장 끔찍한 악인의 경지에 이르렀다. 그는 악에 사로잡힌 채 나이를 먹었다. 마음은 무모해지고 얼굴은 더욱 어두워졌다. 남자들은 그와 눈이 마주치기 전부터 벌벌 떨었고, 여자들과 아이들은 공포에 질려서 "악마의 눈이다!"라고 소리를 질렀다. 단지 쳐다보기만 해도 상대에게 해를 끼칠 수 있다는, 이른바 악마의 눈이라는 그의 악명은 널리 퍼졌다. 그 자신도 그 이름을 기꺼이 받아들였고 사람들을 두려움에 떨게 하는 힘을 자랑스럽게 여겼다. 상대가 두려움에 떨며 움츠러들 때 그가 악마 같은 웃음을 띤 채 힘을 과시하면 이미 그의 위력에 꼼짝없이 사로잡힌 이들은 한층 경악하곤 했다. 드미트리는 시선만으로 화살을 부릴 수 있는 사람이었다. 부하들은 그가 초자연적 힘을 가졌다는 소문 때문에 더더욱 그를 믿고 따랐다. 애초에 그들은 그 힘에 당하는 일마저 두려워하지 않은 이들이었다.

드미트리의 산적단은 프레베자[30] 너머로 떠났던 원정에서 막 돌아왔다. 약탈품이 넘쳐 났다. 성대히 식사를 하고자 염소 한 마리를 잡아서 통째로 구웠다. 가죽 부대에 담긴 포도주를 몇 자루나 비웠다. 그러고는 모닥불을 빙 둘러싸고 머리에 두

---

30 오늘날 그리스 북서부에 위치한 지역.

른 스카프를 휘날리며 흥겨운 춤에 푹 빠졌다. 다 함께 포효하며 바닥에 무릎을 대고 앉았다가 다시 벌떡 일어났고, 제각기 빙글빙글 돌았다. 드미트리의 마음은 무거웠다. 그는 춤사위를 거부하고 홀로 떨어져 앉았다. 처음에는 노래를 따라 부르거나 류트를 퉁기기도 했지만, 이내 축제 분위기가 달아오르자 예전에 행복했던 시절이 떠올랐다. 노래하던 목소리가 잦아들고, 손에 쥔 악기가 떨어지더니 마침내 머리가 가슴팍으로 고꾸라졌다.

그는 낯선 발소리를 듣고 자리에서 일어났다. 그의 앞에 친구가 서 있었다. 확실했다. 드미트리는 기쁨의 탄성을 지르며 카투스티우스 지아니를 반갑게 맞이했다. 그의 손을 덥석 잡고 뺨에 입을 맞추었다. 여행한 친구가 매우 피곤한 기색이었으므로, 그들은 곧장 드미트리의 집으로 향했다. 회반죽을 깔끔하게 바른 오두막이었다. 흙바닥은 보송보송하고 깨끗했으며, 벽에는 무기와 — 화려하게 장식된 무기도 있었다. — 그의 산적단이 손에 넣은 전리품이 걸려 있었다. 나이 지긋한 하녀가 불을 피웠다. 두 친구는 하얀 골풀 매트 위에서 휴식했고, 하녀는 필래프를 만들며 새끼 염소 고기를 삶았다. 하녀는 그들 앞의 나무 탁자에 밝은 양철 쟁반을 내려놓더니, 거기에 옥수수빵과 염소젖 치즈, 달걀, 올리브를 수북이 쌓았다. 여행자의 갈증과 여독을 풀어 주고자, 가장 맑은 샘에서 길어 온 물 주전자와 가죽 부대에 담긴 포도주 역시 제공되었다.

손님은 저녁 식사를 마친 뒤, 이곳에 찾아온 이유를 털어놓았다.

"내가 포브라티모를 찾아온 까닭은, 바로 우정의 맹세를 지켜 달라고 부탁하기 위해서입니다. 내가 당신을 야만적인 불리아스의 카코부그니 사람들로부터 구해 주었을 때 감사와 신뢰를 맹세했지요. 그 빚을 인정하십니까?"

드미트리가 이마를 찡그렸다. "형제여, 내가 자네에게 빚진 사실을 다시 언급할 필요는 없다네. 말만 하게나. 이 산적이 부유한 지아니의 아들에게 무슨 도움을 주면 되겠는가?"

"부유한 지아니의 아들은 이제 거지가 됐습니다. 당신이 도와주지 않으면 곧 굶어 죽겠지요." 카투스티우스가 말했다.

모레아인 카투스티우스는 자신의 사연을 들려주었다. 그는 코린트에서 부유한 상인의 외아들로 태어났다. 그는 종종 아버지가 소유한 선박의 카라보케이리[31]로서 스탐불[32]로, 혹은 칼라브리아까지 항해하곤 했다. 그런데 몇 해 전에 바르바리 해적들[33]이 그의 배를 장악했고, 결국 그는 하는 수 없이 해적의 일원이 되었다. 그 뒤로 그의 삶은 불가피한 모험으로 가득 찼지만 죄책감이 들기도 했다. 고향을 떠나서 해적으로 거듭난 것이었다. 하지만 본디 겁쟁이였던 탓에 그는 불굴의 용기로 해적이 된 것이 아니었다. 오직 돈을 벌어다 주는 사기 기술로 그들과 어울릴 수 있었다. 그러던 중 그는 미신의 영향을 뿌리치고 원래의 종교로 돌아가고자 했다. 그는 해적이 즐비한 북아프리카를 탈출해서, 시리아를 떠돈 끝에 유럽으로 건너갔고, 한동안 콘스탄티노플에 정착했다. 그리고 튀르키예 지역에 사는 그리스 귀족 가문 출신의 미인과 결혼을 앞

---

31 [원주] 상선의 선장.
32 튀르키예 이스탄불의 다른 이름으로, 특히 이스탄불의 구시가지를 가리킨다.
33 북아프리카 서부 지역과 지중해 연안을 장악한 해적.

둔 상황에서 빈털터리 신세가 되고 말았다. 그래서 자신이 바다를 떠도는 동안 아버지의 재산이 얼마나 불어났는지 확인하려고 고향 코린트로 향했다. 그러나 그를 기다리던 현실은, 아버지의 재산이 엄청나게 불어났지만 영원히 그의 손을 떠났다는 사실뿐이었다. 카투스티우스가 사라지고 오랜 세월이 흐르는 동안, 그의 아버지는 다른 아들의 존재를 알게 되었다. 결국 아버지는 그를 아들로 인정했고, 일 년 전에 세상을 떠나면서 모든 재산을 그자에게 남겼다. 이처럼 카투스티우스는 마땅히 상속받아야 할 재산이 그간 존재조차 몰랐던 형제 키릴과 그의 아내, 자식에게 넘어갔음을 알게 되었다. 키릴이 재산을 나누어 주었지만 카투스티우스에겐 턱없이 부족했고, 원래대로 혼자서 전부 차지할 심산이었다. 그는 고심하고 또 고심하며 살인과 복수를 떠올렸지만 그에게도 형제의 피는 신성했다. 게다가 코린트에서 큰 사랑과 존경을 받는 키릴을 공격한다면 큰 위험이 따를 터였다. 하지만 키릴에겐 자식이라는 약점이 있었다. 마침내 최고의 전략이 저절로 모습을 드러내자 카투스티우스는 서둘러 부트린트[34]로 향했고, 자신이 목숨을 구해 준 알바니아인, 즉 그의 포브라티모에게 조언과 도움을 청한 것이었다. 그런데 사실 그의 이야기는 실제의 상황을 그럴싸하게 얼버무린 수준이었다. 키릴을 느닷없이 끼어들어서 자신의 자리를 빼앗은 악당으로 묘사해야만 드미트리의 정의감을 부추길 수 있을 터였다. 정의감은 카투스티우스에게 전혀 중요한 것이 아니었다.

밤새 두 남자는 이런저런 계획을 궁리했다. 목적은 단 하

---

34 알바니아 남부에 자리한 유서 깊은 도시.

나, 아버지가 남긴 전 재산을 큰아들의 손아귀에 집어넣는 것이었다. 아침이 밝자 카투스티우스는 떠났고, 이틀 뒤에 드미트리도 고산 지대의 집을 나섰다. 드미트리는 가장 먼저, 오랫동안 마음에 두었던 늠름하고 민첩한 말을 샀다. 뿔로 만든 화약통에 화약도 새로 채워 넣었다. 무기는 넉넉하게 준비되었고, 옷차림 역시 훌륭했다. 무기가 햇빛에 반짝였고, 모자에 두른 스카프 아래로 긴 머리카락이 허리까지 떨어졌다. 어깨에는 후드가 달린 흰색의 두둑하고 긴 망토를 걸쳤다. 얼굴엔 지난 세월의 이야기를 들려주는 잔주름이 잡혀 있었다. 늘 주변을 살피느라 찡그린 탓에 이마는 구겨져 있었다. 또 길고 시커먼 콧수염과 얼굴에 난 흉터, 눈빛은 모두 거칠고 야만적이었다. 야만적임에도 우아함이 부족하진 않았지만 흉포함과 산적의 자부심이 더 크게 새겨져 있었다. 그의 전체적인 외형은, 전혀 놀라운 일도 아니지만, 미신을 믿는 그리스인들의 눈엔 초자연적 악령이 깃들어 있는 듯 보일 터였다. 따라서 그가 쳐다보기만 해도 파괴의 힘이 발휘된다고 믿게끔 했다. 여행 준비를 끝마친 드미트리는 코르보를 출발해서 아카르나니아[35]의 숲을 지나 모레아로 향했다.

"왜 젤라가 악마를 두려워하듯 덜덜 떨며 아들을 품에 꼭 껴안고 있지?" 코린트 시내에서 시골집으로 돌아온 키릴 지아니는 의아했다. 그의 집은 아름다웠다. 주변에 비해 경사진 언덕은 싱그러운 올리브나무에 뒤덮였고, 오렌지나무로 가득한

---

35 오늘날 그리스의 중서부 지역.

더 찬란한 빛깔의 숲은 에기나만의 푸른 파도를 내려다보았다. 도금양 관목이 사방에 달콤한 향기를 퍼트리고, 햇살을 머금은 짙은 초록색 잎사귀는 바닷물에 잠겨 있었다. 두 그루의 거대한 무화과나무가 낮은 지붕에 그늘을 드리웠고, 북쪽의 완만한 고지대를 따라서 포도밭과 옥수수밭이 펼쳐졌다. 젤라는 남편을 보고 미소를 지었지만, 얼굴은 여전히 창백하고 입술을 떨고 있었다. "이제 당신이 돌아왔으니 다행이에요, 우리를 지켜 줄 테니 무섭지 않아요. 하지만 우리 콘스탄스가 위험해요. 악마의 눈이 우리 아들을 응시했던 생각만 하면 몸서리쳐져요."

키릴이 아들을 바라보았다. "그렇게 불길한 말을 하다니! 프랑크 사람들은 그걸 미신이라고 하지. 그래도 좀 확인을 해 볼까. 뺨은 여전히 장밋빛이고 머릿결은 금빛 물결이군. 콘스탄스, 아빠가 돌아왔다. 우리 씩씩한 아들!"

두려움은 오래가지 않았다. 그 어떤 나쁜 일도 일어나지 않았으므로 그들은 두려운 사건을 곧 잊어버렸다. 일주일이 지났다. 키릴은 평소와 마찬가지로 건포도가 담긴 화물을 배로 실어 나른 뒤, 바닷가의 고요한 안식처로 돌아왔다. 아름다운 여름 저녁이었다. 삐걱대며 땅에 물을 대는 물레방아의 소리가, 그날 하루의 마지막을 알리는 시끄러운 매미 소리와 함께 울려 퍼졌다. 잔잔한 파도가 조약돌 사이로 고요하게 밀려왔다. 이곳은 그의 집이다. 그런데 사랑스러운 꽃은 어디에 있단 말인가? 먼저 나와서 자신을 맞이해 주던 젤라가 없었다. 하인이 근처 비탈길에 자리한 예배당을 가리켰다. 그곳에 가 보니 그녀가 있었다. (거의 세 살이 된) 아들은 유모에게 안겨 있고, 아내는 뺨을 타고 흘러내리는 눈물에 아랑곳없이 간절하게 기도를 올리고 있었다. 이토록 걱정스러운 광경에 키릴은 무슨 일이 있느냐고 물었지만 유모는 흐느끼고, 젤라는 연신 울면서 기도할 뿐이었다. 아이도 주변 분위기에 휩쓸려서 덩달아 울기 시작했다. 계속 바라보고 있기에 힘든 모습이었다. 키릴은 예배당을 나가서 호두나무에 몸을 기댔다. 그의 입에서 지극히 그리스인다운 말이 튀어나왔다. "이 불행을 환영해야 한다. 그래야 다른 불행이 찾아오지 않을 테지!" 그런데 무슨 일이 일어났단 말인가? 아직 명확하지 않지만 모름지기 악의 기운이란 눈에 보이지 않을 때 가장 치명적인 법이다. 지금 그는 행복했다. 사랑스러운 아내, 건강하게 잘 자라는 아이, 아늑한 집, 흠잡을 데 없는 능력, 더욱더 밝은 미래까지! 그야말로 모든 축복이 그의 몫이었다. 하지만 행운의 여신은 축복을 미끼로 삼을 때가 많지 않던가? 그는 속박된 땅의 노예이고, 신이 정한 운명에 사로잡힌 인간이다. 독 묻은 화살이 언제든 그의 머리 위로 쏟아질 수 있었다. 그때 젤라가 쇠약한 모습으로 덜덜 떨며 예배당에서 나왔다. 그녀의 설명조차 키릴의 두려움을 잠재울 수 없었다. 아내는 또다시 악마의 눈이 아들을 쳐다보았다고 했다. 벌써 두 번째이니 분명 커다란 위험이 도사리고 있으리라고. 화려하게 차려입고 번쩍이는 무기를 든 알바니아인이 검은 말에 탄 채 호랑가시나무 숲에서 그들의 집으로 맹렬히 달려오더니, 문턱 바로 앞에서 말을 멈추었다. 아이가 그를 향해 달려 나오자 알바니아인은 그 사악한 눈으로 아이를 바라보았다. "아주 사랑스러운 아이로구나. 파란 눈이 반짝이고 금빛 머리카락은 정말로 아름답구나. 하지만 한낱 스쳐 지나가는 존재일 뿐. 날 보거라!" 순진한 아이는 고개를 들어 그를 바라보았다. 그러고는 이내 비명을 지르더니 땅에 나자빠져서 숨을 헐떡였다. 여자들이 아이에게 달려갔다. 알바니아인은 말에 박차를 가하며, 작은 평원을 가로질러 나무가 우거진 언덕 위로 빠르게 질주했다. 이윽고 그는 시야에서 사라졌다. 젤라와 유모는 아이를 예배당으로 데려가서 성수를 뿌렸다. 아이가 정신을 차린 뒤에 불길한 일이 생기지 않도록 성모상에게 간절히 기도했다.

몇 달이 지났다. 어린 콘스탄스는 하루가 다르게 똑똑하고 아름답게 자라났다. 사랑스러운 아이에게 아무런 변고도 생기지 않자 그제야 부모는 두려움을 떨쳐 버렸다. 때때로 키릴은 악마의 눈을 업신여기는 농담을 던지기도 했지만, 젤라는 그 농담에 웃으면 공연히 불운한 일이 생길까 봐 그때마다 성호를 그었다. 그즈음에 카투스티우스가 그들의 집을 방문했다. "나는 수도 스탐불로 가는 길인데, 수도에 볼일이 있으면 대신 부탁을 들어줄까 해서 들렀다." 그가 말했다. 키릴과 젤라는 카투스티우스를 다정하고 반갑게 맞이했다. 두 사람은 그의 가슴속에 형제애가 싹트기 시작했음을 기뻐했다. 그는 야망과 희망으로 가득 찬 듯 보였다. 형제는 그의 계획과 유럽의 정치, 그리고 파나르[36]에 감도는 음모에 관해 이야기를 나누었다. 물론 코린트의 사소한 일들에 대해서도 얘기했다. 키릴은 아직 젊지만 오래 지나지 않아 코린트 지방의 장로가 되리라는 사실도. 다음 날, 카투스티우스는 떠날 채비를 했다. "유배를 자처하는 내가 부탁할 게 하나 있다. 나폴리[37]로 가는 길에 동생 부부가 몇 시간만 동행해 주지 않겠나?"

---

36 튀르키예 이스탄불의 금각만에 위치한 지역.
37 오늘날 그리스 펠로폰네소스반도의 나플리오를 가리킨다.

잠시도 집을 떠나고 싶지 않았던 젤라는 내심 괴로웠지만 결국 그러기로 했다. 그들은 모레아의 수도를 향해 몇 킬로미터의 길을 함께 나아갔다. 점심 무렵에 참나무 숲 그늘에서 함께 식사를 하고 헤어졌다. 키릴과 젤라 부부는 집으로 돌아가는 길에, 머물 곳 없이 외롭게 떠돌며 사는 형에 비해 자신들의 삶이 얼마나 평온한지, 감사하는 마음을 가지고 얘기했다. 집에 가까워질수록 감사함은 더욱더 커졌고, 어린 아들이 아직 서툰 말로 반갑게 맞이해 주리라고 생각하니 마음이 들떴다. 그들은 언덕에서 그들의 집이 들어선 비옥한 계곡을 바라보았다. 지협 남쪽에 자리하고 에기나만을 바라보는 그곳은, 사방이 온통 푸릇푸릇하고 고요하고 아름다웠다. 평지로 내려가자 특이한 광경이 눈에 들어왔다. 소에 멍에로 씌워 둔 쟁기가 고랑 한가운데에 버려져 있었다. 아마 소들이 휴식을 취하려고 애써 쟁기를 들판 가장자리로 끌고 간 모양이었다. 태양은 이미 서쪽 경계에 닿았고, 우듬지 역시 황혼 녘의 황금빛으로 물들었다. 사방이 온통 고요했다. 쉼 없이 돌아가는 물레방아조차 멈추었다. 일하는 하인들의 모습도 보이지 않았다. 그때, 집 안에서 통곡하는 목소리가 또렷이 들렸다. "우리 아들!" 젤라가 소리쳤다. 키릴은 아내를 안심시키려고 했지만 또다시 집 안에서 들려오는 애통한 소리에 걸음을 서둘렀다. 아내는 말에서 내리자마자 키릴을 뒤따라가려 했지만 곧 길가에 주저앉고 말았다. 남편이 돌아와서 소리쳤다. "사랑하는 부인, 용기를 내시오. 콘스탄스가 우리 품으로 돌아올 때까지 나는 낮에도 밤에도 쉬지 않을 테니, 날 믿어요. 다녀오리다!" 남편은 이렇게 말한 뒤 곧장 빠르게 말을 달렸다. 젤라가 그동안 가장 두려워하던 일이 현실로 이루어진 것이었다. 얼마 전까지 기쁨으로 넘쳐 나던 엄마의 마음속엔 이제 절망만이 가득했다. 유모가 자초지종을 들려주었지만, 되레 그녀의 두려움을 키울 뿐이었다. 사건은 이러했다. 바로 그 이방인, 악마의 눈이 다시금 나타났다. 그의 말은 맹렬한 속도로 내달리던 예전과 다르게 긴 여행에 지친 듯 절뚝거리고 고개를 축 늘어뜨리고 있었다. 그리고 알바니아인은 그 말을 탈 수 없었는지, 온몸이 먼지투성이였다. "갈증으로 실신하기 직전인 내게 물 한 잔만 주시오." 유모는 콘스탄스를 품에 안은 채로 그릇에 물을 떠서 그에게 내밀었다. 낯선 사람의 바싹 마른 입술이 물에 닿기도 전에, 그의 손에서 그릇이 떨어졌다. 유모가 뒤로 물러서는 순간, 남자는 억센 팔로 그녀의 품에서 아이를 빼앗았다. 그녀가 비명을 지르며 도움을 청하는 소리에 온 집안의 하인이 달려왔지만 이미 남자는 아이를 데리고 쏜살같이 평원으로 달려 나간 뒤였다. 하인들은 바로 납치자를 뒤쫓았지만 아직 아무도 돌아오지 않았다. 이윽고, 밤이 가까워지자 한 명씩 귀가하기 시작했다. 그러나 수확은 없었다. 숲을 샅샅이 뒤지고 언덕을 넘었건만, 당최 알바니아인이 어느 길로 갔는지조차 짐작할 수 없었다.

다음 날, 키릴이 지치고 초췌하고 비참한 몰골로 돌아왔다. 그는 아들의 행방을 전혀 알아내지 못했다. 그다음 날, 그는 다시 아들을 찾으러 떠났고 며칠 동안 돌아오지 않았다. 젤라는 초조할 뿐이었다. 절망감에 젖어 허탈하게 앉아 있다가, 가까운 언덕으로 올라가서 남편이 돌아오기만을 하염없이 기다렸다. 그녀는 잠시도 가만있을 수 없었다. 하인들은 덜덜 떨면서, 야만적인 알바니아인 무리가 이곳 주변을 배회하고 있다는 소식을 전했다. 그녀도 곧 근처를 수상쩍게 돌아다니는,

두둑한 흰색 망토를 두른 키 큰 남자를 보았다. 그 사람은 그녀를 발견하자 움츠러들었다. 한밤중에 말이 코를 고는 소리나 뭔가 움직이는 기척이 그녀를 깨운 적도 있었다. 잠이 아니라 평온함을 깨뜨린 것이었다. 자식을 잃은 어머니는 너무나 괴로운 나머지 나쁜 마음을 먹기도 했다. 그러나 자신만을 생각할 순 없었다. 감히 형언할 수 없을 정도로 커다란 아들에 대한 사랑과 의무감을 떠올리며 스스로 목숨을 끊고 싶은 마음을 이겨 냈다. 키릴이 돌아왔다. 떠나기 전보다 더 어둡고 슬픈 얼굴이었다. 하지만 그의 이마엔 더욱 굳은 결의가 자리해 있었고, 움직임에도 훨씬 큰 힘이 깃들어 있었다. 아들의 행방에 대한 단서를 찾아낸 것이다. 그러나 어쩌면 더 깊은 절망으로 이어질지도 몰랐다.

그는 카투스티우스가 나폴리에서 출발하지 않았다는 사실을 알게 되었다. 카투스티우스는 바실리코[38] 주변에 숨어 있던 알바니아인 무리에 합류했고, 산적 패거리와 함께 파트라[39]로 갔다. 그 뒤에 그들은 나룻배를 타고 레판토만 북쪽 해안가로 출발했다. 그들은 혼자가 아니었다. 깊은 잠에 빠진 어린아이를 데리고 있었다. 그들이 아들에게 해괴한 마법이나 주술을 걸었을지도 모른다고 생각하니, 키릴은 온몸의 피가 거꾸로 솟구치는 기분이었다. 그는 납치자들의 뒤를 바짝 쫓았지만, 일부 알바니아인들이 남쪽의 코린트로 향했다는 소식을 듣게 되었고, 그 도적들이 젤라를 노리는 상황에서 길도 없이 험난한 에피루스 지역을 계속 헤맬 순 없는 노릇이었다.

---

38 그리스 이오아니나 지역에 위치한 도시로, 알바니아와 국경을 접하고 있다.
39 그리스 펠로폰네소스반도 북부에 위치한 도시.

그래서 그는 아내와 앞일을 도모하기 위해 귀향한 것이었다. 그녀의 안전을 지키면서, 아들을 성공적으로 되찾을 수 있는 방도를 궁리할 생각이었다.

약간의 망설임과 상의 끝에, 우선 아내를 친정에 데려다주기로 했다. 무모하게 위험을 무릅쓰기 전에, 처가에 가서 상황을 전한 뒤 전쟁 경험이 많은 장인에게 조언을 구하기로 했다. 아이를 데려간 것은 단순한 미끼일지도 모르니, 아이와 아내의 유일한 보호자인 그가 성급하게 달려드는 일은 현명하지 못할 터였다.

젤라는 푸른 눈과 하얀 피부를 가졌지만 놀랍게도 마니반도인의 딸이었다. 마니반도인들은 타나루스곶의 주민들은 물론이고, 전 세계 모든 이들에게 두려움과 혐오의 대상이었다. 그럼에도 가정적인 덕목과 혈육을 아끼는 훌륭한 가치관을 가진 이들이었다. 젤라도 아버지를 사랑했다. 특히 지금처럼 힘든 순간에 바위투성이 마을 집에서 보냈던 지난날을 떠올리니 서러워지는 모양이었다. 마니반도에서도 가장 거친 야생에서 살아가는 마니반도인의 이웃은 땅딸막한 체구와 까만 피부, 수상쩍은 생김새의 카코부그니인들이었는데, 그들은 평온한 외모의 마니인들과 대조를 이루었다. 두 부족은 끊임없이 싸웠다. 그들이 터 잡은, 바다에 둘러싸인 길쭉한 땅은 외세의 공격으로부터 안전할 뿐 아니라, 산악전엔 훨씬 유리한 입지였다. 예전에 키릴은 연안을 항해하다가 악천후로 인해 작은 만으로 떠밀려 갔는데, 그곳 바닷가에 카르다밀라라는 작은 마을이 있었다. 처음에 키릴과 선원들은 이들 해적에게 잡힐까 봐 두려웠지만, 두 부족 사이의 싸움이 한창이라는 사실을 알고 오히려 안심했다. 한 무리의 카코부그니인들은 카르다밀라가 내려다보이는 성곽 형태의 바위를 포위한 채, 마니인 촌장과 그의 가족이 피신한 요새를 봉쇄하고 있었다. 이틀이 지났다. 키릴은 강한 역풍 때문에 여전히 만에 묶여 있었다. 사흘째 저녁, 격한 서풍이 잦아들고 육지에서 뭍바람도 불어왔으므로, 드디어 위험한 상태에서 벗어난 듯했다. 밤에 그의 배가 해안을 출발하려는데, 마니인 한 무리가 키릴 일행을 불러 세웠다. 그중에서 우두머리로 보이는 노인이 협상을 요청했다. 그는, 현재 끈덕진 적들에게 공격받는 요새의 우두머리이자 카르다밀라의 촌장이었다. 패색이 짙어지는 상황에서 달리 빠져나갈 방법이 없으니, 그 무엇보다 소중한 가족만이라도 구하고 싶다는 것이었다. 키릴은 그들 가족을 배에 태워 주기로 했다. 촌장의 늙은 어머니와 유모 그리고 그의 아름다운 딸이었다. 키릴은 안전하게 그들을 나폴리에 데려다주었고, 노모와 유모는 다시 고향으로 돌아갔지만, 아름다운 젤라는 아버지의 동의를 얻어서 그녀를 구해 준 남자의 아내가 되었다. 그 뒤로 마니인은 번영했고, 젤라의 아버지는 규모가 큰 마을 카르다밀라의 촌장이자 우두머리로 군림했다.

아이를 빼앗긴, 비참한 심정의 부모는 그곳으로 향했다. 그들은 작은 배를 타고 에기나만을 따라 내려갔고, 스킬라와 키티라섬 그리고 험준한 토로스산맥[40]까지 무사히 지나갔다. 다행히 바람이 도운 덕분에 원하는 항구에 잘 도착했고, 카마라즈의 저택에서 환대를 받았다. 카마라즈는 딸과 사위의 이야기를 듣고 분노했다. 그는 자신의 단검에 카투스티우스의 피를 기필코 적시겠다면서 알바니아 원정에 사위와 동행하리

---

40 지중해 연안과 아나톨리아 고원을 나누는 튀르키예 남부의 산맥.

라고 선언했다. 더는 지체할 시간이 없었다. 머리는 희끗희끗해도 여전히 활력 넘치는 뱃사람 카마라즈는 채비를 서둘렀다. 키릴과 젤라는 작별 인사를 나누었다. 고통과 두려움이 그들을 짓눌렀지만, 어린 아들과 함께한 더없이 행복했던 나날 역시 떠올랐다. 폭풍우가 휘몰아치는 바다와 머나먼 거리 따윈 그들에게 결코 거대한 장애물이 아니었다. 그들은 절대로 최악의 상황을 미리 걱정하지 않으리라고 다짐했다. 그러나 두 사람이 이별의 포옹을 나누자마자 그들 마음속의 희망은 마치 병든 식물처럼 시들해져 버렸다.

이리하여 젤라는 따뜻한 코린트 지방에서 황량한 바위투성이 고향으로 돌아왔다. 그녀는 암석 해안에서 남편이 탄 배의 돛이 점점 작아지는 광경을 바라보며, 모든 기쁨이 완전히 사라지고 있음을 느꼈다. 며칠, 몇 주가 지났건만 그녀는 여전히 혼자였고, 오직 슬픈 기대만을 붙잡고 있었다. 그녀는 사람들과 어울려 춤을 추는 법도, 저녁마다 노래를 하거나 대화를 나누며 즐거이 시간을 보내는 여자들 모임에 참석하는 일도 절대 없었다. 그저 아버지의 집 가장 구석진 곳에 홀로 은둔한 채, 창가에서 저 아래의 바다를 하염없이 바라보거나 바위투성이 해변을 정처 없이 거닐었다. 폭풍으로 하늘이 어두워질 때, 거대한 날개를 단 구름 그림자가 가파른 곳을 자주색으로 물들일 때, 해안에서 포효가 들려오고 바다 저 멀리에서 하얀 파도의 볏이 마치 광활한 구릉 지대를 노니는 갓 털을 깎은 양 떼처럼 보일 때면, 그녀는 강풍도 험악한 추위도 느끼지 못하는 듯 밖에 나가 있었고, 하인들이 부를 때까지 집에 돌아오지도 않았다. 그녀는 하인들의 말에 못 이겨 결국 안전한 집 안으로 피신했지만 오래 머무르지 않았다. 거친 바람이 그녀에게 말을 걸고, 폭풍우에 노도(怒濤)하는 바다가 그녀의 평온함을 비난하는 것 같았기 때문이다. 그럴 때면 도저히 견딜 수 없었으므로, 절벽 위의 집을 뛰쳐나와서 해안으로 달려갔다. 신발은 도중에 벗겨졌고, 깜빡한 머리 수건과 흐트러진 옷차림새를 뒤늦게야 깨달았다. 행복을 잃은 어린아이가 되어 버린 그녀는 얼마나 긴 시간 동안 차갑고 새카만 바위에 기대어 있었을까. 머리 위로는 거친 바위가 튀어나와 있고, 발치에선 파도가 부서지고, 하얀 팔다리는 물보라에 얼룩지고 머리카락은 바람에 헝클어졌다. 절망에 빠져 울고 있다가 수평선에서 돛이 보이면 눈물을 닦고 커다란 눈망울로 다가오는 선체, 사라져 가는 돛을 뚫어져라 바라보았다. 폭풍으로 커다랗고 기기묘묘한 구름이 생겨났고, 떠들썩한 바다는 점점 더 어둠에 잠기며 거칠어졌다. 미신의 공포가 그녀의 절망을 더욱 부채질했다. 운명의 여신 모이라[41]가 울부짖었다. 네 아들은 악마의 눈의 저주에서 벗어나지 못했고, 네 남편 역시 라리사[42] 같은, 인근의 무서운 지역에서 여전히 행해지는 트라키아 마법의 먹잇감이 되었노라고. 그 목소리는 유령처럼 그녀를 잠 못 이루게 했으며, 심지어 깨어 있을 때도 흉측한 그림자처럼 어디든 따라다녔다. 건강하던 혈색은 온데간데없고, 빛나던 눈동자의 생기 또한 사라졌으며, 적당히 살이 붙어 있던 팔다리마저 그 아름다움을 잃었다. 그녀는 힘없이 비틀거리며 늘 같은 장소로 찾아가서, 헛되이 바다만을 쳐다볼 뿐이었다.

나쁜 기별이 늦어지는 것처럼 두려운 일이 또 있을까? 우

---

41 운명의 세 여신으로, '각자가 받은 몫'이라는 뜻을 지니고 있다.
42 그리스 테살리아 지역의 유서 깊은 도시.

리는 때때로 눈물의 한가운데서, 더 나쁘게는 절망에 경련하는 숨소리 속에서, 자신의 불운한 상상 때문에 정말 부정을 탔다고 스스로를 책망한다. 그리고 웃음이 떨리는 입술을 장식하려 할 때마다 가슴이 욱신거리는 고통을 느끼며 그 미소를 억누른다. 아아! 그런 고통의 시간은 젊은이의 검은 머리카락을 희끗희끗하게 물들이고, 건강하고 아름다운 뺨에 슬픈 주름을 새긴다. 차라리 불행이 칠흑처럼 시커먼 옷을 입고 찾아와서 우리를 영원한 어둠으로 둘러싸는 편이 더 낫다. 그러면 실망스러운 희망에 사로잡혀서 병들 일은 없을 테니까.

한편 키릴과 그의 장인 카마라즈는 카르다밀라에서 아르타만과 케팔로니아섬 북쪽, 토마 성자의 해안을 항해하는 동안, 모레아 지역의 여러 곳을 돌고 도느라 심한 고생을 했다. 그들은 항해하면서 앞으로의 계획을 준비했다. 너무 많은 인원의 마니인들이 한꺼번에 이동한다면 불필요한 시선을 끌 수 있으므로 동료들을 미리 곳곳에 내려 주고, 알바니아 내륙으로는 각자 따로 이동하기로 했다. 처음 합류하기로 정한 장소는 이오아니나였다. 키릴과 장인은 만의 구불구불하고 가파른 해안 중에서도 가장 외딴 곳에 하선했다. 동료들 가운데 선택된 여섯 사람은 다른 경로로 이동한 뒤 수도에서 합류할 예정이었다. 그들은 두려움을 모르는 자들이었다. 저마다 무기를 제대로 갖추고 용감하게 에피루스의 요새를 뚫었지만 성과는 없었다. 그들은 아무것도 알아내지 못한 채 이오아니나에 도착했다. 키릴과 장인은 이오아니나에서 합류한 그들에게 거기서 사흘 동안 머물렀다가 각자 테르펠레네로 출발하라고 지시했다. 키릴과 장인은 곧장 출발했다. 그들은 첫 번째 마을이자 수도원이 있는 지트자[43]에서 결정적이지는 않지만 용기를 얻을 만한 정보를 입수했다. 잠시 쉬어 가고자 마을 바로 뒤편 푸른 언덕 위, 참나무 숲속에 자리한 수도원을 찾아갔다. 나무들이 빽빽하게 둘러싸고 포도밭과 흩어진 양 떼가 있는 언덕과, 계곡의 널찍한 풍광이 바라다보이는 이곳보다 더 아름답고 낭만적인 장소는 아마도 없을 터였다. 깊은 계곡에 자리한 창포가 이곳 풍경에 생기를 불어넣었지만 동서남북 저 멀리에 위치한 주메르카스와 자고리, 술리, 아크로세라우니아산맥[44]도 다채로움을 더해 주었다.

키릴은 고요한 평화 속에서 살아가는 수도사들이 조금은 부러웠다. 수도원에서는 여행자들을 반갑게 맞이해 주었다. 수도사들의 태도는 조용하지만 따뜻했다. 여행의 목적을 들은 그들은 아이 아버지의 고통에 다정히 공감하면서 아는 바를 전부 들려주었다. 두 주 전, 그들도 익히 잘 아는 코르보의 유명한 산적, 일명 악마의 눈 드미트리가 모레아인 한 사람과 같이 이곳을 찾아왔다. 그들은 씩씩하고 활기차고 아름다운 남자아이를 거느리고 있었다. 아이는 나이에 어울리지 않게 단호한 목소리로 수도사들에게, 저들이 자기를 납치했다면서 도와 달라고 청했다.

이에 알바니아인이 외쳤다. "맙소사! 성모상에 맹세코 할 말은 하는 용감한 녀석이로다. 절벽 아래로 던져 버리겠다고, 독수리의 먹이로 줘 버리겠다고 겁을 주었는데도 처음 만난

---

43 그리스 이오아니나 지역에 위치한 마을로, [원주] 조지 고든 바이런 경의 시 『차일드 해럴드의 순례』 2장 48절 참고.

44 주메르카스, 자고리, 술리, 아크로세라우니아산맥은 모두 그리스 북서부와 알바니아 접경 부근에 위치한 고지대다.

선량한 사람들에게 우리가 나쁜 사람이라고 기어이 알리는구나. 악마의 눈에도 흔들리지 않고, 아무리 위협해도 겁을 먹지 않아."

카투스티우스는 알바니아인이 아이를 칭찬하자 눈살을 찌푸렸다. 수도원에 머무는 동안, 알바니아인과 모레아인이 아이를 어떻게 처리할지, 언쟁을 벌였음은 분명해 보였다. 아이를 대할 때마다 평소 무시무시하고 험악한 산적의 모습은 온데간데없이 사라졌다. 그는 콘스탄스가 잘 때면 마치 엄마처럼 그 곁을 지키며 부채로 파리와 벌레를 쫓았다. 아이가 말을 걸면 애정을 가득 담아서 응답했고, 선물 세례를 퍼부었으며, 그 나이에 걸맞게 전쟁 놀이에 관심 많은 아이에게 이것저것 가르쳐 주었다. 성모상 앞에 무릎을 꿇고 떨리는 목소리로 눈물을 흘리며 제발 엄마, 아빠에게 돌아가게 해 달라고 기도하는 아이를 보았을 때, 드미트리도 눈시울을 붉혔다. 그는 망토 자락으로 눈물을 훔치며 생각했다. "내 딸도 저렇게 기도했겠지. 하늘도 무심하시지. 지금 내 딸은 어디에 있을까?"

아이들이 자신에게 잘해 주는 사람을 금방 알아차리듯, 콘스탄스는 드미트리의 다정한 모습에 용기를 얻어 그를 껴안거나 사랑한다고 말하며, 만약 코린트의 집으로 돌려보내 준다면 어른이 되어서 그에게 충성을 바치고 그를 위해 싸우겠다고 약속했다. 그 말에 드미트리는 곧바로 카투스티우스에게 달려가서 아이를 돌려보내자고 말했지만, 카투스티우스는 끝내 고집을 꺾지 않고 우정의 맹세만을 들먹일 뿐이었다. 아이의 머리털 하나 다치게 해서는 안 된다고 으름장을 놓는 드미트리와 달리, 아이의 큰아버지라는 작자는 아무런 양심의 거리낌도 없이 조카를 죽이려는 생각뿐이었다. 그래서 두 사람은 자주 다투었고, 싸움은 점점 거칠어졌다. 거듭되는 의견 차이에 지친 카투스티우스는 급기야 자신의 목적을 달성하기 위한 계략을 꾸몄다. 어느 날 밤, 그는 아이를 데리고 몰래 수도원을 떠났다. 그 사실을 알게 된 드미트리의 표정은 선량한 수도사들로선 바라보기조차 두려울 정도였다. 수도사들은 날것 그대로의 맹렬한 노기(怒氣)로 빛나는 악마의 눈을 피하고자 본능적으로 손에 닿는 아무 쇠붙이나 움켜쥐었다. 겁에 질린 다수의 사람들은 밖으로 이어지는 철문 쪽으로 달려갔다. 드미트리는 사자와도 같은 힘으로 그들을 밀쳐 버리고, 철문을 확 열어젖히더니 봄날에 눈 녹은 물이 콸콸 흐르듯이 신속하게 가파른 언덕을 질주했다. 하늘을 나는 독수리가 그보다 빠르지는 않으리라. 또 맹수의 발길이 저보다 단호하지는 않을 터였다.

여기까지가 키릴에게 주어진 단서였다. 드미트리가 지나간 길을 그대로 추적하기에는 너무 오랜 시간이 흘렀으므로, 키릴과 장인 카마라즈는 아르기로카스트로의 계곡을 거쳐 트레부치산을 올라 코르보로 향했다. 과연 드미트리는 그곳으로 돌아갔다. 그는 몇몇의 충실한 부하들을 모아서 다시 떠났다. 그가 어디로 가고, 무엇을 할 예정인지에 대해선 정보가 제각각이었다. 키릴과 카마라즈는 그중 한 정보를 바탕으로, 테르펠레네를 경유해 이오아니나 쪽으로 돌아가게 되었다. 상황은 다시 그들에게 유리해졌다. 그들은 지트자 마을 북쪽으로 약 십오 킬로미터 떨어진 작은 마을 모스메, 그곳 한 사제의 집에서 하룻밤을 묵었다. 거기에서 그들은 낙마로 부상당한 알바니아인 하나를 만났다. 원래 드미트리 무리에 합류하려고 했던 그 남자에게서 들은 이야기는 이러했다. 드미트리는 카투스티우스를 추격했고 바짝 따라잡았다. 그러자 카투스티우스는 이오아니나에서 대략 사십 킬로미터 정도 떨어진 자고리산맥의 높은 봉우리에 위치한 엘리아스 선지자의 수도원으로 피신했다. 곧 드미트리가 따라가서 아이를 내놓으라고 요구했지만 수도사들은 거부했다. 이에 격노한 산적 드미트리는 그가 몹시도 사랑하게 된 아이를 구하기 위해 무력으로 수도원을 포위하고 공격했다.

키릴과 카마라즈는 이오아니나에서 동료들을 모으고, 어쩌다 보니 조력자가 되어 버린 드미트리와 합류하기 위해 출발했다. 드미트리는 산의 폭포와 바다의 거센 파도보다 더 격렬하고 무서운 태세로 쉼 없이 공격해 대며 수도사들을 공포에 떨게 했다. 카투스티우스는 수도사들이 저항을 포기하지 않게 하려고 아이를 수도원에 남겨 둔 채 가장 가까운 자고리 마을로 가서 촌장에게 도움을 청했다. 자고리인들은 온순하고 정이 많고 사교적인 데다, 쾌활하고 솔직하고 영리했다. 그들의 용맹함은 야만적인 주메르카스의 고산인들조차 인정할 정도였지만 강도나 살인 같은 폭력 행위는 저지르지 않았다. 그러나 이 선량한 사람들은 알바니아인들이 그들의 소중하고 신성한 수도원을 포위하고 공격한다는 말에 크게 분노했다. 그들은 수도회를 괴롭히는 무례한 도적들을 미개의 땅으로 쫓아 버리고자 용맹한 군대를 꾸려서 카투스티우스와 함께 서둘러 출정했다. 하지만 늦었다. 자정 무렵, 수도사들이 적들로부터 자신들을 구원해 달라고 간절히 기도할 때, 드미트리 일당은 철문을 부수고 성스러운 경내에 들어섰다. 산적 우두머리는 성역의 문으로 성큼 다가가서 그 위에 손을 얹고, 자신은 누군가를 구하러 왔을 뿐 파괴하러 온 것이 아니라고 맹세했다. 수도사에게 안겨 있던 콘스탄스는 드미트리를 발견하자 환호하며 달려 나갔다. 이것만으로도 승리라 하기에 충분했다. 드미트리는 수도원에서 소란을 일으킨 데에 진심으로 사과한 뒤, 아이를 데리고 부하들과 함께 예배당을 나갔다.

카투스티우스가 돌아온 때는 그로부터 몇 시간 후였다. 그는 사악한 자들의 손아귀에 들어간 어린 조카의 운명을 통곡하며 친절한 자고리인들에게 호소했다. 그 모습이 얼마나 간절했던지, 자고리인들은 자기들이 수적으로 우세하니 산적들을 추격해서 그 악당들로부터 아이를 구해 주겠다고 약속했다. 카투스티우스는 기뻐하며 곧장 출발하자고 재촉했다. 그들은 새벽에 주메르카스인들이 닦아 놓은 산 정상에 오르기 시작했다.

드미트리는 진심으로 아끼게 된 아이를 되찾았음에 기뻐하며, 콘스탄스를 자기 앞에 앉힌 뒤 말에 올라탔다. 부하들이 뒤따라왔고, 그들이 탄 말은 산을 넘었다. 산은 오래된 도도나[45] 참나무 옷을 입었고, 더 높은 곳엔 짙푸르고 거대한 소나무들이 서 있었다. 그들은 몇 시간 동안 연신 나아가다가 휴식을 취하기 위해 말에서 내렸다. 그들이 선택한 장소는 깊고 어둑한 산골짜기였다. 진초록의 호랑가시나무들이 드리운 널찍한 그림자가 음산함을 더했고, 얽히고설킨 덤불과 험악한 바위가 여기저기 흩어져 있었으므로 말들이 발을 디디기에 몹시 곤란했다. 그들은 작은 개울가에 앉았다. 간단한 식사가 차려졌다. 드미트리는 애정을 아낌없이 드러내며 아이를 어

---

45 그리스 북서부의 한 지역을 가리킨다. 기원전부터 성소로 여겨졌으며, 제우스의 신탁을 받는 신성한 곳이었다.

르고 달래서 음식을 먹였다. 그때 부하 한 명이, 자고리인 군대가 카투스티우스의 안내로 성 엘리아스 수도원에서부터 진격해 오고 있다는 첩보를 들려주었다. 또 다른 부하는 단단히 무장한 여섯, 여덟 명 정도의 모레아인들이 이오아니나에서 다가오고 있다는 불길한 소식을 전했다. 눈 깜짝할 사이에 휴식이 중단되었다. 결국 알바니아인들은 바위나 커다란 나무 뒤에 몸을 숨겨 가며 겨우겨우 언덕을 오르기 시작했다. 그렇게 몸을 숨기고 길을 가는데, 저 앞에서 방해꾼들이 접근하고 있음을 발견했다. 모레아인들이었다. 그들은 두 명씩 지날 수 있는 비좁은 길의 모퉁이를 돌고 있었다. 눈앞에서 기다리고 있는 위험을 알아차리지 못한 채 부주의하게 걷고 있었다. 총알이 누구 한 사람의 머리 위를 스쳐 지나가고 나서야 그들은 주위를 경계하기 시작했다. 그리스인들은 이런 전투 방식에 익숙했으므로, 얼른 바위 뒤에 몸을 숨기고 총을 쏘았다. 최대한 빠르게 장전하려고 애썼지만 적들이 아주 날쌔게 바위 사이를 가로지르며 높은 지대로 올라가 버리는 바람에 고전을 면하지 못했다. 그런데 한 노인만이 길 위에 그대로 남아 있었다. 뱃사람 카마라즈였다. 해전에 능한 그는 갑판에서 적을 마주칠 때면 배의 옆면으로 서둘러 달려가서 응수했지만, 지금 같은 고산전에선 갈피를 못 잡는 듯싶었다. 키릴은 장인에게 낮고 널찍한 바위 뒤로 몸을 피하라고 소리쳤다. 그때 카마라즈가 한 손을 흔들었다. "나는 위험한 사람이 아니오. 난 죽음이 두렵지 않소!"

용사는 용감한 사람을 알아보는 법이다. 조금도 위축되지 않고 당당히 서 있는 노인의 대담한 모습을 본 드미트리는 바위 뒤에서 나와 부하들에게 공격을 중단하라고 명령했다. 그리고 적에게 외쳤다. "당신은 누구요? 왜 여기에 있는 거요? 싸울 생각이 아니라면 갈 길을 가시오. 두려워하지 말고 답하시오!"

노인이 한 걸음 다가가서 말했다. "나는 두려움을 모르는 마니족이다. 모든 그리스인을 벌벌 떨게 하는 마타판 곶의 해적! 나는 싸우러 이곳에 왔다! 보라! 이 싸움의 원인이 바로 네 품속에 있구나! 난 그 아이의 할아비다. 아이를 이리 건네라!"

그 순간 품에서 뱀이 깨어나기라도 한 듯 드미트리의 표정이 싹 바뀌었다. "이 아이가 마니인의 자손이라고?" 아이를 안고 있던 그의 손아귀에서 힘이 풀렸다. 콘스탄스는 아마 그의 목에 매달리지 않았더라면 바닥으로 떨어졌을 터였다. 양측 무리는 위쪽 바위에서 길로 내려오더니 두 갈래로 나누어 섰다. 드미트리는 목에 매달린 아이를 떼어 냈다. 당장이라도 야만인처럼 환호성을 지르며 아이를 절벽 밑으로 던져 버릴 수 있었으리라. 하지만 그가 차마 그러지 못하고 분노에 몸을 떨고 있을 때 카투스티우스가 자고리인 군대와 함께 다가왔다. "멈춰라!" 분노한 알바니아인이 외쳤다. "카투스티우스, 잘 봐라, 친구. 내가 저항할 수 없는 운명에 이끌려 맹세를 깨뜨리는, 악랄하고 정신 나간 짓을 했다. 하지만 이제 자네의 소원을 이뤄 주겠다. 이 마니인의 아이는 죽는다! 나는 저주하는 족속의 아이를 죽여서 정당한 복수를 할 것이다!"

키릴은 두려움에 떨며 당장 바위 위로 올라갔다. 그는 머스킷총을 겨누었지만 자칫 아이가 맞을까 봐 두려웠다. 그에 비하면 두려움보다 절망감이 훨씬 컸던 늙은 마니인 카마라즈는 침착하게 총을 겨냥했다. 드미트리는 그 모습을 보고 벌써 아이의 숨통을 옥죄고 있던 단검을 노인을 향해 던졌고 — 그의 옆구리에 꽂혔다. 콘스탄스는 드미트리의 힘이 느슨해진 틈을 타서 얼름 아버지의 품으로 달려갔다.

카마라즈는 칼을 맞고 쓰러졌지만 상처는 가벼웠다. 그는 알바니아인들과 자고리인들이 가까이에서 자기를 둘러싼 광경을 바라보았다. 그의 동료들은 포로가 되었다. 드미트리와 카투스티우스는 둘 다 키릴에게 달려들어서 비명을 지르는 아이를 빼앗으려고 안간힘을 썼다. 마니인 카마라즈가 일어났다. 팔다리엔 힘이 없었지만 마음만큼은 강건했다. 그는 아버지와 아이 앞으로 몸을 던져서 드미트리의 치켜든 팔을 잡았다. "당신의 원수는 나요! 내가 그 사악한 족속이오! 이 아이는 마니인을 부모로 두지 않았소. 마니인 혈통이 아니라오!"

"거짓말하지 마라!" 분노한 알바니아인이 소리쳤다. "거짓말로 넘어가려는 수작일 뿐!"

"그렇지 않소. 당신이 사랑한 사람들을 걸고 말할 테니, 제발 내 말을 들어 주시오." 카마라즈가 말을 이어 갔다. "만약 내 말이 거짓이라면 나는 물론 내 자식들도 다 죽을 거요! 이 아이의 아버지는 코린트 사람이고, 엄마는 키오스섬 출신이라오!"

"키오스섬이라고!" 그 한마디에 드미트리는 정신이 번쩍 들었다. "이 사악한 놈!" 그는 콘스탄스를 붙잡으려고 번쩍 치켜든 카투스티우스의 팔을 제지했다. "이 아이는 내가 지킨다. 다치게 하지 않을 것이다. 그래, 당신은 계속 말하시오. 두려움 없이 진실만을 말해야 할 것이야."

카마라즈가 이야기를 시작했다. "십오 년 전, 내 배는 키오스섬 해안을 맴돌며 먹잇감을 찾고 있었소. 밤나무 숲 경계에 오두막 한 채가 서 있었지. 부유한 섬사람의 아내가 사는 집이었소. 그녀는 외동딸과 살았고, 알바니아인과 결혼했는데 당시 남편은 집을 비운 상태였다오. 마침 그 집에 보물이 숨겨져 있다는 소문을 들었소. 그 여자 자체도 훌륭한 전리품이 될 테니, 한번 도전해 볼 만한 모험이었지. 우리는 그늘진 개울에 배를 대고, 달이 기울 무렵, 배에서 내렸소. 새카만 밤에 몸을 숨기고, 조용히 모녀가 사는 외딴집으로 향했지."

드미트리는 칼자루를 움켜쥐었다. 그런데 칼이 없었다. 그리하여 허리띠에서 권총을 절반쯤 끄집어냈을 때, 콘스탄스는 자신을 다정하게 대해 준 드미트리를 또다시 완전히 믿고서 그의 팔을 껴안았다. 산적 두목은 아이를 바라보았다. 당장이라도 아이를 껴안고 싶은 마음이 들었지만 혹시 지금 속고 있을까 봐 두려웠다. 그래서 그는 고개를 돌리고 망토 후드를 뒤집어쓴 채 괴로운 마음을 가리고자 감정을 억눌렀다. 마니인의 이야기를 끝까지 들어 봐야만 했다. 카마라즈가 계속 말했다.

"그 일은 내가 생각했던 것보다 훨씬 커다란 비극으로 번졌소. 여자는 딸을 지키고자 마치 새끼를 보호하려는 암호랑이처럼 남자들과 맹렬히 싸웠지. 그때 나는 숨겨진 보물을 찾아내려고 다른 방을 뒤지고 있었는데, 그 순간, 찢어지는 듯한 비명이 들려왔소. 동정심이라고는 모르는 내 심장마저 후벼 팔 만큼 애처로운 비명이었어. 그러나 이미 늦었더군. 그 가엾은 여자는 바닥에 쓰러졌고, 가슴은 피로 물들어 있었지. 당시 왜 그랬는지 모르겠지만, 그 아름다운 여인에게 안타까운 마음이 들었소. 여인과 아이를 배에 태우고 가서 어떻게든 살릴 방도를 찾아보았지만, 그녀는 우리가 해안을 채 떠나기도 전에 죽고 말았소. 그녀가 고향 섬에 묻히고 싶어 하리라 생각했고, 만약 다른 곳에 묻었다간 흡혈귀로 변해서 나를 괴롭힐까 봐 두려웠소. 그래서 여인의 시신은 성직자들이 장사 지내도록 남겨 두고, 두 살 남짓한 여자아이만을 데리고 떠났다오. 아이는 자기 이름을 비롯해 몇 마디밖에 할 줄 몰랐는데, 그 이름이 바로 젤라였소. 그 애가 바로 이 아이의 엄마요!"

가엾은 젤라는 헤아릴 수 없이 오랜 밤 동안, 카르다밀라만에 도착하는 배들을 지켜보았다. 급기야 하녀는 젤라를 재우기 위해 케이크에 아편을 섞어 먹일 정도였다. 하지만 안타깝게도 하녀는 정신력이 육체를 이기고, 사랑이 증오를 이긴다는 사실을 알지 못했다. 젤라는 눈을 감지 않은 채 침대에 누워 있었다. 기분은 가라앉았지만 마음은 여전히 깨어 있었다. 밤중에 그녀는 기이한 힘에 이끌려 창가로 기어갔고, 작은 배가 만으로 들어오는 모습을 보았다. 순풍을 타고 빠르게 움직이던 배가 튀어나온 바위 뒤로 사라졌다. 젤라는 대리석 바닥을 조심스럽게 걸었다. 커다란 숄로 몸을 감싸고 바위투성이 길을 내려가서, 잰걸음으로 해변에 도착했다. 배는 아직 보이지 않았다. 자신의 들뜬 마음이 만들어 낸 착각이었나 생각하면서도, 그녀는 계속 바닷가에 머물렀다. 몸을 움직이려 할 때마다 속이 울렁거리고 자꾸만 눈꺼풀이 감겼다. 쏟아지는 잠을 더는 참을 수 없었다. 결국 그녀는 차갑고 딱딱한 조약돌 위에 머리를 기대고, 숄을 더 단단히 여민 채 모든 것을 잊게 해 주는 잠에 몸을 맡겼다.

젤라는 아편 기운 때문에 몇 시간 동안이나 죽은 듯이 잠만 잤다. 주변에서 무슨 일이 벌어지고 있는지, 전혀 알아채지 못했다. 잠에서 깨어난 그녀는 서서히 주위를 살펴보았다. 바람이 상쾌하고 자유롭게 느껴졌다. 해안인 듯 근처에서 파도가 밀려왔다. 잠에 빠져들 때에도 물살이 밀려오는 소리를 들었던 듯싶었다. 그런데 지금 깨어나 보니, 그녀가 있는 곳은 조약돌 침대도, 캐노피가 있는 침실도, 암석이 돌출된 새까만 절벽도 아니었다. 그녀는 고개를 홱 들었다. 그녀가 눈을 뜬 곳은 바다의 파도를 시원스레 가르는 작은 배의 갑판이었다. 흑담비 모피로 만든 망토가 마치 베개처럼 둘둘 말린 채 그녀의 머리를 받치고 있었다. 왼쪽으로 마타판 곶의 해안이 보였다. 배는 정오의 태양을 향해 똑바로 나아가고 있었다. 그녀는 두려움보다 경이로움에 사로잡혔다. 시야를 가린 돛을 살짝 치우자, 걱정스러운 얼굴로 자기 곁에 앉아 있는 알바니아인이 보였다. 아들 콘스탄스는 그의 품에 안겨 있었다. 젤라의 입에서 비명이 터져 나왔다. 그 소리에 키릴이 돌아보았고, 이윽고 그녀는 그의 품에 안겼다.

불멸하는 필멸의 존재

1833년 7월 16일. 나에게는 중요한 기념일이다. 내가 태어난 지 삼백 년하고도 이십삼 년 되는 날이니까!

혹시 '방랑하는 유대인'[46]이냐고? 아니다. 그는 1800년의 세월을 보냈지만, 나는 그에 비하면 젊은 불멸자다.

정말로 불멸의 인간이냐고? 삼백삼 년 동안 밤낮으로 생각해 봤지만 여전히 답을 찾지 못한 질문이다. 지금 이 순간 갈색 머리에 흰 머리카락이 한 가닥 보인다. 분명 늙어 가고 있다는 증거다. 하지만 삼백 년 내내 몰랐다가 이제야 발견한 것일지도 모른다. 스무 살이 되기도 전에 머리 전체가 하얗게 세는 사람도 있으니까.

내 이야기를 들려줄 테니, 독자 여러분 스스로 판단하기 바란다. 영원 속에서 몇 시간을 보내는 것은 이제 나에게 무척 지루한 일이 되었다. 영원한 삶! 과연 그럴까? 깊은 잠에 빠졌

---

46 십자가를 끌고 가는 예수를 박해한 죄로 최후의 심판까지 죽지 못한 채 영원히 방랑하게 되었다는 유대인.

다가 몇백 년 뒤에 멀쩡하게 깨어났다는 마법 이야기를 들어 본 적이 있다. 일곱 면자(眠子)[47]의 이야기도 들어 보았다. 불멸은 그리 큰 짐이 아닐지도 모른다. 아니다. 끝나지 않는 시간의 무게여! 끝없이 계속되는 지루한 시간이여! 우화 속의 누르자하드[48]는 얼마나 행복했던가!

코넬리우스 아그리파를 모르는 사람은 없을 것이다. 그에 대한 세상의 기억은 나를 만든 그의 기술만큼이나 불멸이다. 예전에 그의 제자가 스승이 없는 사이에 어쩌다 악마를 소환했고 코넬리우스가 그 악마를 무찔렀다. 사실이건 아니건 그 사건은 유명한 철학자인 그에게 큰 해악을 끼쳤다. 다른 학자들이 곧바로 그를 저버렸고 하인들도 떠났다. 그가 자는 동안 불씨가 꺼지지 않도록 벽난로에 석탄을 넣어 줄 사람도, 실험할 때 약물의 색깔이 변하는지 살펴 줄 사람도 없었다. 한 사람만으로는 인력이 부족해서 실험은 계속 실패했다. 시중들 사람조차 한 명 구하지 못한 가엾은 그를 사악한 사람들은 비웃어 댔다.

그때 나는 무척 어리고 가난하고 사랑에 빠져 있었다. 그리고 약 일 년 동안 코넬리우스의 제자였다. 하지만 앞서 말한 사건이 일어났을 때는 다른 곳에 있었다. 돌아와 보니 친구들이 연금술사의 집으로 가지 말라고 나를 만류했다. 나는 친구들이 들려주는 끔찍한 이야기를 덜덜 떨면서 들었다. 더 이상의 경고가 필요 없을 정도였다. 그런데 코넬리우스는 연신 나

---

47 고대 로마 때 기독교도라는 죄명으로 박해를 받아 암굴에 갇혔으나 기적적으로 죽지 않고 백팔십칠 년 동안이나 긴 잠에 빠져다가 기독교가 공인된 이후에 깨어났다는 일곱 사람.
48 프랜시스 셰리던이 쓴 소설 『누르하자드의 인생』에 등장하는 불멸의 존재.

를 찾아와, 심지어 집에 머물면서 조수를 해 준다면 황금이 든 주머니를 주겠다고 제안했다. 사탄의 유혹을 받는 기분이었다. 이가 달달 떨리고 머리카락이 쭈뼛했다. 무릎이 후들거렸지만 최대한 빨리 도망쳤다.

점점 힘이 빠져 가던 내 걸음은 이 년 동안 매일 저녁 향했던 곳으로 이어졌다. 퐁퐁 샘솟는 우물 옆에 짙은 갈색 머리의 소녀가 서 있었다. 그녀의 반짝이는 눈은 내가 매일 저녁 걸어오는 길에 고정되어 있었다. 내가 버사를 사랑하지 않았던 순간이 있었나? 도무지 기억나지 않는다. 우리는 갓난아기일 때부터 이웃이자 친구였다. 그녀의 부모는 내 부모처럼 가난하지만 존경할 만한 사람들이었고 특별한 애착으로 엮인 우리 두 사람 사이를 반겼다. 그러다 버사의 아버지와 어머니가 열병으로 세상을 떠나고 그녀는 혼자 남겨졌다. 내 부모가 그녀를 거둘 수도 있었지만 근처의 성에 홀로 사는, 부유하지만 자식 없는 노부인이 버사를 입양하고 싶어 했다. 버사는 비단옷을 입고 대리석 저택에서 살게 되었다. 앞으로 운이 완전히 열린 듯했다. 새로운 환경에서 새로운 사람들에게 둘러싸여 있으면서도 버사는 가난한 시절의 친구에게 변함없이 충실했다. 그녀는 우리 오두막집을 자주 방문했고 그것이 여의찮을 때는 근처 숲으로 와 그늘이 드리워진 샘가에서 나와 만났다.

그녀는 새로운 보호자에게 느끼는 의무감보다 성스러운 우리의 관계가 더 중요하다는 말을 자주 했다. 그러나 나는 결혼하기엔 너무 가난해서 그녀의 걱정도 커져만 갔다. 자신만만하지만 급한 성격의 버사는 우리의 결혼을 가로막는 장애물이 너무 많다는 사실에 분노했다. 지금도 내가 잠시 곁을 비웠다가 다시 만나는 것인데 그동안 그녀는 큰 괴로움에 시달렸던 것이다. 심한 불평을 늘어놓으며 가난하다는 이유로 나를 비난하다시피 하는 그녀에게 내가 성급하게 말했다.

"난 가난하지만 정직하잖아! 그리고 곧 부자가 될지도 몰라!"

내 말에 그녀가 질문을 퍼부어 댔다. 그녀가 충격받을까 봐 두려웠지만 결국 나는 실토했다. 그녀는 실망스러운 표정을 지으며 말했다.

"날 사랑한다면서 날 위해 악마와 맞서는 일은 두려워하는구나!"

나는 그녀의 기분을 상하게 하는 것이 두려울 뿐이라고 항변했다. 그녀는 코넬리우스의 제안을 받아들이면 주어질 큰 이익에 대해 생각하고 있었다. 수치심을 느끼게 했던 그녀였지만 격려도 해 주었다. 사랑과 희망이 샘솟은 나는 내가 품었던 두려움을 비웃으며 가벼운 마음과 발걸음으로 연금술사에게 돌아가 제안을 받아들였고, 곧바로 실험실에 자리를 잡았다.

일 년이 지났지만 그다지 큰돈을 벌지는 못했다. 익숙해지면서 두려움도 사라졌다. 귀찮을 정도로 경계를 게을리하지 않았지만 말발굽처럼 갈라진 악마의 발은 흔적조차 찾아볼 수 없었고 연구열로 불타는 조용한 집 안에서 악마의 울부짖음이 울려 퍼진 적도 없었다. 버사와는 여전히 은밀하게 만남을 지속했고 확실한 희망도 생겼다. 하지만 완벽한 행복은 아니었다. 버사가 사랑과 안정을 서로 적으로 만들어, 나와의 단란한 관계에서 그것들을 분열시키는 일을 즐거움으로 삼은 탓이었다. 사실 그녀는 약간 요부 같은 구석이 있어서 나를 질투심에 사로잡히게 했다. 그녀는 수없이 나를 무시했지만 자신이 틀렸다는 사실만은 절대로 인정하지 않았다. 자신이 나를 화나게 해 놓고 오히려 용서를 빌라고 강요했다. 내가 고분고분하지 않다고 여겨질 때면 자신의 보호자가 마음에 들어 한다는 다른 구애자의 이야기를 꺼냈다. 실제로 그녀 주변에는 비단옷을 입은 젊고 유쾌한 남자들이 넘쳐 났다. 허름한 차림을 한 연금술사의 제자가 그들과 비교나 되겠는가?

언젠가는 일이 너무 바빠서 평소처럼 버사를 만나러 가지 못한 적이 있었다. 코넬리우스가 뭔가 엄청난 일을 하고 있어서 나도 밤낮으로 옆을 지키며 난로에 불을 넣고 그가 조제한 물질을 바라보았다. 버사는 샘 옆에서 헛되이 나를 기다렸다. 내가 나타나지 않자 그녀는 머리끝까지 화가 났다. 나는 잠깐 눈을 붙이라고 주인이 허락한 시간에 살며시 빠져나가 나름 대로 위안을 얻고자 그녀를 찾아갔다. 하지만 그녀는 멸시하는 표정으로 무시하면서 옆에 있어 주지도 못하는 사람과 결혼할 수는 없다고 선언했다. 급기야 그녀는 복수할 거라고 으름장을 놓았다! 그리고 정말로 그렇게 했다. 암울한 기분으로 돌아온 나는, 그녀가 앨버트 호퍼와 사냥을 다녀왔다는 소식을 들었다. 앨버트 호퍼는 그녀의 보호자가 마음에 들어 하는 남자였다. 세 사람은 말을 타고 연기 자욱한 내 창문 밖으로 지나갔다. 그들이 내 이름을 말한 것 같았다. 조롱하는 웃음소리가 이어졌고 그녀는 업신여기는 표정으로 내가 사는 집 쪽을 힐끗 쳐다보았다.

원한과 불행을 거느린 질투가 나를 사로잡았다. 그녀를 사랑한 것이 후회스러워서 눈물이 비 오듯 쏟아졌다. 변덕스러운 그녀에게 수없이 저주를 퍼부었다. 그러는 와중에도 변함없이 연금술사를 위해 불을 지피고 당최 이해할 수 없는 약물의 변화를 지켜봐야만 했다.

코넬리우스는 사흘 밤낮으로 실험을 지켜보았고 눈도 붙이지 않았다. 증류기에서 일어나는 변화는 그의 예상보다 더 뎠다. 그는 불안해하면서도 졸린 까닭에 눈꺼풀이 점점 무거워졌다. 몇 번이나 안간힘을 쓰며 졸음을 물리쳤다. 하지만 자꾸 정신이 아득해졌다. 그는 애석한 표정으로 실험 장치를 쳐다보았다. "아직 준비가 안 됐군." 그가 중얼거렸다. "하룻밤 더 지나야 완성되려나? 윈지, 넌 성실하고 믿을 만하지, 잠도 갔고 말이야. 어젯밤에 잠을 갔잖니. 저 유리그릇을 잘 살펴라. 저 안에 든 액체는 연한 장밋빛이야. 색깔이 변하기 시작하는 순간 날 깨워라. 그때까지 난 잠깐 눈을 붙이마. 처음에는 하얀색으로 변했다가 황금색으로 반짝일 거야. 하지만 그때까지 기다리면 안 된다. 장미색이 연해지기 시작하면 즉시 나를 깨워라." 그가 잠에 취해 중얼거리듯 말했기에 나는 마지막 말을 제대로 듣지 못했다. "윈지, 절대로 저걸 건드리면 안 된다. 마셔서도 안 돼. 저건 마법의 약이야. 사랑의 해독제. 버사에 대한 사랑을 멈추고 싶진 않겠지. 절대 건드리면 안 된다!"

그는 잠에 빠졌다. 머리가 가슴께로 내려가고 규칙적인 숨소리가 희미하게 들렸다. 나는 몇 분 동안 유리그릇을 바라보았다. 액체는 여전히 장미색이었다. 이런저런 생각이 들었다. 두 사람은 분명히 샘에도 갔으리라. 결코 돌아갈 수 없는 행복했던 시절이 떠올랐다. 다시는 돌이킬 수 없다! "다시는!" 이라고 실제로 입 밖에 내어 소리칠 뻔했을 때 내 마음에는 뱀이 들어가 있었다. 기만적인 여자! 기만적이고 잔인한 여자! 그녀는 이제 다시는 내게 웃어 주지 않을 것이다. 그날 저녁

앨버트에게 보여 준 그 미소를. 가증스러운 여자! 꼭 복수할 것이다. 그녀 눈앞에서 앨버트를 죽일 것이다. 결국, 내 복수가 그녀의 목숨을 앗아 가리라. 그녀는 의기양양하게 경멸의 미소를 지었지. 그녀는 내가 비참하다는 사실을, 자신에게 힘이 있음을 알고 있었다. 하지만 그녀에게 무슨 힘이 있단 말인가? 내 증오와 경멸을 불러일으키는 힘이 있다. 무관심해지고 싶지만 그럴 수가 없다! 나도 그럴 수 있을까? 나도 전혀 개의치 않는 눈빛으로 그녀를 바라보고, 내 거절당한 사랑을 더 아름답고 진실한 사람에게 줄 수 있을까. 그것이야말로 진정한 승리일 텐데!

그때 눈앞에서 밝은 빛이 반짝였다. 약에 대해서 까맣게 잊어버리고 있던 나는 경이로운 표정으로 바라보았다. 감탄이 나올 정도로 아름다운 빛이었다. 태양 아래 다이아몬드보다 더 환한 광채가 액체 표면에서 반짝였다. 너무도 향기롭고 쾌적한 향이 온몸에 스며들었다. 유리그릇은 꼭 살아 있는 빛의 구체 같았다. 보기에도 아름다웠고 맛보라고 유혹하는 듯했다. 처음에, 무딘 감각 상태에서 본능적으로 든 생각은 저걸 꼭 마셔야 한다는 것이었다. 나는 유리그릇을 입으로 가져갔다. "사랑의 괴로움을 없애 줄 거야!" 인간의 혀가 맛본 가장 맛있는 액체를 내가 절반쯤 들이켰을 때 코넬리우스가 몸을 움직였다. 나는 깜짝 놀라 유리그릇을 떨어뜨렸다. 액체에서 불꽃이 일며 바닥에서 번뜩였다. 코넬리우스가 내 목을 잡고 악을 썼다. "이 몹쓸 놈! 네가 내 평생의 노력을 망쳤어!"

그는 내가 약의 절반을 마셨다는 사실을 전혀 눈치채지 못했다. 내가 호기심에서 그릇을 들었다가 너무 강력한 빛에 놀라 떨어뜨렸다고 생각했고, 나 역시 암묵적으로 동의했다.

107

구태여 진실을 바로잡지는 않았다. 약의 불꽃이 꺼지고 향기도 사라졌다. 코넬리우스도 차분해졌다. 실험하느라 지친 그는 나더러 가서 쉬라고 했다.

그날 밤 나는 천국에 온 듯 행복하게 잠을 잤다. 내가 느낀 즐거움과 잠에서 깨어났을 때 가슴에 가득했던 만족감을 말로는 절대 표현할 수 없다. 공기 중을 걷는 기분이었고 정신은 천국에 가 있었다. 아니, 지상이 천국이었고 세상에 존재한다는 것 자체가 무아지경의 행복감을 느끼게 했다. "사랑의 독이 치유되어서 그런 거야. 오늘 버사가 나를 본다면, 연인이 차갑고 무신경하게 변해 버렸다는 사실을 알게 되겠지. 그녀를 미워하기는커녕 너무 행복해서 완전히 무관심하다는 점을 말이야!"

몇 시간이 금방 지나갔다. 코넬리우스는 그래도 실험이 성공했다는 사실에 안도하며 다시 하면 된다고 생각한 듯 똑같은 약을 또 조제하기 시작했다. 그가 책과 재료를 들여다보느라 바쁜 사이, 나는 휴가를 받았다. 신경 써서 옷을 갖춰 입고 내가 거울로 쓰는 낡지만 광나게 닦은 방패를 바라보았다. 외모가 놀라울 정도로 전보다 나아진 것 같았다. 서둘러 밖으로 나갔다. 사방이 천국처럼 아름다워 보이고 가슴에는 기쁨이 넘쳤다. 성 쪽으로 발걸음을 옮겼다. 사랑이 해독되었으니 가벼운 마음으로 우뚝 솟은 성탑을 바라볼 수 있었다. 버사가 멀리서 걸어 올라오는 나를 보았다. 그 순간 그녀가 무슨 생각을 했는지 모르지만 어쨌든 새끼 사슴처럼 가볍게 대리석 계단을 내려와서 내 쪽으로 달려왔다. 하지만 나를 본 사람은 또 있었다. 귀족 할망구, 스스로 버사의 보호자라고 하지만 사실상 독재자인 그녀도 나를 보았다. 그녀가 위쪽 테라스에서 숨을 헐떡이고 다리를 절뚝이며 걸었다. 그녀만큼이나 못생긴 하녀가 그녀 옷자락을 높이 들었고 옆에서 부채질을 해 주었다. 그녀가 서둘러 움직이며 버사를 막아 세웠다. "우리 아가씨가 어디를 그렇게 급하게 가시나? 얼른 방으로 들어가. 밖에 매가 있구나!"

버사는 두 손을 움켜쥐었고, 시선은 여전히 나에게 향해 있었다. 둘은 기 싸움을 벌이고 있었다. 나를 마주하고 본능적으로 누그러진 버사의 상냥한 마음을 막아서는 할망구가 혐오스러웠다. 그때까지는 성에 사는 노부인의 지위를 존중하는 마음으로 그녀를 피해 왔지만 이제 사소한 배려마저 필요 없었다. 사랑의 독이 치유되었고 인간의 모든 공포를 초월한 나니까. 서둘러 앞으로 걸어가니 금방 테라스에 이르렀다. 버사가 얼마나 사랑스러워 보이던지! 그녀 눈에는 불꽃이 이글거렸고 뺨은 조급함과 분노로 붉어졌다. 평소보다 천 배는 더 우아하고 매력적으로 보였다. 난 이제 그녀를 사랑하지 않아. 아니, 난 그녀를 사랑하고 숭배해!

그녀는 그날 아침, 내 경쟁자와 당장 결혼하라고 평소보다 심하게 닦달당한 터였다. 또 나에게 희망을 주었다고 비난당했고 수치스러우니 쫓아내겠다는 협박도 받았다. 자부심 강한 그녀는 저항했지만 자기가 나를 멸시했다는 사실이 떠올랐고, 세상에서 유일하게 자기편이라고 할 수 있는 사람을 잃었다는 점이 후회스럽고 화가 나서 울었다. 바로 그 순간에 내가 나타난 것이었다. "윈지! 날 네 어머니의 집으로 데려가 줘. 호화스럽지만 진절머리 나는 이 성에서 나를 꺼내 줘. 가난해도 행복한 곳으로."

나는 기쁨에 도취해 그녀를 꼭 안았다. 늙은 여자는 분노로 할 말을 잃었고 우리가 내 부모의 집을 향해 멀리 걸어갔을 무렵에야 분통을 터뜨렸다. 어머니는 자유를 꿈꾸며 금박 입힌 새장에서 탈출한 버사를 따뜻하게 받아 주었다. 역시 버사를 아끼는 아버지도 진심으로 환영했다. 기쁜 날이었다. 연금술사의 신비한 약이 없더라도 나는 기쁨에 젖었다.

파란만장한 그날의 사건이 있고 얼마 후 나는 버사의 남편이 되었다. 코넬리우스의 조수 자리는 그만두었지만 그와 계속 교류했다. 비록 그 자신은 모르고 있지만 내게 달콤하고 성스러운 묘약을 선사해 준 그에게 항상 감사한 마음이었다. 사랑을 해독해 준 것이 아니라(사랑을 해독한다는 것은 슬픈 일이다! 기억 측면에서 보자면 축복인 것 같지만 기껏해야 기쁨 없는 고독일 뿐이다.) 외려 나에게 용기와 의지를 북돋아 줘서 더없이 소중한 버사를 되찾게 해 주었으니까.

나는 무아지경에 빠진 듯 경이로움에 취했던 시간을 자주 떠올렸다. 코넬리우스가 만든 묘약은 그가 원래 의도한 효과를 내지는 못했지만 말로 설명할 수 없는 강력하고 더없이 행복한 효력을 발휘했다.

강도는 서서히 약해졌지만 오래도록 남아 삶을 아름답게 물들였다. 버사는 내 유쾌하고 긍정적인 성격에 감탄할 때가 많았다. 예전에는 약간 진지하고 우울한 구석도 있었기 때문이다. 그녀는 밝아진 내 모습을 더욱 사랑했고 우리의 하루하루는 기쁨으로 가득했다.

오 년 후 나는 죽음을 앞두었다는 코넬리우스에게 갑자기 불려 갔다. 그는 급하게 나를 찾으며 당장 와 달라고 했다. 가 보니 침대에 누운 그는 송장보다도 더 쇠약한 모습이었고 오로지 날카로운 눈빛만이 살아 있을 따름이었다. 그 눈은 장밋빛 액체가 든 유리그릇에 고정되어 있었다.

"잘 보아라." 그가 갈라진 목소리로 말했다. "인간의 바람이 가져온 허영을! 두 번째로 내 희망이 이루어지려는 순간, 끝내 무너져 버렸어. 저 액체를 보아라. 오 년 전에 똑같이 만들어 성공했던 약을 기억하겠지. 내 목마른 입술이 불멸의 영약을 마시게 될 줄 알았는데. 네가 깨뜨려 버렸지! 이젠 너무 늦었구나."

그는 힘겹게 말을 내뱉고 다시 베개로 쓰러졌다. 나는 이렇게 묻지 않을 수 없었다.

"존경하는 스승님, 사랑의 묘약이 생명을 더해 주는 효과도 지녔나요?"

그의 얼굴에 희미한 미소가 번졌고 나는 겨우 알아들을 수 있는 대답에 열심히 귀 기울였다. "사랑, 그리고 모든 것의 해독제. 불멸의 영약. 아! 내가 그걸 마셨다면 영원히 살 수 있었을 텐데!"

바로 그때 액체가 황금색으로 빛났고 예전의 그 향기가 방 안에 퍼졌다. 코넬리우스는 몸을 일으켰다. 기적처럼 힘이 샘솟은 듯, 그가 한 손을 뻗었다. 시끄러운 폭발 소리가 나서 나는 화들짝 놀랐다. 묘약에서 불길이 치솟았고 그것이 담겨 있던 유리그릇은 가루가 되어 부서졌다! 연금술사를 돌아보니 도로 쓰러진 채였고 눈은 멀겋고 몸은 뻣뻣했다. 숨이 끊어져 있었다!

하지만 나는 살았다. 게다가 영원히 사는 것이었다! 불운한 연금술사의 말에 의하면 그러했다. 나는 며칠 동안은 그것이 불멸의 영약이라는 말을 믿었다. 약을 마셨을 때 느꼈던 눈부시게 아름다운 도취감이 생각났다. 몸과 마음에 변화가 느껴졌던 일도. 한편으로는 든든하고 다른 한편으로는 날아갈 듯 가벼웠었다. 거울에 비친 내 모습을 보았다. 지난 오 년 내 내 외모에 아무런 변화가 없었다. 그 맛 좋은 액체의 찬란한 빛깔과 향기로운 냄새가 떠올랐다. 정말로 불멸의 영약이라고 할 만한 것이었다. 나는 정말로 '불멸의' 존재가 되었다!

하지만 며칠 뒤 그 말을 덥석 믿은 스스로가 바보처럼 느껴졌다. "고향에서 환영받는 선지자는 없다."라는 옛말은 나와 고인이 된 스승에게도 해당하는 말이었다. 나는 그를 한 인간으로서 사랑하고 현자로 존경했지만 그가 사악한 어둠의 힘을 이용할 수 있다고는 생각하지 않았다. 그에게 미신적인 두려움을 느끼는 사람들이 우스웠다. 그는 현명한 철학자였지만 살과 피를 가진 인간 이외의 존재를 알지 못했다. 그의 학문은 인간의 학문이었다. 나는 인간의 학문이 아직 자연의 법칙을 정복하지 못했으며, 인간의 영혼을 영원히 육신에 감금해 놓을 수도 없다고 자신을 설득했다. 코넬리우스가 만든 것은 영혼을 상쾌하게 해 주는 음료였다. 포도주보다 잘 취하고 그 어떤 과일보다 달콤하고 향기로운 것. 가슴에 만족감을, 사지에는 활력을 주는 약효가 뛰어났을지도 모른다. 하지만 그 효과는 사라질 터였다. 이미 내 몸에서 약효가 줄어들고 있었다. 어쩌면 나는 운 좋게도 건강과 기쁨, 장수의 약을 마신 것이었다. 그러나 행운은 거기까지였다. 장수와 불멸은 엄연히 다른 것이니까.

여러 해 동안 그렇게 믿었다. 가끔 정말로 연금술사의 말이 사실은 아닐까 싶기도 했다. 하지만 그럴 때마다 다른 인간들처럼 똑같이 죽음을 맞이하리라고만 생각했다. 어쩌면 남들보다 좀 더 오래 살지도 모르지만 결국 적당한 나이에 죽을 것이라고. 그럼에도 내가 놀라울 정도로 젊은 외모를 계속 유지하는 것만은 사실이었다. 나는 자주 거울을 들여다보는 내 허영심을 비웃었다. 그러나 아무리 봐도 소용이 없었다. 이마에는 주름이 전혀 없고 뺨과 눈, 머리부터 발끝까지 스무 살 때와 하나도 달라지지 않았다.

곤란했다. 버사의 아름다움은 빛바래고 있었으므로 내가 아들처럼 보일 정도였다. 이웃들도 그렇게 말하곤 했다. 나는 어느덧 '마법에 걸린 학자'라는 별명으로 불리고 있었다. 버사도 불안해했다. 질투와 짜증이 심해지고 마침내 의심하기 시작했다. 우리 부부는 자식이 없었고 서로밖에 몰랐다. 하지만 나이가 들면서 버사의 명랑한 성격은 약간 심술궂게 변했고 아름다운 외모도 시들해졌다. 그러나 나는 예전에 숭배했던 소녀이자 완벽한 사랑으로 쟁취한 아내인 그녀를 여전히 소중하게 여겼다.

결국, 더는 견딜 수 없는 지경에 이르렀다. 버사는 쉰, 나는 여전히 스무 살이었다. 나는 부끄러워서 어느 정도 나이 들어 보이게 하는 방법을 익혔다. 젊고 쾌활한 사람들과 어울려 춤추는 것도 그만두었다. 비록 발은 묶여 있지만 마음만큼은 젊은 사람들과 함께했다. 마을 노인들 사이에서 나는 애처롭게 돋보이는 존재였다. 그리하여 우리 부부에게는 변화가 생겼다. 사람들이 우리를 피하기 시작한 것이다. 우리가, 적어도 내가 예전 스승처럼 사악한 존재와 교류하고 있다는 소문이 퍼졌다. 다들 버사를 동정했지만 가까이하지는 않았다. 나는 공포와 혐오의 대상이 되었다.

어떻게 해야 하는가? 우리는 겨울이 되어 불을 지폈다. 아무도 우리 농작물을 사지 않아서 눈에 띄게 가난해졌다. 나를 아는 사람이 없는 30킬로미터나 떨어진 마을까지 가서 농작물을 팔고 와야 할 때가 많았다. 우리가 성가신 일을 계속 미룬 것은 사실이었고, 마침내 더는 미룰 수 없는 날이 찾아왔다.

우리는 난롯가에 앉았다. 마음만 늙은 청년과 그의 늙은 아내. 버사는 거듭 진실을 요구했다. 그녀는 사람들이 나에 대해 뭐라고 말하는지 줄줄이 읊고는 자기 생각도 이야기했다. 그녀는 나에게 제발 마법의 주문을 풀라고 했다. 자신의 흰머리가 내 갈색 머리보다 얼마나 더 많은지 설명하고, 늙는다는 것은 경이롭고 존경스러운 일이라고 했다, 어린아이들은 별로 존중받지 못한다면서. 그녀는 내게 젊음과 아름다운 외모가 수치와 증오, 경멸보다 중요하냐고 물었다. 아니었다. 그녀는 끝내 내가 흑마술을 쓴 죄로 화형당할 것이고, 자신은 진실도 모르는 채 공범으로 몰려 돌에 맞아 죽을 거라고 했다. 자신을 사랑한다면 비밀을 말해 달라고 한참 동안 설득하더니, 그러지 않으면 결국 나를 고발해야 할 것 같다면서 눈물을 터뜨렸다.

나는 괴로웠다. 어쩌면 지금 진실을 말하는 것이 최선일지도 모른다는 생각이 들었다. 최대한 순화해서 털어놓았다. 불멸이라고는 말하지 않고 매우 오래 산다고만 했다. 어쨌든 그것이 내 생각과도 가장 일치했으니까. 나는 다 설명한 뒤에 일어섰다.

"버사, 당신의 젊은 연인을 고발할 거야? 아니겠지, 나도 알아. 하지만 내 가엾은 아내, 당신한테 너무 못할 짓이야. 내 불운과 코넬리우스의 저주받은 능력 때문에 당신이 너무 큰 고통을 받고 있으니까. 내가 당신을 떠날게. 당신은 재산도 충분히 있고 내가 없으면 친구들도 돌아올 거야. 내가 떠날게.

난 젊고 건강하니까 아는 사람이 없는 곳으로 가서 어떻게든 살 수 있을 거야. 내가 당신을 사랑했고 당신이 아무리 늙든 절대 버리지 않으리라는 사실 또한 신은 아시겠지. 하지만 당신의 안전과 행복이 우선이야."

나는 모자를 쓰고 문으로 향했다. 곧바로 버사가 내 목을 끌어안고 키스했다. "안 돼, 내 남편, 나의 윈지. 혼자 못 보내. 나도 데려가. 우리 같이 여길 떠나요. 당신 말대로 아는 사람이 없는 곳으로 가면 의심도 받지 않고 안전할 거야. 난 당신이 부끄러울 정도로 늙지는 않았어, 윈지. 물론 내 아름다움은 곧 사라질 테지만 당신도 신의 축복으로 제 나이에 맞는 외모가 될 거야. 날 떠나지 마."

나는 진심을 다해 그녀를 꼭 안았다. "떠나지 않을 거야, 버사. 당신을 위해서 떠나겠다고 생각한 거야. 난 언제까지나 당신의 진실한 남편이야. 죽는 순간까지 당신 옆에서 내 의무를 다할 거야."

다음 날 우리는 몰래 떠날 준비를 했다. 금전적으로 큰 희생을 치르는 선택이지만 어쩔 수 없었다. 적어도 버사가 살아 있는 동안 살아갈 돈은 충분했다. 우리는 누구에게도 작별 인사를 하지 않고 고향을 떠나 프랑스 서부의 외딴곳에 자리 잡았다.

고향 마을과 어렸을 때부터 함께한 친구들을 떠나, 언어도 관습도 다른 나라로 가서 산다는 것은 버사에게 너무 가혹한 일이었지만, 기이한 운명의 비밀을 간직한 나에게는 그다지 심각한 일도 아니었다. 하지만 버사의 입장을 충분히 이해할 수 있었으므로 갖가지 사소하고 터무니없는 방법으로 불행에 대한 보상을 찾으려 하는 그녀의 모습이 오히려 다행스러웠다. 수군거리는 사람들이 전부 사라지자 그녀는 우리의 분명한 나이 차이를 화장품과 최신 유행의 옷, 젊은 사람들의 행동 방식으로 줄여 보고자 애썼다. 나는 화를 낼 수가 없었다. 나 역시 가면을 쓰지 않았는가? 도움이 될 것도 없는데 말다툼을 벌여 봤자 어쩌겠는가? 다만 나는 저 섬세한 척 고상 떨고, 억지로 웃고 질투심 넘치는 늙은 여자가 한때 내가 너무도 사랑했던 버사, 갈색 눈과 갈색 머리의 소녀, 매혹적인 웃음과 새끼 사슴 같은 걸음걸이를 가진 버사라는 사실이 떠오를 때마다 깊은 슬픔에 잠겼다. 나는 그녀의 희끗희끗한 머리와 시든 뺨을 숭배해야만 했다. 그래야 한다는 점을 알고 있었다. 하지만 인간의 나약한 모습이 나를 더욱 슬프게 했다.

버사의 질투심은 잠들 틈이 없었다. 그녀의 가장 큰 관심사는 내가 비록 외모는 그대로이지만 다른 부분에서 늙고 있다는 증거를 찾아내는 일이었다. 나는 가엾은 영혼의 그녀가 진정으로 나를 사랑한다고 믿었지만 여성의 애정 표현이 그렇게 괴롭기는 처음이었다. 내가 스무 살의 외모와 젊음의 활력으로 펄펄 날아다니는데도 그녀는 내 얼굴에서 주름을, 내 걸음걸이에서 노쇠함을 찾아내려고 했다. 나는 감히 다른 여자에게 말을 걸어 본 적이 없었다. 그런데 언젠가 버사는 동네 미인이 나에게 호감을 보인다고 생각해서 흰머리 가발을 사다 주었다. 그녀가 친구들과 항상 나누는 이야기는, 내가 비록 외모는 젊지만 속은 늙고 있다는 것이었다. 가장 심각한 증상은 바로 내 건강이라고 했다. 내 젊음이 병이라서 언제 갑자기 죽을지 몰라 항상 준비해야 한다고. 어느 날 갑자기 일어나 보니 머리가 하얗게 세고 온갖 노화의 징후가 나타나 있을지도 모른다고. 나는 그녀가 그런 말을 하도록 그냥 내버려 두었다.

옆에서 맞장구칠 때도 많았다. 그녀의 경고에 나도 끊임없이 공연한 추측을 끼워 넣었다. 나는 괴로웠지만 그녀의 여러 기발한 추측에 귀 기울이며 대화가 계속 이어지도록 상상력을 자극했다.

왜 그녀는 그토록 사소한 상황을 곱씹었을까? 기나긴 세월이 지났다. 노쇠한 버사는 몸을 움직일 수 없게 되었다. 나는 어머니가 아이를 보살피듯 그녀를 돌보았다. 그녀는 짜증이 늘었고 여전히 내가 자신보다 얼마나 더 오래 살지에 집착했다. 그것은 나에게 절대로 위안을 주는 이야기가 아니었고, 나는 그녀에 대한 의무를 충실하게 이행했다. 그녀는 젊어서도 내 것이었고 늙어서도 내 것이었다. 세상을 떠난 그녀를 묻으면서 나는 울었다. 그나마 나를 인간과 이어 주었던 모든 것을 잃은 기분이었다.

버사가 떠난 후로 걱정과 비애는 늘어나고 즐거움도 사라졌다! 내 인생은 여기에서 멈추었다. 더 앞으로 나아가지 않으리라! 나는 키와 나침반도 없이 폭풍우 치는 바다에 던져진 뱃사람, 방향을 인도해 주는 지표도 바위도 없는 광활한 황무지에서 길 잃은 여행자였다. 아니, 내가 느끼는 상실감과 절망은 그들보다 더욱 컸다. 멀리서 다가오는 배, 저쪽에서 반짝이는 오두막이 그들을 구해 줄 수 있겠지만 나에게는 죽음이라는 희망 말고는 아무런 불빛도 없었다.

죽음! 연약한 인간의 불가사의하고 사악한 친구! 죽음은 많고 많은 인간 중에서 왜 하필 나를 그 안락한 품으로 들어가지 못하게 하는가? 아, 무덤 속은 얼마나 평화로울까! 쇠를 씌운 무덤의 깊은 침묵! 머릿속 생각이 멈추고, 결국 전부 슬픔으로 끝나고 마는 수많은 감정을 담은 심장의 움직임 역시 멎겠지!

　나는 불멸의 존재인가? 첫 번째 질문으로 돌아간다. 애초에 연금술사가 만든 것은 영생이 아니라 장수를 가능하게 해 주는 약일 가능성이 더 크지 않을까? 그러기를 바란다. 게다가 나는 그가 만든 양(量)의 절반밖에 마시지 않았다. 전부 다 마셔야만 마법도 완성되지 않을까? 불멸의 영약을 절반만 마셨으니 절반만 불멸이다. 불완전하고 가치 없을 것이다.

　하지만 불멸의 절반이 도대체 몇 년이라는 말인가? 나는 무한대를 어떤 규칙으로 나눠야 할지 자주 생각해 본다. 가끔은 내가 이제 늙어 가기 시작했다는 상상마저 한다. 흰머리를 딱 한 가닥 발견했다. 바보 같으니! 한탄일까? 그렇다. 노화와 죽음에 대한 차가운 두려움이 가슴에 스멀스멀 엄습한다. 삶을 증오하는데도 살면 살수록 죽음이 더욱 두려워진다. 참으로 수수께끼 같은 일이 아닐 수 없다. 죽기 위해 태어나는 인간이 그 법칙을 거스르다니.

　물론 언젠가는 분명히 죽으리라는 생각이 든다. 연금술사의 영약이라도 불과 검, 물을 이겨 낼 수는 없을 테니까. 잔잔하고 퍼런 호수와 거센 강물을 가만히 바라보다가 저 물속으로 들어가면 평화로워지겠지, 하고 생각한 적이 몇 번이나 있었다. 하지만 그때마다 또 하루를 살려고 발길을 돌렸다. 자살이 과연 죄인지, 사후 세계로 가는 문이 누구에게만 열리는지 생각해 보기도 했다. 나는 군인이나 결투자처럼, 동료 필멸자를 해치는 일만 빼고 전부 다 해 보았다. 아니, '동료 필멸자'가 아니다. 내 몸에는 소멸하지 않는 생명력이 있고, 그들은 덧없이 소멸하는 존재이니, 우리는 서로 정반대의 존재다. 나는 그들 가운데 가장 비열하거나 강한 이를 감히 해치려 하지 못했다.

그리하여 나는 여러 해 동안 혼자, 자신에게 염증이 난 채로 살았다. 죽음을 바랐지만 절대로 죽지 않았다. 불멸의 인간. 야망도 탐욕도 생기지 않았고, 심장을 괴롭히는 열렬한 사랑도 다시 찾아오지 않았다. 어차피 나만큼 오래 살 수 있는 사람을 찾을 수 없기에 사랑은 나를 괴롭게 할 뿐이었다.

마침 오늘 모든 것을 끝장낼 수 있는 계획이 떠올랐다. 자살도 아니고, 누군가를 살인자로 만드는 일도 아니다. 바로 모험이다. 인간이라면, 심지어 나처럼 젊고 강인한 인간이라도 절대 견딜 수 없는 모험 말이다. 나는 내 불멸성을 시험해 볼 작정이다. 죽어서 영원한 휴식을 취하게 될 수도 있고, 만약 살아 돌아온다면 인류의 불가사의이자 은인이 될 것이다.

먼 길을 떠나기 전에 비참한 허영심이 이 글을 쓰게 했다. 나는 죽지 않고, 이름마저 남기지 못할지도 모른다. 그 약을 마신 지 삼백 년이 흘렀다. 한 해가 더 지나기 전에 나는 거대한 위험을 마주할 것이다. 서리와 싸우고 기아와 노역, 폭풍에 시달릴 터다. 자유를 갈망하는 영혼을 가두는 끈질긴 새장과도 같은 이 육신을 비바람 치는 자연에 내어 줄 것이다. 그래도 살아남는다면 내 이름은 인류의 가장 유명한 아들로 기록되리라. 그러고는 또다시 나는 더욱 가혹한 시련을 선택해서 내 몸을 이루는 원자를 흐트러뜨리고 몰살할 것이다. 어둑한 지상보다 불멸의 존재와 더 잘 어울리는 영역으로 가지 못한 채 갇혀 있었던 생명을 마침내 자유롭게 하리라.

변신

> "비통한 아픔으로
> 아려 오는 이 마음이
> 내 이야기를 시작할 수밖에 없게 하였고
> 그리하여 나는 자유를 얻었다.
>
> 그 후로 시시때때로
> 그 아픔이 돌아오고
> 내 끔찍한 이야기가 끝날 때까지
> 이 내 심장은 타오른다."
> ― 새뮤얼 테일러 콜리지, 「노수부의 노래」

    기이하고 초자연적이고 마법 같은 모험을 경험한 인간은, 아무리 그 사실을 숨기고 싶더라도, 마치 머릿속에 지진이 일어난 듯 갈기갈기 찢긴 기분이라 마음속 깊은 곳을 누군가에게 드러내지 않으면 안 된다고 한다. 나는 그 말이 사실임을 아는 사람이다. 사악한 자만심에 사로잡혀서 나 자신을 악마 같은 존재에게 내주고 겪은 공포를 절대 아무에게도 말하지 말자고 스스로 다짐했었다. 내 고백을 듣고 나를 교회로 받아준 독실한 남자는 죽었다. 그 후로 이 이야기를 아는 이는 아무도 없다……

    하지만 꼭 그래야 할까? 불경한 유혹과 영혼을 억누르는 굴욕에 관해 이야기하면 왜 안 되는가? 어째서? 인간 본성의 비밀을 잘 아는 현자들이여, 답해 주시오! 나에겐 자부심이 무척이나 중요하므로, 사람들이 나를 혐오스러워할까 봐 수치스럽고 두렵기도 하지만, 나는 말해야만 한다.

제노바! 내가 태어난 자랑스러운 도시! 푸른 지중해를 내다보는 그곳은 소년 시절의 나를 기억하리라. 절벽과 곶, 밝은 하늘과 화사한 포도밭이 나의 세계였던 그때를! 행복했던 시절! 비좁은 세상 반경을 제약으로 삼아 마음껏 상상의 나래를 펼치고 몸의 기운을 속박하고, 순수와 기쁨이 하나 되는, 우리 삶의 유일한 시절. 하지만 어린 시절을 돌아볼 때 슬픔과 끔찍한 공포를 떠올리지 않는 사람이 과연 있을까? 나는 고압적이고 길들여지지 않는 영혼을 가지고 태어났다. 내가 무서워하는 사람은 아버지뿐이었다. 아버지는 너그럽고 고결하지만 변덕스럽고 난폭하기도 해서 내 거침없고 성급한 성격을 부추기는 동시에 억눌렀다. 나는 그런 아버지에게 복종하면서도 아버지의 명령에 담긴 의도는 존중하지 않았다. 남자답고 자유롭고 독립적인 사내가 되는 것, 더 정확히 설명하자면 불손하고 지배적인 존재가 되는 일은 내 반항심의 희망이자 간절한 소망이었다.

아버지에게는 부유한 제노바 귀족 친구가 있었다. 마르케세 토렐라는 정치적 소란 속에서 갑자기 추방 선고를 받고 재산까지 몰수당한 데다 홀로 유배 생활을 하고 있었다. 그는 내 아버지처럼 홀아비였다. 그에게 자식은 거의 젖먹이나 다름없는 딸 줄리엣 하나뿐이었는데 우리 아버지가 그 아이를 보호하게 되었다. 나는 그 사랑스러운 소녀에게 못되게 굴었을 것이 분명하지만 그녀를 보호해 주어야 하는 위치였다. 여러 유치한 사건들이 향하는 지점은 한결같았다. 줄리엣이 나를 바위처럼 든든한 보호자라 여겼으면 했다. 우리는 함께 자랐다. 5월에 피어나는 장미도 이 사랑스러운 소녀만큼 달콤하지 않았다. 그녀의 얼굴은 아름다움으로 물들었다. 그녀의 몸과

걸음걸이, 목소리, 여리고 부드럽고 애정 가득하고 순수했던 그 모습을 떠올리면 지금도 심장이 두근거린다. 내가 열한 살, 줄리엣이 여덟 살이었을 때, 우리보다 훨씬 나이가 많고 우리 눈에 어른처럼 보이던 내 사촌이 줄리엣에게 관심을 보이며 자기 신부가 되어 달라고 했다. 줄리엣은 거절했지만 사촌은 고집을 꺾지 않았고 줄리엣을 억지로 잡아당겼다. 나는 미친 사람처럼 그에게 달려들었다. 그의 검을 뺏고 목을 조르려고 필사적으로 매달렸다. 사촌은 나를 떼어 내기 위해 도움을 요청해야 할 정도였다. 그날 밤 나는 줄리엣을 우리 집 예배당으로 데려갔다. 그녀에게 성유물을 만지게 한 뒤, 줄리엣은 영원히 나만의 것이라고 맹세를 했다. 그러고는 어린 그녀의 마음을 빼앗고 입술을 더럽혔다.

하지만 그런 시절은 오래가지 않았다. 몇 년 후 토렐라가 더욱 부유해져서 돌아왔다. 그리고 내가 열일곱 살 때 아버지가 돌아가셨다. 호화로운 생활로 재산을 탕진해 버린 채였다. 토렐라는 미성년자인 내가 마침 운을 바꿀 기회를 얻은 것일지도 모른다며 기뻐했다. 줄리엣과 나는 임종을 앞둔 아버지 앞에서 이미 약혼을 했고 이제 토렐라가 아버지 역할을 해 주었다.

나는 넓은 세상을 보고 싶었기에 원하는 대로 했다. 피렌체와 로마, 나폴리로 갔고 그다음에는 프랑스 툴롱으로, 그리고 마침내 오랫동안 꿈꿔 온 파리에 닿았다. 당시 파리는 혼란스러웠다. 가엾은 왕 샤를 6세는 정상이었다가 미쳤다가 군주였다가 비굴한 신하였다가 하면서 조롱의 대상이 되었다. 왕비, 왕세자, 부르고뉴 공작은 시시때때로 친구가 되었다가 적이 되거나, 방탕한 연회에서 어울리다가 또 경쟁자가 되어 피를 흘렸다. 그들은 조국의 불행과 당장이라도 닥칠 위험을 보지 못했고, 방종한 향유와 야만적인 갈등에 빠졌다. 내 기질은 여전했다. 나는 오만방자했고 과시를 즐겼다. 무엇보다 모든 자제력을 내던졌다. 누가 파리에서 나를 통제할 수 있었겠는가? 내 어린 친구들은 열정적으로 쾌락을 즐겼다. 나는 미남이라는 평을 들었고 기사도 정신의 대가였다. 정치와는 단절되어 있었다. 어딜 가든 총애를 받았다. 오만불손함은 어리다는 이유로 용서받았고 버릇없는 아이가 되었다. 누가 나를 통제할 수 있었으랴. 토렐라의 편지와 조언도 소용없었다. 끔찍하게도 미덕은 내 주머니가 텅 비었을 때만 강한 위력을 발휘했다. 하지만 이런 결핍을 채우는 방법은 준비되어 있었다. 나는 땅과 재산을 닥치는 대로 팔았다. 나의 옷과 보석, 현란한 장신구로 치장한 말은 화려한 파리에서조차 대적할 자가 없었지만 물려받은 땅은 다른 사람들의 손에 넘어갔다.

부르고뉴 공작이 오를레앙 공작을 불러들여 살해하는 사건이 발생했다. 공포와 충격이 파리를 집어삼켰다. 왕세자와 왕비는 처소에 은둔했다. 모든 쾌락이 멈추었다. 그러한 근심스러운 형국에 나는 문득 어린 시절을 보낸 고향이 그리워졌다. 알거지나 다름없었지만 고향으로 돌아가서 신부를 맞이하고 다시 부를 쌓고 싶었다. 상인으로서 몇 차례 행복한 모험을 하면 금세 부유해질 수 있을 터였다. 하지만 초라한 행색으로 돌아갈 마음은 추호도 없었다. 내가 마지막으로 한 행동은 수중에 돈을 마련하기 위해 알바로(Albaro) 근처의 땅을 절반밖에 안 되는 값에 팔아 버린 것이었다. 이어서 내 유산의 마지막 보화인 제노바 저택을 채우고 있던 온갖 공예품과 태피스트리, 웅장하고 화려한 가구까지 해치워 버렸다.

그래도 파리에 좀 더 머물렀으니, 탕자가 되어 돌아가는 것에 수치심을 느낀 탓이었다. 나는 말들과 함께, 비길 데 없이 출중한 스페인종 조랑말 한 마리를 나의 신부에게 보냈다. 그 말은 보석과 황금 천으로 치장했고, 줄리엣과 나 귀도의 머리글자를 사방에 휘감아 놓았다. 내가 보낸 선물은 그녀와 그녀 아버지에게 제법 호의를 얻었다.

그러나 재산을 전부 탕진하고 돌아가는 것은 건방진 기행이나 경멸의 징표일 수 있기에, 사람들의 비난이나 비웃음을 마주할 일을 생각하니 영 내키지 않았다. 그래서 비난을 막아줄 방패로서 가장 무모한 친구들 몇 명과 동행하기로 했다. 절반은 두려움, 절반은 참회인 괴로운 감정을 허세로 감춘 채 나는 마음의 준비를 단단히 하고 돌아갔다.

제노바에 도착해 선조들에게 물려받은 저택으로 걸어갔다. 발걸음은 의기양양했지만 속마음은 아니었다. 아무리 호화스러운 것들에 둘러싸여 있어도 빈털터리라는 사실이 뼈저리게 느껴졌다. 줄리엣을 차지하기 위한 이 첫걸음에서 내가 거지라는 사실이 폭로되었음은 분명했다. 모두의 표정에서 경멸 혹은 동정심을 읽었다. 부유하거나 가난하거나 늙거나 젊거나 모두가 나를 조롱하는 것 같았다. 토렐라는 나에게 가까이 오지도 않았다. 두 번째 아버지는 당연히 나에게 먼저 자신을 섬기는 아들의 존경심을 기대했을 터였다. 하지만 나는 스스로의 어리석음과 못난 모습에 화가 나고 비통해져서 남들을 원망하려고 했다. 친구들과 나는 우리 가문, 카레가 저택에서 밤새워 먹고 마셨다. 잠도 자지 않고 시끌벅적하게 즐기는 밤이 지나면 무기력한 아침이 찾아왔다. 우리는 아베 마리아를 암송하는 시간에 거리로 나가서 취하지 않은 점잖은 사람들을 조롱하고, 움츠러든 여자들을 무례하게 쳐다보았다. 줄리엣은 그들 중에 없었다. 만약 그녀가 거기 있었다면 나는 사랑하는 그녀 발아래에 무릎을 꿇거나 수치심에 자리를 박차고 도망쳤으리라.

모든 것이 지겨워진 나는 불쑥 토렐라를 찾아갔다. 그는 저택에 있었다. 산 피에트로 다레나 교외의 여러 저택 가운데 하나였다. 5월 초입에 과일나무 꽃들이 두꺼운 초록 잎들 사이에서 희미해지고 덩굴 식물들에도 새싹이 나고 지상은 떨어진 꽃들로 가득하고, 도금양나무 산울타리에선 반딧불이가 보였다. 빼어난 아름다움이 하늘과 땅을 뒤덮은 계절이었다. 토렐라는 자못 심각한 표정이었지만 그래도 친절하게 맞이해 주었다. 못마땅한 기색도 곧 사라졌다. 아버지를 닮은 내 얼굴과 젊은이다운 재치 있는 말투에 노인의 마음이 누그러진 것이었다. 그는 딸을 부르러 사람을 보냈고, 나를 그녀의 약혼자라고 칭했다. 줄리엣이 들어오는 순간, 방 안은 성스러운 빛으로 둘러싸였다. 천사 같은 얼굴, 크고 부드러운 눈동자, 보조개 가득한 뺨, 행복과 사랑의 드문 결합을 드러내는 아이같이 달콤한 입술. 가장 먼저 나는 감탄에 사로잡혔다. 그녀는 내 사람이야! 이것은 두 번째로 든 생각이었다. 우쭐함에 입꼬리가 올라갔다. 나는 프랑스 미인들의 응석받이로 지내면서 여자를 기쁘게 해 주는 방법을 배웠다. 남자들에게는 고압적인 반면, 여성에게 경의를 표할 때의 태도는 아주 대조적이었다. 나는 줄리엣에게 정중한 관심을 보이는 것으로 구애를 시작했다. 아이일 때 나에게 사랑을 맹세한 뒤 그 누구에게도 마음을 준 적이 없는 줄리엣은 여느 사람들의 감탄사에는 익숙하지만 연인의 밀어에는 풋내기였다.

며칠 동안은 순조로웠다. 토렐라는 나의 사치를 한 번도 언급하지 않았고 총애하는 아들처럼 대해 주었다. 하지만 줄리엣과 나의 결혼에 필요한 준비 사항을 상의하려 하면 분명 저 얼굴에 먹구름이 드리울 터였다. 결혼 약속은 아버지가 살아 계실 때 이루어진 것이었다. 그러나 내가 줄리엣과 함께 나눠야 할 가멸을 전부 탕진해 버렸으니 사실상 약속은 무효가 되었다. 토렐라는 결혼 약속을 취소하기로 하고 다른 제안을 했다. 나에게 막대한 유산을 물려주겠지만 함부로 쓰지 못하도록 여러 조건을 붙이겠다는 것이었다. 스스로의 의지에 따르는 자유로운 생활만이 자립이라고 생각한 나는 그가 내 상황을 이용하려 든다면서 조건에 따르기를 거부했다. 그는 나를 부드럽게 설득하려고 했다. 하지만 이미 울컥한 자존심에 아무것도 들리지 않았다. 분노만 가득한 상태로 나는 경멸하며 거부했다.

"줄리엣, 넌 내 사람이야! 어린 시절에 맹세를 주고받았잖아? 신 앞에서 맹세했는데 심장도 피도 차가운 네 아버지가 우리를 갈라놓으려 하는구나. 부디 너그럽고 공정하게 생각해 줘. 내 선물을 물리치지 마, 내 사랑. 네 귀도의 마지막 보물을. 세상이 뭐라 하건, 계산적인 세상은 신경 쓰지 말자. 모든 시련을 잊어버리고 우리의 사랑에서 안식처를 찾는 거야."

저런 궤변으로 성스러운 생각과 사랑을 독으로 물들이다니, 내게 악귀가 씌었던 것임이 틀림없다. 줄리엣은 놀라서 움츠러들었다. 그녀는 아버지가 세상에서 가장 선하고 친절한 사람이니 아버지의 말을 들으면 다 잘될 것이라고 나를 설득했다. 뒤늦게 굴복하고 뉘우쳐도 따뜻한 애정으로 받아 주고 너그럽게 용서해 주리라고. 어리고 상냥한 딸이 생각해 낼 수 있는 말만으로는 자기 뜻대로 사는 데에 익숙한 남자를 도저히 설득할 수 없었다. 내 마음에는 너무도 심한 폭군이 있어서 이기적인 욕망 말고는 그 무엇에도 복종할 수 없었다! 반항심과 함께 분노도 커졌다. 무모한 친구들은 그런 나에게 기름을 들이부었다. 우리는 줄리엣을 납치하기로 계획했다. 처음에는 성공한 듯 보였다. 그러나 도중에 줄리엣 아버지의 하인들이 우리를 막아섰고 충돌이 일어났다. 도시 경비대가 와서 마무리를 짓기 전에 토렐라의 하인 두 명이 심각한 상처를 입었다.

이것은 내 마음을 가장 무겁게 짓누르는 일로, 개과천선한 지금 그 일을 떠올리면 자신이 혐오스러워진다. 이 이야기를 듣는 사람은 그런 기분을 느낄 일이 없기를. 나는 기수가 바늘 달린 신발로 박차를 가해 미친 듯이 날뛰는 말보다도 더 난폭한 분노의 노예였다. 악마가 내 영혼을 사로잡고 광기를 자극했다. 내면에서 양심의 목소리가 들려왔지만 필사적인 절망의 시냇물에서 발원한 회오리바람, 오만에서 생겨난 폭풍에 곧바로 휩쓸려 갔다. 나는 감옥에 갇혔고 토렐라의 간청으로 풀려났다. 그런데 이번에는 줄리엣과 그녀 아버지까지 프랑스로 납치하려는 계획을 세웠다. 당시 약탈자와 무법 군대의 먹잇감이었던 프랑스는 나 같은 범죄자에게 고마운 은신처가 되어 줄 터였다. 하지만 계획이 발각되었고 나는 추방 명령을 받았다. 이미 엄청난 수준이었던 빚 때문에 그나마 남은 재산마저 몰수당했다. 토렐라가 또 도와주겠다고 했다. 조건은 자신과 딸을 다시는 납치하지 않겠다는 약속뿐이었다. 그러나 나는 그의 제안을 거절했다. 제노바에서 혼자 빈털터리로 쫓겨나며 내가 이겼다는 생각마저 들었다. 친구들은 전부 떠나 버리고 없었다. 수 주일 전에 제노바를 떠나 프랑스로 돌아간 터였다. 나는 혼자였다. 친구도, 허리춤의 검도, 주머니에 금화 한 닢도 없이.

해변을 따라 정처 없이 걸었다. 회오리바람 같은 분노가 내 영혼을 붙잡고 찢어 댔다. 가슴에서 석탄불이 활활 타는 것 같았다. 처음에는 어떻게 해야 할지 곰곰이 생각해 보았다. 약탈자 무리에 들어가 보자! 복수하자! 복수라는 단어가 떠오르자 마음이 편안해지는 듯했다. 나는 그것을 덥석 안고 어루만졌다. 그것이 뱀처럼 나를 물 때까지. 넓은 세상의 후미진 구석에 불과한 제노바를 버리고 경멸할 것이다. 친구들이 우글거리고 내 능력을 기꺼이 받아 줄 자리가 있는 파리로 돌아가서 검으로 부를 쌓고 하찮은 고향과 기만적인 토렐라가 나를, 이 코리올라누스[49]를 쫓아낸 일을 후회하게 해 주리라. 그런데 걸어서 파리로 돌아가, 한때 내가 호화로운 쾌락을 제공해 준 이들 앞에 빈털터리가 된 모습으로 나타난다고? 생각만으로도 울분이 터졌다.

조금씩 현실을 실감하자 절망이 몰려왔다. 몇 달 동안 나는 감옥에 갇혀 있었다. 지독한 지하 감옥은 내 영혼을 광기로 몰아넣었고 신체를 억압했다. 나는 창백하고 힘이 없었다. 토렐라는 나를 구슬리려고 온갖 책략을 썼지만 나는 전부 간파하고 퇴짜를 놓음으로써 단호함이라는 수확을 거둔 터였다. 이제 어떻게 해야 하는가? 적에게 고개 숙이고 용서를 구해야

---

[49] 고대 로마의 전설적인 장군. 공적을 쌓아 집정관으로 추대됐으나 반역의 누명을 쓰고 추방당한다. 그 후 로마에 복수할 계획을 세우면서 번민에 사로잡힌다. 셰익스피어의 희곡 『코리올라누스』로 널리 알려졌다.

하는가? 차라리 수만 번이고 죽는 편이 낫다! 절대로 그들에게 승리를 안겨 주어서는 안 된다! 맹세하건대 영원히 증오하리라! 누구를 향한 증오이고 누구를 위한 증오인가? 막강한 귀족을 겨눈 추방당한 떠돌이의 증오다! 나와 내 감정은 그들에게 아무것도 아니었다. 그들에게는 이미 잊힌 가치 없는 존재다. 아, 줄리엣! 그녀의 천사 같은 얼굴과 요정 같은 모습이 절망의 뭉게구름 속에서 헛된 아름다움으로 빛났다. 나는 세상의 영광이자 꽃인 그녀를 잃었다! 이제 다른 남자가 그녀를 차지하리라! 그녀의 천국 같은 미소가 다른 이를 축복하겠지!

패배로 얼룩진 그 암울했던 순간을 생각하면 지금도 심장이 멎는 듯하다. 나는 눈물이 날 것 같은 심정으로, 괴로워서 악을 썼다. 여전히 바위투성이 해안을 정처 없이 헤맸고 한 걸음 나아갈 때마다 길은 더욱 험난하고 황량해졌다. 우뚝 솟은 바위와 잔잔한 바다가 내려다보이는 희멀건 절벽. 입을 떡 벌린 검은 동굴, 바닷물에 닳은 구석진 곳들 가운데에서 끊임없이 속삭이고 헛되이 돌진하는 바닷물. 갑자기 곶이 나타나서 길을 가로막았고, 절벽에서 떨어진 파편들로 더는 지나갈 수 없었다. 곧 해가 저물 터였다. 바다 쪽에서는 마치 마법사의 지팡이가 명령하듯, 거미줄 같은 어두컴컴한 구름이 그때까지 잔잔했던 하늘을 까맣게 휘젓고 있었다. 구름 모양은 기이하면서도 환상적이었다. 마법의 주문에 걸린 듯 모양이 바뀌고 합쳐지기도 했다. 파도가 하얀 물마루를 들어 올리고 천둥은 처음엔 중얼거리다가 거대한 불모지 같은 바다를 가로질러 포효하면서 드문드문 거품과 함께 진한 자줏빛을 내비쳤다. 내가 서서 바라본 곳의 한쪽 옆은 드넓은 바다고, 다른 쪽은 바위투성이 곶으로 막혀 있었다. 돌연 곶이 있는 방향으로 배 한 척이 바람에 휩쓸려 다가왔다. 선원들은 배를 바다 쪽으로 나아가게 하려 애썼지만 거센 바람이 자꾸만 바위 쪽으로 배를 몰았다. 배는 가라앉을 것이었다! 배에 탄 모두가 목숨을 잃을 것이었다! 나 또한 죽을 것이었다! 난생처음으로 죽음에 관한 생각이 기쁨과 뒤섞였다. 운명에 맞서 몸부림치는 배를 바라보는 일은 정녕 끔찍했다. 선원들은 보이지 않았지만 목소리가 들렸다. 조만간 끝장이었다! 세차게 때리는 파도 속에 숨어 있는 바위 하나가 제자리에서 가만히 먹잇감을 기다리고 있었다. 나는 공포와 충격 속에서 번개가 내리치는 순간, 배가 눈에 보이지 않는 적을 향해 돌진하는 모습을 바라보았다. 잠시 후 배는 산산조각이 났다. 내가 서 있는 곳은 안전했다. 사람들은 전멸이라는 운명과 가망 없는 싸움을 하고 있었다. 그들이 몸부림치는 모습을 본 것 같다. 으르렁거리는 파도를 제압하려고 고통 속에서 아우성치는 소리가 들렸던가? 검은 파도가 배의 파편을 뱉어 내더니 머지않아 배는 완전히 자취를 감추었다. 나는 홀린 듯이 끝까지 지켜보다가 마침내 주저앉아 두 손으로 얼굴을 감쌌다. 다시 얼굴을 들었을 때 파도를 타고 해안 쪽으로 둥둥 떠내려오는 무언가가 보였다. 그것은 점점 가까워졌다. 인간의 형상인가? 그것이 점점 더 뚜렷해지더니 마침내 거센 파도가 그것을 완전히 들어 바위에 올려놓았다. 다리를 벌리고 선원 사물함에 앉아 있는 사람이었다! 과연 사람이 맞을까? 그런 모습의 사람은 한 번도 본 적이 없었다. 사팔뜨기에 뒤틀린 이목구비, 기형의 몸을 가진 흉측한 난쟁이였다. 보고 있자니 그야말로 끔찍했다. 조금 전만 해도 그가 수장될 뻔한 위험에서 살아나 다행스러웠는데, 갑자기 온몸의 피가 얼어붙었다. 난쟁이가 궤짝에서 일어나 뒤엉킨 뻣뻣한 머리칼을 뒤로 넘기자 흉측한 얼굴이 드러났다.

"벨제부브[2] 님이 나를 구해 주셨다!" 그는 주위를 둘러보다가 나를 발견했다. "전능하신 분과 같은 편이 또 있었구나. 그대도 나와 똑같은 분에게 기도했는가? 배에서는 보지 못한 것 같은데."

나는 신성을 모독하는 괴물을 보고 움츠러들었다. 그가 또 묻기에 나는 잘 들리지 않게 웅얼거렸다.

"바다의 시끄러운 포효가 네 목소리를 삼켜 버리는구나. 바닷소리가 정말 시끄럽군! 감옥에서 해방된 학생들도 고삐 풀려 자유롭게 뛰노는 저 파도보다 시끄럽지는 않을 거야. 정말 거슬리는군. 중요한 순간에 시끄럽게 구는 저 소리를 더 용납하지 않겠다. 조용히 해라, 파도야! 썩 물러가라, 바람아! 너희들의 집으로! 구름아, 다시 반대 방향으로 흘러가 우리의 천국을 맑게 하라!"

그는 거미 다리처럼 생긴 긴 두 팔을 쭉 뻗고서 앞쪽의 광활한 바다를 껴안는 듯한 자세를 취하며 말했다. 기적이었을까? 구름이 부서지면서 물러가고 그 사이로 파란 하늘이 살짝 모습을 드러내더니 잔잔한 들판 같은 하늘이 쭉 펼쳐졌다. 거센 폭풍이 부드러운 서풍으로 바뀌고 바다는 잔잔해졌으며 파도는 잔물결이 되었다.

"나는 자연이라도 고분고분한 게 좋아. 길들지 않은 인간에게서는 더더욱 복종을 원하지! 하지만 아주 훌륭한 폭풍이었어. 내가 만든 것이지만."

당연하게도 그 마법사와 대화를 나누고 싶은 마음이 동했

50　성경에서 우상으로 적대시하고 마귀들의 두목으로 지목한 고대의 신.

다. 인간은 형태를 막론하고 힘이라면 기꺼이 숭배한다. 경외심, 호기심, 끈질긴 매혹이 나를 그에게 가까이 다가가게끔 이끌었다.

"이리 와, 겁낼 것 없어, 친구. 나는 만족스러울 때면 기분이 좋거든. 네 훌륭한 몸과 잘생긴 얼굴을 보니 기분이 아주 좋아! 그런데 비통에 잠긴 것 같은데. 내가 내 운명을 그리했듯이 네 운명의 폭풍도 가라앉혀 줄 수 있을지도 몰라. 우리 친구가 되면 어때?" 흉측한 난쟁이는 이렇게 말하며 한 손을 내밀었다. 하지만 나는 그 손을 잡을 수가 없었다. "그럼 친구가 아니라 동지라고 해 두지. 방금 파도에 흔들려서 좀 쉬어야겠으니 그동안 네 얘기를 들려줘. 젊고 용감해 보이는 네가 왜 홀로 풀이 죽은 채로 이 거친 바닷가를 떠돌고 있는지."

그의 목소리는 끔찍한 새된 소리였고 말할 때마다 얼굴이 일그러져서 무서웠다. 그러나 거부할 수 없는 힘에 이끌리듯 나도 모르게 이야기를 시작했다. 모든 이야기가 끝나자 그는 큰 소리로 한참을 웃었다. 웃음소리가 바위에 부딪혀 울려 퍼지는 것이, 마치 지옥이 나를 둘러싸고 소리치는 느낌이었다.

"너는 루시퍼의 사촌이구나! 너도 네 자만심에 빠진 거야. 너는 아침의 아들처럼 환하지만 선한 폭군에게 굴복하느니 차라리 잘생긴 외모와 신부, 안녕을 포기하겠지. 난 네 선택을 존중해! 넌 도망쳐 이 바위에서 굶어 죽을 작정이었지. 새들이 죽은 네 눈을 파먹고 적과 약혼녀는 네 몰락에 기뻐하겠지. 네 자만심은 이상하게도 겸손과 비슷한 것 같군."

그의 말은 가시처럼 내 심장을 찔렀다.

"그럼 내가 어떡해야 합니까?" 나는 울었다.

"그저 드러누워 죽음을 기다리며 기도나 해야지. 내가 너라면 생각이 좀 다르겠지만."

나는 그에게 좀 더 가까이 다가갔다. 초자연적인 힘을 가진 그가 내 눈에는 신탁처럼 보였다. 기이하고 섬뜩한 전율로 몸을 떨면서 물었다.

"알려 주십시오! 당신이라면 어떻게 하겠습니까?"

"복수해! 적들의 코를 납작하게 만들어! 노인의 목을 밟고 그 딸을 차지해!"

"하지만 사방을 둘러보아도 저에겐 아무것도 없습니다. 만약 저에게 황금이 있다면 많은 것을 이룰 수 있겠지만 빈털터리에다 혼자라서 아무런 힘이 없어요."

줄곧 궤짝에 앉아 이야기를 듣던 난쟁이가 일어섰다. 그가 용수철을 만지자 상자가 활짝 열렸다. 그 안에는 번쩍거리는 금은보화가 가득했다. 그 순간 보물을 가지고 싶다는 욕망이 꿈틀댔다.

"당신처럼 힘 있는 사람이라면 못 할 일이 없겠군요."

"아니." 괴물이 겸손하게 말했다. "나는 보기보다 전능하지 못하다. 내가 가진 것 중에서 네가 탐낼 만한 게 있을 수도 있지. 그런데 아주 적은 대가를 받고 네게 줄 수 있어. 네 것을 잠깐 빌리는 것도 괜찮고."

"제 것이라면 뭐든 가지세요." 내가 비통하게 말했다. "가난, 추방, 수치. 전부 공짜로 드리지요."

"좋아! 고맙군. 거기에 하나만 더하면 내 보물을 가져도 좋아."

"제가 가진 것이라고는 빈손뿐인데 무엇을 원하십니까?"

"네 어여쁜 얼굴과 건실한 팔다리를 원한다."

몸이 떨렸다. 저 전능한 괴물이 나를 죽이려는 것일까? 단검조차 지니고 있지 않은 나는 기도도 잊은 채 사색이 되었다.

"그냥 달라는 게 아니라 빌리는 거야. 네 몸을 사흘간 빌려줘. 그동안 네 영혼은 내 몸에 들어가 있으면 되는 거야. 그러면 대가로 보물 상자를 주지. 어때? 사흘은 금방이야."

법도에 어긋나는 대화를 나누는 일은 위험하다고들 한다. 내 경험에 의하면 정말로 그렇다. 만약 글로 받아 적어 읽는다면 저런 제의에 솔깃해한다는 것 자체가 말도 안 되는 일이리라. 하지만 이상하게도 저렇게 추한 외모인들 땅과 바람, 바다를 마음대로 움직이는 존재가 될 수만 있다면 더없이 매혹적이리라 느껴졌다. 그의 제안에 따르고 싶은 마음이 강렬해졌다. 보물 상자만 있으면 세상을 호령할 수 있다. 그 순간 유일하게 나를 가로막은 것은 그가 약속을 지키지 않을지도 모른다는 두려움이었다. 하지만 이러나저러나 나는 조만간 모래밭에서 홀로 죽을 것이고 그가 탐내는 이 몸뚱이도 곧 내 것이 아니게 되리라는 사실이 떠올랐다. 모험해 볼 가치는 충분했다. 게다가 나는 마법엔 그것을 실행하는 사람조차 절대로 어길 수 없는 법칙과 맹세가 뒤따른다는 점을 알고 있었다. 대답을 망설이자 그가 금은보화를 보여 주면서 자신이 원하는 것은 너무도 사소한 대가일 뿐이라고 말했다. 듣고 있자니 거절하는 것이 미친 짓처럼 느껴질 정도였다. 인간은 배를 타고 개울을 지나 폭포를 거쳐 거친 분노의 급류에 몸을 맡긴 채 나아간다. 어디로 향하는지도 모르는 상태로.

그는 여러 가지 맹세를 했다. 나는 그에게 온갖 성스러운 이름을 말하게 했다. 그러자 기이한 힘을 가진 자, 자연을 지배하는 자가 가을의 이파리처럼 몸을 떨었다. 마치 몸속에 갇힌 정신이 억지로 말하는 것처럼, 그는 갈라진 목소리로 자신이 지켜야 하는 의무를 밝혔다. 나를 속이고 거짓된 제안을 하려고 했을까? 마법이 효력을 발휘하려면 그와 나는 서로의 따뜻한 피를 섞어야 했다.

불경스러운 주제에 대한 설명은 이 정도로 족하리라. 나는 설득당했고 의식을 치렀다. 조약돌 위에 누워 있는 상태로 새벽이 밝았고 그림자를 보니 내 것이 아니었다. 흉측한 모습으로 변해 버렸음을 깨달은 나는 쉽게 믿고 속아 넘어간 자신을 저주했다. 보물 상자는 그곳에 있었다. 하늘이 준 육신을 팔아 버린 대가로 주어진 금은보화를 보니 그나마 마음이 진정되었다. 사흘은 금방 지나갈 터였다.

정말로 사흘이 지났다. 난쟁이는 나에게 충분한 식량을 주고 갔다. 처음엔 몸의 느낌이 너무 이상하고, 팔다리는 탈골된 것처럼 걷기도 힘들었다. 목소리도 악마의 것이었다. 소리 내지 않고 그림자도 보지 않으려고 태양에 등진 채 남은 시간을 헤아리고 앞일을 계획했다. 저 금은보화만 있으면 토렐라를 무릎 꿇리고 나의 줄리엣을 차지하는 일은 식은 죽 먹기였다. 밤에는 목표를 이루는 꿈도 꾸었다. 해가 두 번 지고 세 번째 날이 밝았다. 초조하고 두려웠다. 희망이 아닌 공포로 불붙은 기대감은 얼마나 무시무시한 것인가! 그것은 심장을 쥐어짜 질식하게 한다! 미약한 온몸에 알 수 없는 고통이 퍼져 나가고, 깨진 유리처럼 하찮은 일에 떨게 하고, 새로운 힘을 주지만 아무것도 할 수 없게 한다. 족쇄를 구부러뜨릴 뿐 결코 끊을 수 없는 것처럼 그 기대감은 우리를 고문한다. 태양은 동쪽 하늘로 천천히 솟아올라 정점에 오래도록 걸려 있다가 더욱 느릿느릿 서쪽으로 떨어졌다. 그리고 지평선에 닿더니 사라졌다! 그 찬란한 빛이 절벽 꼭대기에서 회갈색으로 변했다.

저녁샛별이 환하게 반짝였다. 그가 곧 올 것이다.

그는 돌아오지 않았다! 제기랄, 오지 않았다! 기나긴 밤이 지나고 "까만 머리카락이 잿빛으로 변하듯 동이 텄고"[51] 다시 떠오른 태양이 빛을 저주하는 불행하고 흉측한 몸뚱이를 비추었다. 사흘이 더 지났다. 금은보화가 원망스러웠다!

하지만 미친 듯이 악쓰는 말로 이 공간을 채우지는 않겠다. 걷잡을 수 없는 혼란으로 내 영혼을 채운 생각들은 몹시 끔찍했으니까. 셋째 날 일몰 후로는 잠을 이루지 못하다가 마침내 잠들었을 때 꿈속에서 줄리엣을 만났다. 나는 그녀 발치에 무릎을 꿇었고 그녀가 미소 지었다. 그러다가 비명을 질렀는데, 내 변신한 모습 때문이었다. 그리고 그녀는 다시 미소를 지었는데, 자기 앞에 멋진 연인이 무릎을 꿇었기 때문이었다. 그런데 그것은 내가 아니라 그였다. 내 몸뚱이로, 내 목소리로 말하며 내 얼굴로 그녀를 사로잡은 악마. 나는 줄리엣에게 진실을 알리려고 했지만 말이 나오지 않았다. 그를 그녀에게서 떼어 놓으려 했지만 발이 움직이지 않았다. 나는 괴로움에 몸부림치며 잠에서 깼다. 깨어 보니 외딴 하얀 절벽과 철썩이는 바다, 고요한 해변, 파란 하늘만이 있었다. 꿈의 의미는 무엇일까? 진실을 보여 주는 것일까? 그가 정말로 내 약혼녀에게 구애하고, 그녀를 자신의 것으로 만들려 하고 있을까? 당장 제노바로 돌아가고 싶지만 나는 추방당한 몸이었다. 웃음이 나왔다. 입술에서 난쟁이의 고함이 터져 나왔다. 난 추방당했잖아! 잠깐! 추방당한 것은 이 흉측한 몸뚱이가 아니다. 이 몸뚱이라면 사형당할 걱정 없이 고향 도시로 돌아갈 수 있을

---

51 [원주] 조지 고든 바이런의 희곡 「베르너(Werner)」 3장 4절 152~153.

지도 모른다.

나는 제노바를 향해 걷기 시작했다. 뒤틀린 몸에 어느 정도 적응이 되었다. 그 몸은 앞으로 걷는 데에는 너무도 부적절했다. 엄청난 힘을 들여 걸어야만 했다. 흉측한 모습으로 누군가의 눈에 띄기 싫어서, 바닷가를 따라 나오는 마을들을 모조리 피하고 싶었다. 어린아이들이 나를 본다면 괴물이라며 돌을 던져 죽일지도 모른다는 생각이 들었다. 우연히 마주친 농부나 어부 몇 명에게 친절하지 못한 말을 들었다. 내가 제노바에 도착했을 때는 어두운 밤이었다. 날씨가 맑고 따뜻해서 토렐라와 딸이 시골로 여행을 떠났을지도 모른다는 생각이 들었다. 과거에 나는 빌라 토렐라에서 줄리엣을 납치하려고 한 적이 있었다. 그때 그곳을 한참 정찰한 덕분에 부근을 훤히 꿰뚫고 있었다. 나무에 둘러싸이고 개천이 흐르는 무척 아름다운 장소였다. 저택에 가까워질수록 내 추측이 맞았음이 분명해졌다. 아니, 그보다 더한 일이 벌어지고 있었다. 몇 시간째 떠들썩한 잔치가 연신 이어지고 있었다. 집에 불이 밝혀져 있고 미풍을 따라 부드럽고 즐거운 음악이 내 쪽으로 흘러왔다. 그 순간 심장이 철렁했다. 내가 추방당한 지 얼마 되지도 않았는데, 친절하고 너그러운 토렐라가 사람들과 함께 축제를 즐기고 있는 이유는 감히 입에 담지도 못할 까닭 때문이었다.

마을 사람들이 생기 넘치는 얼굴로 모여 있었다. 나는 얼굴을 드러낼 수 없는 처지였지만 누군가에게 물어보거나 사람들의 대화를 엿듣거나 해서 무슨 일인지 알아내고 싶은 마음이 굴뚝같았다. 마침내 저택 바로 옆의 산책로로 들어가서 내 어마어마한 흉측함을 가려 줄 만한 어둑한 곳을 찾았다. 그리고 그 그늘에서 나처럼 어슬렁거리는 다른 이들로부터 곧

원하는 정보를 다 얻을 수 있었다. 처음에는 경악스러워서 심장이 멈추는 듯했고 그다음에는 분노가 치밀었다. 내일 줄리엣이 개과천선한 귀도와 결혼한다는 것이었다. 나의 신부가 내일 지옥에서 온 악마에게 혼인 서약을 한다니! 다 내가 자초한 일이었다! 내 저주받은 자만심, 악마 같은 난폭함, 사악한 자아도취가 낳은 결과였다. 내가 내 몸을 훔쳐 간 흉측한 난쟁이처럼 처신했다면, 품위를 갖춘 고분고분한 모습으로 토렐라 앞에 가서 잘못했으니 용서해 달라고, 나는 당신의 천사 같은 딸을 가질 자격이 없지만 허락만 해 준다면 예전의 잘못된 행동을 전부 버리고 그녀에게 걸맞은 사람이 되도록 노력하겠다고, 앞으로 믿음 없는 사람들을 신께로 이끄는 삶을 살 것이고, 내 독실한 신앙심과 진정으로 회개하는 모습을 보고 용서가 된다면 그때 다시 나를 아들로 불러 달라고, 그렇게 말했더라면! 악마는 그렇게 했다. 성서에 나오는 회개한 탕아처럼 그의 뉘우침은 기꺼이 받아들여졌고, 그를 위해 통통하게 살진 송아지를 잡았다. 그는 계속 허심탄회하게 잘못을 뉘우쳤다. 겸손하게 자신의 모든 권리를 포기하고 회개와 미덕의 삶을 살면서, 잃어버린 모든 것을 되찾겠다는 강한 의지를 보였다. 그는 곧바로 친절한 노인의 마음을 사로잡아 온전히 용서받았고 그의 사랑스러운 딸과의 관계도 허락받았으며 재산 상속도 신속하게 이루어졌다.

아, 천사가 그렇게 하라고 내 귀에 속삭여 주었더라면! 이제 순수한 줄리엣의 운명은 어떻게 될 것인가? 신이 저 역겨운 결합을 허락할 것인가. 아니면 어떤 경이로운 기적이 일어나서 저 결합을 깨뜨리고 '귀도 카레가'라는 수치스러운 이름과 그 아래 자리한 최악의 범죄를 폭로할 것인가? 내일이 밝아 오면 혼인은 이루어질 것이다. 막을 방법은 단 하나뿐이다. 적과 대면해 약속을 지키게 하는 것. 그러나 목숨을 건 싸움이 벌어질 것 같은 예감이 들었다. 내게는 검이 없었다. 아니, 뒤틀린 팔로는 군인의 무기를 휘두를 수 없었다. 하지만 단검이 있으니 조금은 희망적이었다. 깊이 생각해 보거나 문제를 가늠해 볼 시간 따윈 없었다. 죽을 수도 있지만 불타오르는 질투와 절망을 제외하고 그나마 남아 있는 인간성이라 할 수 있는 명예가 악마의 책략을 수수방관하는 것보다 싸우다 죽는 편이 낫다고 내게 요구했다.

손님들이 떠나고 불빛이 사라지기 시작했다. 저택 사람들이 잠을 청하려는 것이 틀림없었다. 나는 나무 사이에 숨었다. 정원에 인적이 끊기고 대문도 닫혔다. 어슬렁거리다가 창문 아래로 갔다. 아, 익숙한 곳이었다! 방 안에서 부드러운 불빛이 반짝거리고 커튼이 반쯤 열려 있었다. 그곳은 미와 순수의 신전이었다. 그 안에 실제로 사람이 살고 있음을 알려 주는 어수선한 분위기에 신전의 장엄함이 다소 수그러들었다. 여기저기 흩어진 물건들이 존재만으로도 신성을 깃들게 하는 그녀의 취향을 말해 주고 있었다. 가벼운 발걸음으로 방 안에 들어오는 그녀가 보였다. 그녀는 창가로 다가와 커튼을 좀 더 젖히고 어두운 창밖을 바라보았다. 그녀의 곱슬머리 사이로 상쾌한 산들바람이 불어와 투명한 대리석 같은 이마가 드러났다. 그녀는 두 손을 꼭 움켜쥐고 하늘을 올려다보았다. 그녀의 목소리가 들렸다. 귀도! 그녀가 부드러운 목소리로 중얼거렸다. 나의 귀도! 바로 그때 그녀는 가슴이 벅찬 듯 무릎을 꿇고 주저앉았다. 위쪽으로 향한 눈, 무심한 듯 우아한 몸짓, 감사함으로 환해지는 얼굴. 아니, 이런 시시한 말로는 설명할 수가 없다! 내 심장이여, 저 빛과 사랑의 아이가 가진 천상의 아름다움을 묘사할 수 없어도 상상할 수는 있으리니.

발걸음 소리가 들렸다. 그늘이 드리워진 길을 따라 걷는 빠르고 단호한 발소리였다. 이내 호화롭게 차려입은 젊고 품격 있고 용맹해 보이는 신사가 다가오는 모습이 보였다. 나는 좀 더 깊숙이 숨었다. 젊은이는 점점 다가와 창가 아래에서 멈추었다. 일어나 다시 창밖을 내다본 그녀가 그를 보고서 말했다. 시간이 너무 흘러서, 당시 그녀가 부드럽고 상냥한 목소리로 뭐라고 했는지는 잘 기억나지 않는다. 내게 한 말이었는데 대답은 그자가 했다.

"떠나지 않겠소, 그대가 있었던 곳, 그대의 기억이 천국을 방문한 영혼처럼 떠도는 이곳에서 우리가 하나 될 때까지 오래도록 있을 거야. 나의 줄리엣, 다시는, 낮에도, 밤에도 그대와 떨어지지 않을 거야. 하지만 내 사랑, 어서 잠자리에 들어요. 차가운 새벽에 가끔 불어오는 바람에 그대의 뺨이 창백해지고 사랑으로 빛나는 그대 눈동자가 피곤함으로 가득해질 테니. 아, 사랑하는 줄리엣! 그 뺨에 입 맞출 수 있을까, 그래야 잠들 수 있을 것 같은데."

그는 좀 더 가까이 다가갔다. 창문을 넘어 그녀의 방으로 들어가려는 것 같았다. 나는 그녀가 놀랄까 봐 줄곧 망설이고 있었지만 더는 참을 수 없었다. 앞으로 돌진해 그에게 몸을 날려서 붙잡고 소리쳤다. "이 혐오스럽고 흉측한 괴물!"

욕설을 자세히 기록하지는 않겠다. 내 얼굴에 대고 욕하는 것이었으니까. 줄리엣의 입술에서 새된 비명이 터져 나왔다. 나는 아무것도 보이지 않았고, 아무 소리도 들리지 않았다. 그저 움켜쥔 적의 목덜미와 단검 자루만 느껴질 뿐이었다.

그는 발버둥을 쳤지만 빠져나가지 못했다. 마침내 그가 거친 숨소리로 내뱉었다. "그래! 어서 찔러! 이 몸뚱이를 죽이라고. 그래도 넌 그 모습으로 살아남을 거야. 오래오래 행복하게 살기를!"

그 말이 아래로 향하던 내 단검을 멈추었다. 그는 움켜쥔 내 손이 느슨해졌음을 알고 손아귀를 빠져나가 자신의 검을 꺼냈다. 집 안이 시끄러워지고 횃불이 여기저기로 날아다니는 광경을 보니 곧 우리 둘의 결투는 무산될 터였다. 나는 광란 상태에서도 머릿속으로 계산을 했다. 내가 죽으면 그가 살아남지 못하는 것이었다. 내 얼굴을 한 그에게 치명상을 입히더라도 상관없었다. 그 순간 그는 내가 멈추었다고 생각했고, 망설이는 찰나를 이용하려는 사악함을 보였다. 그가 갑자기 덤벼들었고, 나는 그의 검으로 달려드는 동시에 필사적으로 그의 옆구리에 단검을 겨냥했다. 우리는 둘 다 쓰러졌다. 함께 포개진 채 뒹굴었고, 서로의 벌어진 상처에서 솟구친 피가 잔디밭 위에서 뒤섞였다. 그 뒤의 일은 정신을 잃어 알지 못한다.

거의 죽기 직전의 허약한 상태로 다시 정신이 들었을 때, 나는 침대에 누워 있고 줄리엣은 침대 곁에 무릎을 꿇고 있었다. 이상했다! 내가 갈라진 목소리로 가장 먼저 한 말은 거울을 달라는 것이었다. 내 가여운 여인이 나중에 말해 주기를, 내가 너무 연약하고 송장처럼 희멀건 상태라 그 청을 망설였다고 한다. 하지만 어찌하랴! 거울에서 너무도 익숙하고 반가운 얼굴이 보였다. 멀쩡하게 잘생긴 청년이었다. 내 약점을 하나 고백하자면, 나는 정말로 거울에서 내 얼굴과 팔다리를 볼 때마다 절절히 애정을 느끼곤 한다. 내 집 안에는 거울이 많고, 나는 베네치아의 그 어떤 미인보다 거울을 자주 본다. 나를 비난하기 전에 이 말만은 들어 주기 바란다. 세상에 나보다, 그러니까 괴물에게 몸을 도둑질당해 본 경험이 있는 나보다 몸의 소중함을 잘 아는 사람은 없을 것이다.

처음에 나는 난쟁이와 그의 범죄에 대해 두서없이 지껄이며 너무도 쉽게 그의 사랑을 받아 준 줄리엣을 나무랐다. 그녀는 내가 횡설수설한다고 생각했다. 그럴 만도 했다. 잘못을 뉘우치고 그녀를 되찾아 준 '귀도'가 바로 나 자신이라는 사실을 인정하고 확신하기까지는 시간이 좀 걸렸다. 나는 괴물 같은 난쟁이를 저주했고 단검을 정확히 찔러 넣어 그의 목숨을 빼앗은 게 다행이라고 말했다가 줄리엣이 아멘! 하고 탄식하는 소리를 듣고는 자제하게 되었다. 그녀가 꾸짖은 '그'가 곧 '나'라는 사실을 깨달았기 때문이다. 약간의 심사숙고는 나에게 침묵을 가르쳐 주었다. 얼마간의 연습으로 나는 지난 공포의 밤을 더듬거리지 않고 수월히 말할 수 있게 되었다. 내가 나에게 입힌 상처는 결코 가볍지 않아서 회복하기까지 오랜 시간이 걸렸다. 자애롭고 너그러운 토렐라가 곁에 앉아 친구들을 회개시킬 수 있는 지혜를 들려주었고, 사랑스러운 줄리엣은 옆에서 시중을 들며 미소로 힘을 주었다. 육신의 회복과 함께 정신의 교화도 이루어졌다. 사실 건강을 완전히 회복하지는 못했다. 그 후로 얼굴색이 더 창백해지고 몸도 약간 굽었다. 줄리엣은 가끔 나를 그렇게 만든 사건에 대한 이야기를 넌지시 꺼내며 비통해한다. 그러면 나는 그녀에게 키스하면서 다 잘된 일이라고 말한다. 나는 애정 많고 더욱 충실한 남편이 되었다. 무엇보다 이 상처가 없었더라면 줄리엣을 아내로 맞이하지 못했으리라.

유프라시아
── 그리스 이야기

해리 발렌시는 그리스 혁명[52]이 발발한 지 얼마 지나지 않았을 때 그리스를 방문했다. 그 당시 많은 영국 남자들은 단지 모험 정신에 이끌려 그리스로 갔고, 그렇게 많은 이들이 목숨을 잃었다. 발렌시는 아직 열아홉도 되지 않았다. 거칠고 무모한 성격에, 숙고나 세심함 따윈 안중에도 없었다. 또 마음은 너무 가벼웠으므로 사랑을 몰랐다. 워낙 한자리에 가만있지 못하고 기운이 넘쳐흐르던 그는 자신의 힘을 간절히 시험해 보고자 했다. 어린 사슴이 나무에 머리를 들이받고, 숲이 울창한 작은 골짜기에서 서로 몸싸움을 벌이는 본능과 비슷한 욕망이었다. 그는 홀어머니의 외아들이었다. 어머니는 아들밖에 몰랐고, 그도 어머니를 사랑했다. 그는 불안과 두려움을 이해하지 못하였으므로, 모험에 대한 열망에 사로잡혀 집을 떠났다. 오히려 시련을 마주하고 싶은 심정이었다. 남자답고 용

---

[52] 1821년에서 1829년 사이에 발발한 그리스 독립 전쟁을 가리킨다. 동로마 제국 멸망 이후, 오랫동안 오스만 제국의 지배를 받아 온 그리스가 유럽 열강의 지원에 힘입어 이 혁명을 통해 그리스 왕국으로 독립하게 된다.

맹한 투쟁으로 이어질 테니까. 젊은 시절의 빈 페이지가 멋진 경험으로 채워지길 바랐고, 훗날 그 순간을 즐거이 들여다볼 수 있기를 바랐다. 그리스는 그런 그의 가슴을 설레게 했다. 유구한 역사를 지닌 그 땅의 해안을 밟는 순간, 황홀감에 매료되었다. 그는 기개 넘치는 영웅들과, 숭고한 시인의 노래를 떠오르게 하는 산과 개울을 둘러보았다. 지금 그는 그리스에 와 있었다. 이 땅을 수호하는 대의 아래서, 그리스를 찬탈하려는 튀르크족에 맞서 싸우리라. 그는 미리 그리스어를 열심히 공부해 두었고, 요컨대 만반의 준비를 갖추었다. 이제 그리스 정부를 만나서 힘을 보태 주겠노라고 제안할 터였다. 그런데 그가 당도한 지역에서 그리스 정부를 찾아가기란 적잖이 곤란한 상황이었다. 당시 튀르크족 군대가 수많은 길목을 장악하고 있었기 때문이다. 한참 뒤, 그는 용맹하기로 유명한 젊은 장수가 이끄는 약 오십여 명 규모의 그리스 군대가 자신과 같은 방향으로 가려 한다는 정보를 듣게 되었다. 마침내 그는 군인들에게 부탁해서 목적지까지 동행하기로 했다.

여정의 시작은 얼마나 즐거웠던가! 그리스는 정말로 아름다웠다. 그들은 좁은 길과 가파른 산비탈로 거침없이 나아갔다. 풍경은 눈길을 사로잡았다. 회색 올리브가 고지대에 잿빛 옷을 입혔고, 느릅나무를 껴안은 덩굴은 늦여름을 맞이해 붉은빛을 띠었다. 산꼭대기는 헐벗거나 소나무로 덮여 있었고, 그 옆으로 급류가 흐르며 작은 골짜기에 개울을 만들었다. 날씨는 온화했다. 즐겁고 우렁찬 매미 울음소리가 울려 퍼졌다. 살아 있다는 사실이 행복하게 느껴졌다. 기세등등한 말에 올라탄 발렌시는 말을 높이 뛰어오르게 하거나 빙글 돌게 했다. 나무를 향해 창을 던지고 빠르게 달려가서 도로 가져오거나 말과 함께 전속력으로 달리며 목표물을 향해 총을 쏘기도 했다. 하지만 이마저 지칠 줄 모르는 그의 영혼을 길들이기에는 역부족이었다.

대장은 그런 발렌시를 주시했다. 그를 바라볼 때마다 수심 가득한 그의 얼굴은 한층 더 어두워졌다. 그 누구보다 용감하기로 이름난 그였지만 성정은 여인처럼 온화했다. 그는 젊었고 빼어나게 잘생긴 외모를 가지고 있었다. 얼굴에선 지적이고 세련된 분위기가 풍겼고, 몸은 큰 키에다 근육질이었으며 힘이 셌지만 품위도 있었다. 대장의 태도 하나하나가 그의 조국, 그리스의 조각상을 연상시켰다. 사실 예전에 그는 훨씬 더 아름다웠다. 기쁨만이 아니라 다정함 그리고 군인의 열정이 그의 어두운 눈동자를 환하게 밝혀 주던 시절 말이다. 입술은 미소를 머금었고, 신과 닮은 눈썹 너머의 머릿속에는 맑고 부드럽고 즐거운 생각이 자리하고 있었다. 그러나 지금은 변해 버렸다. 그가 느끼는 대부분의 감정이란 슬픔이었다. 뺨은 움푹 꺼지고, 눈은 영원토록 사라지지 않을 슬픈 후회로 가득한 듯 보였다. 그 침착하고 조화로운 목소리가 가벼운 공상이나 재미있는 농담을 담아내는 법 역시 없었다. 부하들에게 명령할 때도 필요한 말만을 했고, 이내 얼굴엔 침묵과 어둠이 드리웠다. 부하들은 그의 슬픔을 존중했다. 최근에 큰일을 겪었으므로 충분히 그럴 만했기 때문이다. 평소에 부하들은 웃거나 떠들고 싶을 때면 대장이 없는 곳으로 부러 자리를 피했다. 그러니 이 영국 소년의 가벼운 웃음이나 즐거운 노랫소리가 숲에 울려 퍼질 때마다 이상하게 느껴질 수밖에 없었다. 대장은 발렌시의 모습을 흥미롭게 쳐다보았다. 그 소년에게는 마음을 끄는 솔직함이 있었다. 아직 어린 나이이므로 그 나이에

딱 걸맞은 행동이었다. 나도 아직 젊은데, 이렇게 다를 수 있다니! 대장은 생각했다. 그러나 저 아이도 곧 나처럼 될지 모르지. 하늘 높이 비상한 독수리가 상처 입고 땅만을 내려다보게 되듯이 말이야. 지상에는 비밀과 후회가 있으니까.

백 미터 이상 앞서 가던 발렌시는, 진군하는 부대를 향해 전속력으로 달려오는 그리스인과 마주쳤다.

"뒤로! 뒤로! 조용히!" 남자가 소리쳤다. 그는 조금 전에 정찰을 나갔던 척후병이었다. 그는 지금 삼사백 명의 튀르크 군이 협곡으로 들어오고 있으며, 곧 발렌시가 따라온 부대를 향해 진군하리라는 소식을 듣고 왔다. 척후병은 곧장 지휘관에게 다가가서 이 내용을 보고했다.

"아직 시간이 있습니다. 여기서 사백 미터 정도 후퇴하면 제가 아는 길이 있으니, 제 안내에 따라 그곳을 통해 산을 넘으면 됩니다. 산을 넘으면 안전할 겁니다."

'안전'이라는 말에 대장의 입가엔 잠시 경멸의 미소가 번졌다. 하지만 바로 우수 어리고 침착한 표정으로 돌아왔다. 군대는 멈춰 섰고, 모든 눈이 지도자를 향했다. 발렌시는 대장의 얼굴에 떠오른 경멸의 표정을 재빨리 알아차렸고, 그가 결코 위험 앞에서 물러날 성격이 아님을 직감했다.

"동지들이여!" 대장이 부하들에게 말했다. "그리스인이 저 파괴자들에게 길을 내주려고 후퇴했다는 말이 나와서는 안 될 것이다. 우리의 옛 전술을 활용하자. 이 올리브 숲속으로 들어오기 전에 훌륭한 엄폐물을 보았다. 돌출한 산비탈이 길에 짙은 그림자를 드리우고, 급류가 목소리나 말발굽 소리를 가려 주는 곳. 거기에서 매복한다. 그곳에서 적들은 죽음을 맞이할 것이다."

그는 말의 머리를 돌렸고, 이윽고 그가 얘기한 장소에 당도했다. 대부분의 부하들도 싸움을 원했다. 한두 명은 산비탈을 바라보았고, 이어서 자신들이 그날 아침에 떠나온 마을로 이어진 길을 돌아보았다. 대장은 부하들을 살펴본 다음에, 영국인 소년을 힐끗 쳐다보았다. 소년은 말에서 뛰어내려 무기를 장전하고 준비하느라 여념이 없었다. 대장은 말을 탄 채로 그에게 다가갔다.

"넌 우리의 손님이자 같은 여행자일 뿐, 전우는 아니다. 우리는 곧 위험에 직면할 테고 모두가 그 위험을 피할 수 없을지도 모른다. 너는 복수할 상처도, 쟁취할 자유도 없다. 네 조국의 고향엔 친구들이 있겠지. 어머니도 있을 것이고 말이야. 넌 여기에서 우리와 함께 전사해서는 안 된다. 방금 지나온 마을에 전령을 보내서 경고할 작정이니, 전령과 같이 이곳을 떠나거라."

발렌시는 처음엔 주의 깊게 듣다가, 대장의 말이 길게 이어질수록 다시 권총을 장전하는 일에 관심을 기울였다. 대장의 마지막 말에, 그의 얼굴이 붉어졌다.

"저를 너무 어린애 취급하시는군요." 발렌시가 소리쳤다. "겉으로 보기에 어린애 같을지 몰라도 오늘 제 마음만큼은 사내대장부입니다. 대장님도 아직 젊으시긴 마찬가지인데 절 그렇게 경멸하지 마세요!"

대장은 청년의 번쩍이는 눈빛을 보았다. 그는 소년에게 손을 내밀고 "용서해라."라고 청했다.

"그러죠." 발렌시가 대답했다. "그 대신 한 가지 조건이 있습니다. 제게 위험한 자리를 맡겨 주세요. 명예로운 자리를 말예요. 저를 모욕하셨으니 그 정도는 해 주셔야죠."

"그렇게 하지. 내 옆에서 싸워라." 대장이 말했다.

잠시 후, 발렌시는 대장의 옆자리를 배정받았다. 가장 사기가 약한 병사 두 사람이 위험을 알리는 전령으로서 마을로 향했다. 나머지 군인들은 바위 뒤, 덤불 아래, 바위투성이 험지, 빽빽한 풀숲, 절벽에서 떨어져 나온 바위 조각 등, 은폐와 엄폐를 할 수 있을 만한 곳이면 어디든 자리를 잡았다. 대장은 높은 연단 같은 곳의 나무 옆에 몸을 숨기고 길을 내려다보았다. 이내 말발굽 소리, 분주한 발소리와 목소리가 들려왔다. 어찌나 요란한지 개울물 소리가 묻힐 정도였다. 터번을 두르고 머스킷총으로 무장한 적의 군대가 협곡으로 들어오고 있었다.

전투의 함성과 총성, 무기가 맞부딪치는 소리는 이제 끝났다. 그리스군에게 매복할 장소를 제공해 준 산비탈 위로 초승달이 기울고 있었다. 달을 따라서 떠오른 별들이 하늘 위로 둥둥 떠다니며 등불처럼 환하게 타올랐다. 반딧불이는 도금양 관목과 산비탈 등마루 사이로 날아다니고, 이따금 죽은 자의 손에서 떨어져 나온 강철 무기가 별빛에 반짝였다. 땅엔 온통 시체가 널브러져 있었다. 길을 뚫고 지나간 적들은 이미 멀어졌다. 그들의 말발굽 소리는 잦아들었고, 산을 넘어 도망친 그리스군도 안전한 곳에 닿았다. 이곳에 누워 있는 사람들은 모두 다 죽은 듯 말이 없었고, 창백한 얼굴은 잠시 가닿은 달빛처럼 차가웠다. 그 누구도 미동하지 않았다. 산비탈의 관목 사이에 드러누운 사람도, 탁 트인 길 위에 누운 사람도 있었다. 급작스럽게 말에서 떨어져 내린 사람들. 아무도 숨을 쉬지 않았다.

그때 돌연 한숨 소리가 들렸지만 냇물 흐르는 소리에 묻히고 말았다. 신음이 이어지더니 힘없이 갈라진 목소리가 울렸다. "어머니, 불쌍한 우리 어머니!" 이 비통한 소리를 내뱉은 창백한 입술은 더 이상 말을 잇지 못했다. 눈물이 마구 흘러내렸다. 그 울음소리가 시체들 사이에서 또 다른 이를 깨운 모양이었다. 엎드려 있던 시체 하나가 팔을 딛고 천천히, 고통스럽게 일어났다. 눈빛은 멍하고, 얼굴은 죽음의 문턱에 다다른 듯 새하앴다. 그가 공허하면서도 단호한 목소리로 말했다. "지금 말하는 게 누구냐? 누가 살아 있느냐? 누가 울음소리를 내었지?"

부상당한 남자는 그 질문을 듣는 순간 수치심을 느꼈고 거센 흐느낌을 멈추었다. 상대가 다시 말했다. "목소리를 들으니 그리스인은 아닌 듯하구나. 내가 그 용감한 소년을 구한 것 같은데, 그 녀석인가? 그 아이의 울음소리가 내 옆에서 들리는 듯한데, 다시 말해 보아라, 영국인 소년. 누굴 그렇게 찾는 거지?"

"제 죽음을 하염없이 슬퍼하실 어머니를 불렀습니다." 발렌시가 말했다. 사랑하는 어머니를 입 밖으로 꺼내자마자 또다시 눈물이 흘렀다.

"치명상을 입은 것 같나?" 대장이 물었다.

"바로 치료하지 않으면 죽을 겁니다. 그래도 물가로 가면 살 수 있을지 모릅니다. 한번 시도해 봐야지요." 발렌시가 일어섰다. 그는 비틀거리며 몇 걸음 걷더니, 이내 대장의 발치에서 털썩 주저앉았다. 기절한 것이었다. 그리스인은 지독하리만큼 창백한 그의 얼굴을 바라보았다. 그는 반쯤 일어섰다. 그의 상처에선 피가 흐르지 않았지만 치명적이었다. 이미 죽음이 심장 주위로 몰려들며 이마를 차갑게 식혔다. 하지만 정신을 집중하기만 한다면 저 영국인 소년을 살릴 수 있을지도 몰랐다. 그는 무릎을 꿇고 발렌시의 머리를 들어 올리려 했다. 벌써 이마에서는 차가운 땀방울이 떨어지고 있었다. 그는 손에 미지근하고 축축한 무언가가 닿았음을 느끼고 순간 몸을 떨었다. 발렌시의 피였다. 생명의 피. 그는 다시 땅에 머리를 대고 잠시 가만히 있다가, 팔다리를 움직이고자 남은 생명력을 힘껏 끌어모았다. 그러고는 단호하게 일어선 뒤에 비틀거리며 개울가로 향했다. 손엔 철모를 들고 있었다. 철모에 물을 담고자 몸을 숙이는 순간, 그만 중심을 잃고 쓰러졌다. 귀가 울리고 이마엔 차가운 땀방울이 맺혀 있었다. 호흡마저 거칠었다. 철모가 손에서 떨어졌다. 그는 죽어 가고 있었다. 아침의 요란한 전투 속에서 잘려 나간 나뭇가지가 그 옆에 떨어져 있었다. 사람은 죽어 가는 와중에도 빠르고 정확하게 생각할 수 있는 법이다. 그 나뭇가지는 그에게 주어진 마지막 기회였다. 나뭇가지를 물속에 던졌고, 그는 생명을 불어넣어 줄 고마운 물방울을 얼굴에 흩뿌렸다. 그러자 기력이 돌아왔다. 이제 그는 몸을 기울여서 철모에 물을 채울 수 있었다. 한 모금 죽 들이켜자마자 생명력이 되돌아왔다. 정신을 차린 그는 발렌시에게 물을 가져다주었다. 튀르크족의 풀어진 터번을 개울물에 적셔서 소년의 상처를 묶었다. 검으로 깊게 벤 어깨의 상처 때문에 이미 많은 피를 흘린 상태였다. 이윽고 발렌시도 정신을 되찾았다. 심장에 따스한 생명력이 모여들었고, 뺨은 아직 창백했지만 죽음의 잿빛은 사라지고 없었다. 팔다리도 다시 그의 의지대로 움직이는 듯 보였다. 그는 몸을 일으켜 앉았지만, 그러기엔 아직 무리였으므로 곧 고개를 떨구었다. 그리스인 대장은 아픈 맏아이를 보살피는 어머니처럼 소년의 곁을 맴돌았다. 대장은 그의 머리를 받쳐 주려고 망토를 가져왔는데, 그 망토를 집어 드는 순간, 안장 속에서 어느 세심한 병사가 챙겨 온 작은 가방을 발견했다. 빵 한 덩어리와 포도 한두 송이가 들어 있었다. 대장은 그것을 소년에게 잘 먹여 주었다. 발렌시는 이제야 자신의 구원자를 알아보았다. 처음에 그는 전혀 다치지 않은 것 같은 모습으로 자신을 보살피는 대장을 보고 의아했다. 하지만 머지않아 대장은 땅에 주저앉았고, 발렌시는 그의 뻣뻣한 몸과 창백한 얼굴을 보고 죽음이 임박했음을 깨달았다. 이제 소년이 도와주려고 했지만 대장은 가로막았다. "움직이지 마라. 움직이면 죽는다. 상처에서 다시 피가 날 테고 죽게 될 거다. 어차피 넌 나를 도울 수 없다. 내가 쇠약해진 까닭은 단지 피를 많이 흘려서 그런 것만은 아니거든. 죽음의 전령이 벌써 내 급소에 당도했고, 잠시 후 영혼도 그 부름에 따를 것이다. 느리게 죽어 가고 있지만 원래 구원은 느린 법이지. 서서히 그 순간이 찾아올 테고, 나는 비로소 자유로워질 것이다."

"말하지 마세요. 전 이제 기운을 차렸습니다. 어디든 가서 도와줄 사람을 불러오겠습니다." 발렌시가 소리쳤다.

"나를 도와줄 수 있는 건 아무것도 없어. 내가 원하는 죽음밖엔 말이다. 명령이다. 움직이지 마라." 대장이 말했다.

발렌시는 이미 일어섰지만 소용없는 짓이었다. 바로 무릎에서 힘이 빠지고, 머리는 빙빙 돌았다. 어찌해 보기도 전에 다시 땅에 주저앉고 말았다.

대장이 말했다. "그렇게 굳이 애쓸 필요가 뭐 있어? 이제 몇 시간이 지나면 도와줄 사람들이 올 거야. 그때까지 이 고요한 하늘 아래에서 기다리면 아무 탈도 없을 거다. 전장에서 도망친 겁쟁이들이 조국에 알릴 테고, 새벽녘엔 지원군이 도착할 거다. 그때까지 기다려라. 나도 기다려야 한다. 지원군이 아니라 죽음을. 이 하늘 아래에서 저 멀리 흐르는 개울물 소리를 듣고, 저 앞을 가로지르는 내 고향 산의 그림자를 보면서 죽어 갈 수 있으니 그나마 위로가 되는구나. 나를 구할 수 있는 게 하나 있다면 이 축복받은 밤의 훈훈한 공기일 거야. 비록 육신은 죽음의 고통 속에 빠르게 굳어 가고 있지만, 내 영혼은 행복을 느낀다. 내가 곧 천국에서 만날 동생이 죽어 갈 때엔 이런 호사조차 없었지. 아, 나의 사랑하는 동생 유프라시아!"

발렌시는 스스로 생각하기에도 이상했다. 자신을 죽을 고비에서 살려 준 이가 죽음의 손아귀에 꽉 붙잡혀 있는데도, 그 그리스인 대장의 사연이 궁금해졌으니 말이다. 젊음과 아름다운 외모와 용맹함 — 그런 그가 몸을 던져서 자신을 구해 준 일을 발렌시는 영원히 잊지 못할 터였다. — 을 가진 그가 죽음을 앞두고 마지막으로 떠올린 사람이 사랑하는 여동생이라는 점 때문이었을까, 발렌시는 은인이 죽음의 문턱을 오가는 긴박한 상황에서도 호기심이 일었다. 마침내 그는 대장에게 물었다. 쇠약해진 나머지 열에 달떠서인지, 대장은 마치 기력이 돌아온 듯한 착각에 빠졌고, 오히려 적극적으로 이야기를 늘어놓으려 했다. 그리하여 그는 별들이 총총 빛나는 밤하늘 아래에서, 아무런 도움도 받지 못한 채 죽어 가면서도 자기 삶에 일식이 드리우고 죽음이 찾아든, 몇 달 전의 비참한 사건을 털어놓기 시작했다.

콘스탄틴과 유프라시아 남매는 그들 부족의 마지막 후예였다. 그들은 고아였고, 아버지의 수양 형제를 아버지라 부르며 그 밑에서 자랐다. 아버지는 그들을 사랑했다. 그는 자신의 뿌리에 대한 자부심이 강했고, 고대의 지식을 소중하게 이어 갔다. 현대의 인물보다는 수천 년 전에 그의 조국 그리스에 영광을 가져다준 사람들의 업적을 훨씬 익숙하게 여겼다. 그리스를 위해 애쓰고 고생한 모든 이들은 그의 기억 속에서 영생을 누렸고, 훌륭한 대의명분에 투신한 순교자라는 영광을 얻었다. 그는 파리에서 교육을 받았고, 유럽과 미국을 여행했으며 문명화된 세계의 정치학적 진보를 전부 알고 있었다. 그는 그 변화가 가져올 이익을 그리스도 곧 누리게 되리라 생각했고, 머지않아 속박에서 해방될 날을 고대했다. 그는 남매의 후견인으로서 그날을 위해 그들을 교육했다. 만약 그가 그리스의 해방을 비관했다면 아마 콘스틴틴을 학자나 은둔자로 키웠을 터다. 그러나 그는 자유를 위한 투쟁이 임박했음을 확신했으므로 그를 전사로 만들었다. 압제자에 대한 혐오, 신성한 축복인 자유를 갈구하는 사랑, 조국을 해방하는 데에 헌신하기를 바라는 고귀한 바람을 콘스탄틴에게 심어 주었다. 노인이 유프라시아에게 교육한 바는 좀 더 특이했다. 그는 자유가 칼로 얻어지고 유지된다고 여겼지만, 자유의 가장 소중한 축복은 문명과 지식에서 나와야 함을 알았다. 문명과 지식, 바로 그것이 여성에게 더 적절한 임무라고 믿었다. 여성들이 조국을 위해 칼을 휘두르거나 육체적 노동을 할 수야 있겠지만, 사람의 예의를 가다듬고 수준을 끌어올리는 데에서 훨씬 빛날 터였다. 친척이나 아이들에게 명예와 진실, 지혜를 전달할 수 있다. 그래서 그는 유프라시아를 학자로 만들었다. 유프라시아는 천성적으로 열렬한 고전 애호가이자 시인이었다. 조국의 고전 문학은 그녀의 취향을 바로잡고 아름다움에 대한 사랑을 고양시켰다. 가령 어렸을 적에 그녀는 자유를 찬미하는 열정적인 노래를 즉흥적으로 만들어 부르곤 했다. 그녀는 성장할수록 더욱 사랑스러워졌고, 관용에도 마음을 열었다. 여성이 남성의 노예가 아닌 동등한 존재로서 명예와 행복을 느껴야 한다는 점 역시 깨닫게 되었다. 그녀는 자신이 그리스인이자 기독교인이라는 사실을 신의 축복이라 여겼고, 그 이름들이 주는 힘으로 하루하루 버텨 가며 이교도가 더 이상 조국을 오염시키지 않기를 바랐다. 그러므로 그리스의 여성들은 무지와 나태함에서 깨어나야 했고, 자신들의 소명이 영웅의 어머니와 현자의 스승임을 깨달아야 했다. 유프라시아는 그런 날이 오기를 간절히 소망했다.

오빠는 그녀의 우상이자, 희망이요, 기쁨이었다. 비록 말이 아니라 행동이 자신의 역할이라고 배운 그였지만, 여동생의 시와 웅변을 들을 때마다 영광을 간절히 염원하게 되었다. 언젠가 조국을 위해 목숨을 바치고 싶다는 소망에 온 마음을 다해, 순수한 열정으로 헌신하고자 했다. 이 고아 남매가 처음 맞닥뜨린 슬픔은 양아버지의 죽음이었다. 천수와 명예를 충분히 누린 삶이었다. 그때 콘스탄틴은 열여덟 살, 어여쁜 여동생은 이제 막 열다섯 살에 접어들고 있었다. 그들은 종종 잃어버린 아버지의 무덤 곁에서 그가 심어 준 희망과 열망에 관해 밤새 이야기했다. 젊은이들은 그렇게 숭고하고 아름다운 꿈을 꿀 수 있었다. 그 어떤 실망도, 악도, 나쁜 열정도 그들의 찬란한 꿈에 그림자를 드리우지 않았다. 여전히 콘스탄틴의 야망은 조국 그리스를 위해 감히 위대한 일을 하는 것이었다. 그런 오빠를 응원하고 보살피며, 무모하고 자신보다 박식하지 못한 오빠의 영혼을 다스리는 것, 그가 행동을 통해 향하고자 하는 목적지를 천상의 빛깔로 물들이는 것은 유프라시아의 일이었다.

"천국은 있다." 자신의 이야기를 들려주는 죽어 가는 남자가 말했다. "올바른 대의를 위해 죽은 사람들의 천국. 그곳에 축복받은 사람들을 위해 어떠한 기쁨이 준비되어 있는지 모르지만 내가 사랑하는 여동생의 이야기를 들으며 가슴속에서 샘솟는 애국심과 따뜻한 애정을 느꼈을 때의 기쁨보단 결코 크지 않을 거야."

그리스 전역이 소란스러워지자 콘스탄틴은 산의 부족장들과 상의하고, 혁명을 준비하기 위해 먼 길을 떠났다. 고대하던 순간은 그가 예상했던 것보다 훨씬 빨리 찾아왔다. 묶여 있던 쇠사슬로부터 풀려난 독수리가 날개를 펼치고, 예리하고 빛나는 눈으로 하늘을 향해 비상하듯, 그리스의 자유를 요구하는 함성이 커졌을 때 콘스탄틴 역시 그러했다. 조국의 계곡에 그 힘차고 성스러운 함성이 처음 울려 퍼졌을 때, 그는 여전히 산속에 있었다. 원래 고향 아테네로 돌아갈 계획이었지만 서둘러 그리스 서부로 달음질하여 일련의 전투에 참여했다. 승리의 기쁨이 그의 가슴을 가득 채웠다.

그런데 충만했던 기쁨이 돌연 멈추었다. 평소에 늘 보내오던 여동생의 편지가 오지 않았다. 그에게 누이의 편지는 천사의 전령이나 마찬가지였다. 누이는 가치 없는 사람들을 참아 내는 인내심을 가르쳐 주었고 실망 속에서 희망을, 최후의 승리에 대한 확신을 안겨 주었다. 그 소중한 편지들이 끊겼다. 동료들은 불길한 무언가를 알면서도 숨기는 표정이었다. 아무리 캐물어도 다들 얼버무릴 뿐, 마치 콘스탄틴의 주의를 다른 데로 돌리려는 듯, 앞으로 그의 존재와 협조가 꼭 필요한 중대한 계획에 대해서만 시시콜콜 따지는 것이었다. 하루하루 시간이 흘렀다. 만약 그가 누이 때문에 자리를 비운다면 대의에 대한 모욕이고 불명예일 터였다. 그는 자기가 형제로 받아들인 알바니아인 무리에 속해 있었고, 이렇게 위험한 시기에 그들을 떠날 수는 없었다. 그러나 불안감은 끔찍할 정도로 부풀어 올랐고, 마침내 며칠의 여유가 생기자 그는 잠시 야영지를 떠났다. 쉼 없이, 밤새 달렸다. 말에서 내릴 때는 오직 다른 말로 갈아타는 순간밖에 없었다. 그렇게 꼬박 이틀 만에 아테네에 도착했다. 그런데 그의 집은 망가진 채 텅 비어 있었다. 이내 끔찍한 이야기가 들려왔다. 아테네는 여전히 튀르크족의 손아귀에 있었고, 반란군의 여동생은 압제자의 먹잇감이 되었다. 유프라시아를 지켜 줄 사람은 아무도 없었던 것이다. 게다가 빼어나게 아름다운 미모를 가진 그녀이기에, 적군 사령관의 눈에 띄었다. 그녀는 그의 하렘으로 끌려갔고, 그곳에 갇힌 지는 벌써 두 달째였다.

"절망은 차갑고 어두워." 죽어 가는 전사가 말했다. "희망 있는 절망에 이름을 붙이자면 목표라 할 수 있겠지. 유프라시아가 죽었다면 난 슬피 울었을 거다. 하지만 내 눈은 뿔이 되고, 내 심장은 돌이 되었어. 나는 입을 닫아 버렸지. 원망도, 복수심도 드러내지 않았어. 낮에는 몸을 숨기고, 밤에는 폭군의 거처 주변을 배회했어. 그곳은 내가 사랑하는 아테네에서 가장 호화로운 환희의 궁전이 되어 있더군. 그때는 경비가 삼엄했어. 내 얼굴은 이미 잘 알려져 있는 데다, 폭군은 유프라시아가 그만큼 가치 있는 인질이고 자신의 행동이 어떠한 결과를 가져올지 두려워했으니까. 그래도 어둠의 그림자에 몸을 숨기고, 겨우 가까이 다가갈 수 있었어. 하렘의 위치, 보초의 머릿수, 경계 시간, 그들이 하달받는 명령 따위를 파악한 뒤에 야영지로 돌아왔지. 그리고 동료 몇 명에게만 내 계획을 들려주었어. 다들 내 억울한 상황에 분노하며 유프라시아를 구하고 싶어 했지."

콘스탄틴이 말을 멈추었다. 그는 몸의 고통 탓에 발작을 일으켰다. 한차례의 고통이 지나간 뒤, 그는 몇 분 동안 꼼짝 없이 누워만 있었다. 이윽고 다시 이야기를 시작했다. 그러나 열에 달뜬 정신 착란이 온 듯했고, 얘기하려고 애쓴다는 사실 자체가 그를 흥분시켰다. 심지어 고통스러운 기억은 그 흥분을 더 강하게 할 뿐이었다. "이게 뭐지?" 그가 소리쳤다. "불이야! 그래, 궁전이 탄다. 저 불길의 굉음과 천둥소리가 들리지 않나? 축복받지 않은 자들을 겨누는 천국의 대포인가? 하! 한 발의 총성 — 놈이 쓰러진다. — 그들이 쫓겨나고 있어. — 이제 횃불을 던지고 — 나무가 탁탁 소리를 내며 불타고 — 하렘이 보인다! — 하! 가엾은 희생자들! 하, 몸서리치며 도망을 가는구나! 두려워하지 마라, 나의 유프라시아를 되돌려다오! 나의 유프라시아! 그 어떤 변장을 해도 널 숨길 순 없지. 화관을 쓴 튀르크족 신부처럼 옷을 차려입어도, 너의 사랑스러운 얼굴에 형언할 수 없는 슬픔이 가득해도, 연기와 소란으로 아수라장이 된 이곳에서도 여전히 사랑스러운 내 동생, 넌 나의 천사야! 내 품으로 달려와서 매달리는 겁에 질린 가여운 새, 네가 맞구나, 네 목소리가 맞아. 내 목을 껴안은 순백의 팔. 그 어떤 파멸도, 그 어떤 불꽃도, 숨 막히는 연기도, 강력한 폭풍도 날 막을 순 없다! 조용! 거대한 불의 파도가 지나가고 발소리가 들린다. 부드럽고 사랑스러운 발소리. 나는 단호하다. 두려워하지 마라! 나를 노려보는 저 눈은 누구인가? 두려워하지 마라, 유프라시아, 그는 죽었다. 폭군의 부하들은 아군의 공격에 고통스럽게 쓰러졌다. 하! 총소리. 자애로운 성모님, 당신인가요, 당신이 보호해 주시는 건가요?" 그는 계속 찬양을 이어 갔다. 아군의 공격, 궁전의 화재, 여동생을 구조한 것 모두, 마치 지금 눈앞에서 벌어지는 일처럼 생생하게 떠오른 것이다. 그의 두 눈은 이글거렸다. 그러고는 추종자를 불러 모으듯 두 팔을 치켜올리며 소리쳤다. 그는 여동생을 부축하고 있다고 생각하는 것 같았다. 진심이 담긴 부드러운 어조로 말을 걸었다. 그리고 외마디 비명과 함께 다시 "총이다!"라고 소리치더니, 마치 심장을 지탱해 주던 끈이 끊긴 듯 털썩 쓰러졌다.

잠시 후, 그는 안정을 되찾았다. 몹시 지쳤고, 목소리는 갈라졌다.

"내가 무슨 말을 했지?" 그가 힘없이 물었다. "내가 말했지. 소수의 인원으로 궁전에 쳐들어가서 경비병들을 물리쳤어. 그 안으로 들어가려고 했지만 실패했지. 적의 지원군이 왔거든. 다른 방도가 없었어. 우리는 궁전에 불을 질렀어. 여자들, 겁에 질린 사슴 떼는 하렘 깊숙이 도망쳤어. 단 한 사람만이 홀로 서 있었지. 그녀는 손에 단검을 쥔 채, 침입자들을 노려보았어. 위풍당당하고 두려움 없는 그 얼굴엔 고생의 흔적이 역력했지만 단호한 결심이 섰는지, 잠시 그 여린 얼굴이 인간을 초월한 듯 보이더군. 하지만 그녀가 나를 발견한 순간, 모든 게 바뀌고 말았지. 그녀의 얼굴은 천사처럼 빛났어. 손에 쥔 단검을 떨어뜨리고 내 품에 안겼어. 나는 그녀를 부축하고 불타는 지붕 아래서 데리고 나왔지. 이제 나머지는 알겠나? 내가 말하지 않았던가? 땅바닥에 죽은 척하고 누워 있던 적 하나가 그녀에게 총을 쏜 거야. 그녀는 비명도 지르지 않았어. 처음엔 내 목을 더 꼭 감쌀 뿐이었지. 그러고는 이내 몸이 떨리더니 손의 힘이 풀리더군. 나는 두려움이 그녀를 움직이게 했다고 생각했어. 그런데 그녀는 두려움을 몰랐어! 그래, 그건 죽음이었어! 미리 준비해 둔 말[馬]이 기다리고 있었지. 몇 시간 뒤에 자유로운 그리스 서부로 떠날 수 있기를 바랐건만! 유프라시아는 내 어깨에 머리를 떨군 채 속삭였어. '난 이제 곧 죽을 거야, 오빠! 아버지의 무덤 곁으로 데려가 줘.'

누이의 말을 들어주고 싶은 마음이 간절했지만 정말 불가능했어. 도시 상황은 무척 불안했으니까. 사방에서 적군이 모이고 있었으니, 안전을 위해선 빨리 탈출하는 게 급선무였어. 그때까지만 해도 난 그녀의 상처가 그리 치명적이지 않다고 생각했거든. 그녀를 부축해서 아까 말을 준비해 둔 곳으로 향했어. 동료 두세 명이 빠르게 합류했지. 그들은 불길 속에서 하렘의 여인들을 구한 뒤, 튀르크군이 다가오는 소리를 듣고 서둘러 현장을 빠져나왔지. 나는 내 말에 올라탔고, 사랑하는 여동생을 그 앞에 앉혔어. 우리는 사막 길을 빠르게 달려서 도망쳤지. 난 교외 도로에서 탁 트인 시골로 이어지는 길을 잘 알고 있었거든. 큰길에서 멀어지는 그 지점에서 동료들에게, 계속 빠르게 달려가라고 명령했어. 나는 나의 사랑스러운 봇짐과 함께, 근처 언덕 중에서도 가장 외딴, 아무도 의심할 수 없는 장소를 찾아내려고 애썼어. 잠시 멈추었던 폭풍이 다시 시작되었지. 귀가 먹먹할 만큼 엄청난 천둥소리에 다른 모든 소리가 잠겨 버렸고, 번개가 연신 번쩍거리며 앞길을 밝혀 주었는데 내 말은 전혀 겁먹지 않더군. 유프라시아는 여전히 나를 꽉 붙잡은 채 기대어 있었어. 불평은 단 한 마디도 없었지. 애정과 격려, 경건한 체념의 말을 몇 마디 내뱉었을 뿐. 그리고 이따금 숨을 내쉬었어. 난 그녀가 죽어 가고 있다는 사실을 몰랐어! 마침내 으슥한 계곡에 들어서기 전까지는 말이야. 그곳은 올리브가 은신처를 제공해 주고, 고대 신전의 포르티코도 남아 있는 아주 근사한 곳이었어. 나는 유프라시아를 말에서 내린 뒤 대리석 계단으로 데려가서 눕혔어. 그제야 사랑하는 여동생이 죽음에 가까워졌음을 깨달았지. 내가 그녀를 살릴 수 없다는 것을. 번개가 내리치는 순간, 대리석처럼 창백한 그녀의 얼굴이 드러났어. 드레스에는 따뜻한 피가 잔뜩 묻어 있었고, 이내 그녀가 누운 대리석에도 피가 번졌지. 나는 그녀의 손을 잡았어. 얼음장처럼 차가웠지. 유프라시아를 대리석 바닥에서 들어 올려 내 품에 뉘였어. 난 절망을 억눌렀지. 아니, 그 순간의 절망은 그때의 그녀만큼이나 온화하고 부드러웠는지도 몰라. 우리를 도와줄 사람도, 일말의 희망도 없었어. 그녀의 옆구리에선 붉은빛 생명이 줄줄 흘러나오고 있었어. 유프라시아는 가까스로 무거운 눈꺼풀을 들어 나를 바라보았지. 이미 내 이름조차 제대로 부를 수 없는 상태였어. 새하얀 팔다리는 점점 더 무겁고 차갑게 변해 갔어. 어느새 내가 안고 있는 누이는 이미 세상을 떠난 시신이 되어 있었지. 그녀의 고통이 끝났음을 안 순간, 다시 그녀를 안아서 말에 태우고 길을 떠났어. 폭풍은 물러가고, 하늘 위로 달이 환하게 빛나더군. 대지는 달빛을 받아 반짝이고, 부드러운 바람이 불어왔어. 마치 천국이 그녀의 깨끗한 영혼을 맞이하기 위해, 그리고 그 영혼을 창조주에게 건네기 위해 주변이 온통 맑고 평화로워진 것 같았어. 아침이 밝았을 때, 나는 수녀원 문 앞에 멈춰 서서 종을 울렸지. 그곳의 수녀들에게 나의 아름다운 유프라시아를 건넸어. 죽음으로 평온해진 그 사랑스러운 이마에 다시 입을 맞추고, 그녀가 관대(棺臺)에 놓이는 모습을 보았지. 그러고는 발걸음을 돌려 야영지로 돌아왔어. 그리스를 위해 살고, 그리스를 위해 죽기 위해."

그는 점점 쇠약해지고 말수가 줄어들었다. 가끔 몇 마디 말을 드문드문 내뱉을 따름이었다. 유프라시아의 아름다움, 그녀가 죽어 가면서 남긴 말, 그녀의 너그러움, 천재성, 사랑에 대해 그리고 죽음을 원하는 자신의 바람에 대해.

"괜히 오래 살면 유프라시아의 얼굴이 차츰 흐릿해질 테지. 게다가 별로 좋지 못한 기억과 뒤섞일지도 몰라. 나 역시 이렇게 젊은 나이에 죽는 거야, 그녀처럼."

그 뒤로 그의 목소리는 더욱 희미해졌다. 이따금 한기가 돈다고 불평할 뿐이었다. 발렌시가 말했다. "제가 간신히 일어나서 주변을 기어다니며 시신들의 후드 망토 한두 벌과 털 코트를 가져왔지요. 그걸로 그를 덮어 준 뒤에 나도 덮었습니다. 자정이 지나고 새벽이 다가오자 공기가 제법 차가워졌거든요. 몸을 따뜻하게 하니 상처의 고통이 가라앉았고, 이상하게도 잠이 쏟아지더군요. 상황을 지켜보려고 깨어 있고자 무척 애썼습니다. 처음엔 자꾸 몽롱해져서 하늘의 별들과 산의 어두운 그림자가 꿈인지 생시인지, 내가 지금 어디에 있는지, 내가 무슨 일을 겪었는지 도통 알 수가 없더군요. 결국 모든 감각을 잃어버린 채 오랫동안 푹 잤습니다.

아침 햇살이 산비탈을 타고 살금살금 내려오더니 마침내

내 얼굴을 어루만졌습니다. 저는 잠에서 깨어났습니다. 그 순간, 지난밤에 있었던 일을 까맣게 잊어버린 채 '여기가 어디지?'라고 외치며 벌떡 일어났지요. 그런데 팔다리가 뻣뻣하고 힘이 없음을 느끼고 이내 진실을 깨달았습니다. 다행히 사람들의 목소리가 들렸고, 협곡을 따라 수많은 농부들이 다가오더군요. 참 이상하죠. 그때껏 나는 나 자신만을 생각해 왔는데, 구조대가 오는 모습을 보니 그제야 지난밤에 같이 있었던 사람과, 그가 들려준 이야기가 생각나더군요. 얼른 그가 누워 있던 곳으로 시선을 옮겼습니다. 그의 자세만으로도 상태가 어떠한지 알 수 있었죠. 미동조차 없이 뻣뻣하게 굳은 몸. 죽어 있었습니다. 하지만 그의 얼굴은 차분하고 아름다웠어요. 그는 여동생을 만나고 싶다는 간절한 희망을 품은 채 죽었고, 그녀의 얼굴을 떠올리며 평화롭게 마지막 순간을 맞이했을 테죠.

부끄럽게도 나는 살아남았습니다. 콘스탄틴의 죽음이 내 이야기의 진정한 결말입니다. 내 상처는 몹시 심각한 수준이었고, 끝내 그리스를 떠날 수밖에 없었습니다. 몇 달 동안 케팔로니아섬[53]에서 죽음의 문턱을 오가다가, 겨우 상태가 호전된 덕분에 영국으로 돌아올 수 있었습니다."

---

53 그리스 서부 이오니아 제도 가운데 가장 큰 섬.

강변의 조문객

"우리의 기쁨과 근심에 음울한 그늘을 드리우는 단 하나의 치명적인 추억, 단 하나의 슬픔. 삶은 그것들을 더 어둡게 물들이거나 더 빛나게 밝혀 줄 수 없다. 기쁨은 위안을 얻지 못하고 고통은 쓰라림을 느끼지 못하기에!"
— 토머스 무어

왕이 자부심을 느낄 만한 장관이 저 앞에 펼쳐져 있다! 예술의 자손이요, 자연이 기른 아이 같은, 저 탁 트인 호수, 사람 눈에 담길 수 있는 것들 중 버지니아워터[54]보다 더 쾌적하고 사랑스러운 풍경이 있을까? 지금 버지니아워터는 거대한 거울처럼 하늘을 비추고, 그 위로 그늘진 둑이 그림자를 드리웠다. 이 둑은 어두컴컴하고 구불구불한 길로 우묵하게 들어가 있거나, 커브를 돌아서 곶으로 이어진다. 저 아래를 내려다보니, 이제 태양은 서녘에 낮게 걸려 있다. 눈이 부시고 숨 막힐 정도로 풍부한 아름다움이 철철 넘쳐흐른다. 대지와 물, 공기가 저쪽, 빛의 우물에서 흘러내리고 넘쳐 나는 광채를 기리기 위해 건배를 든다. 나뭇잎들은 금빛을 뚝뚝 떨어뜨리는 듯 보이고, 호수는 햇빛을 머금은 공기를 들이마신 듯하다. 깊은 물에 비친 나무와, 화사한 파빌리온은 수면 위에 서 있는 실체보

---

54 영국 남동부 서리 지방에 위치한 도시로, 울창한 삼림 지대를 이루고 있으며 호수가 곳곳에 자리한다.

다 더 사랑스럽고 더 뚜렷하다. 이 장면은 고요하지 않다. 비너스를 포근하게 잠재우는 자장가보다 달콤하고, 알렉산드로스[55]를 파멸로 이끈 테이레시아스[56]의 노래보다 고무적이고, 호수의 물결을 따라 흐르는 성 체칠리아[57]의 성가보다 엄숙한 선율은 수면을 흐트러뜨리지 않는, 느릿한 미풍과 뒤섞인다. 이 소리의 원천이 어두운 단조라니, 얼마나 생소한 느낌인가. 도저히 무시할 수 없는 소음과 화음의 무의식적 결속이, 황홀한 감각의 낙원을 열어젖힌다!

태양이 저 끄트머리 경계에 닿으면서 장밋빛과 불타는 듯 이글거리는 빛깔을 부드럽고 온화하게 혼합한다. 드넓은 호수에 오랫동안 떠 있던 우리 배가 그늘진 둑 쪽으로 다가간다. 우아하게 길게 늘어진 초록빛 버드나무 가지가 물에 잠겼다. 도도히 쉬고 있던 쇠오리가 깜짝 놀라서 날개로 물을 튀기며 수면 위를 스치듯 다급하게 날아간다. 위풍당당한 백조들은 점잖게 물 위에서 앞으로 나아간다. 무수히 많은 물새가 한데 무리 지어 노 젓는 방향을 피한다. 황혼의 하늘에는 어두운 그림자 얼룩이 하나도 없다. 낮이라는 거대한 파도가 조용히 물러난 듯하다. 우리는 점점 짙어지는 어스름이 밤을 일러 주기 훨씬 전에, 배에서 내려 작은 빈터 사이를 거닐 것이다. 조림지는 각양각색의 영국산 수목으로 이루어져 있는데, 산책로엔 오래된 참나무 한두 그루가 서 있다. 반짝이는 나뭇잎들은 마치 비단 면사포가 여성의 사랑스러운 얼굴을 가리듯, 하늘

---

55 테이레시아스의 예언은 오이디푸스와 관련돼 있으므로, 저자의 착오로 보인다.
56 그리스 신화에 등장하는, 테베의 눈먼 예언자다. 오이디푸스에게 부친 라이오스 왕을 누가 죽였는지, 진실을 들려준다.
57 로마 제국 시대에 순교한 성인으로, 음악가와 눈먼 자의 수호성인이다.

을 뒤덮고 있다. 회(回) 문양 같은 나뭇잎 아래에서 아무런 근심 걱정 없이 가벼운 공상에 빠질 수 있을 것이다. 만약 좀 더 슬픈 사색을 하는 데에 어울리는 어두운 그늘이 필요하다면, 작은 폭포를 지나서 무성한 소나무 숲속의 벨비디어로 가면 된다. 아니면 호수 반대쪽, 자작나무의 은빛 줄기 그늘에 앉거나 마치 자연이 재미 삼아 만든 듯 뿌리가 높게 불거진, 환상적이고 오래된 너도밤나무의 잎사귀가 이뤄 놓은 파빌리온 아래에 앉아도 된다. 유쾌한 방문과 정성 어린 보살핌을 받지 못한, 달콤한 향기를 풍기는 소귀나무 군락에 가도 좋으리라.

이제 이 멋진 풍광은, 그곳을 소유한 왕족만의 것이다. 하지만 과거에 관리인 숙소가 '리젠트의 오두막'이라 불렸을 때, 혹은 그 전에, 아직 관리인이 그곳에 살았을 때, 채플우드의 미로 같은 길은 모두에게 열려 있었고, 조림지와 버지니아워터를 둘러싼 철문들 역시 결코 달랠 수 없는 케르베로스[58]가 지키고 있지 않았다. 어느 여름날 저녁, 호러스 네빌과 아름다운 두 사촌들이 고요한 호수 위에서 한가로이 노닐던 곳도 바로 이곳이었다.

"즐거운 생각이 슬픈 생각을 떠오르게 하는 그 달콤한 분위기."

네빌이 유창한 말로 영국의 풍경을 칭찬했다. "여기서 머나먼 곳엔 야만적인 야생의 웅장한 풍경, 남부의 초목 무성한 곳, 장엄한 알프스의 숭고한 경치가 있을지도 모르지. 오늘 같은 밤에, 날씨가 좀 더 온화하길 바란다면 배은망덕한 일일 테

---

[58] 그리스 신화에서 지옥의 문을 지키는 문지기로, 머리가 셋 달린 개의 모습을 하고 있다.

지만, 우리는 한탄할지도 몰라. 그러나 우리 고향과 비길 만한 풍경을 과연 어디에서 찾을 수 있단 말인가? 푸르르고, 나무가 우거지고, 물이 잘 통하는 숲, 오래되고 늠름한 느릅나무 아래 옹기종기 모인 오두막, 집집이 이른 봄꽃이 만개하고 격자무늬 울타리에 제라늄과 장미가 가득한 마당, 흰 빵을 먹어 치우며 소여물을 주러 가는 파란 눈동자의 아이, 여름에 꽃이 만발하는 산울타리, 사방이 돌담에 둘러싸인 옥수수밭, 바람에 흔들리는 황금빛 바다같이 익어 가는 가을 들판, 계단이 놓인 나무 울타리, 바람길 아래로 잡목림을 지나고 초원을 가로지르는 오솔길, 머리 위에 드리운 얽히고설킨 나뭇가지들의 흐릿한 장식 무늬는 풍경 전체에 엄숙함을 더해 주고, '내륙의 달콤한 속삭임'을 따라 구불구불 흐르는 강, 축복은 여기에서 그치지 않으니, 이러한 감각의 오아시스이자 에덴동산은, 아름다움을 창조하려는 가장 강력한 힘과 커다란 의지를 보여 주는 부(富)의 작업 아니겠는가?"

네빌은 말을 이어 갔다. "이곳이 아무리 아름다워도 쉽지 않은 결정이었어. 숙부의 뜻이 최고의 결실을 맺을 수 있도록 힘겹게 스스로를 설득했지. 내 유년기의 익숙한, 결코 사라지지 않는 후회와 고통이 남아 있는 이곳에 살기로 말이야."

호러스 네빌은 태생적으로 부유한 사람이었지만 세상 물정에 밝다고 하기는 어려웠다. 그에게는 타고난 온화함과 상냥함, 그리고 재능과 개성에 뿌리내린 매력적인 감수성이 있었다. 그 덕분에 아무리 단순한 표현에도 힘이 실렸고, 그의 모든 감정은 사람들로 하여금 공감을 불러일으켰다. 네빌보다 몇 살 아래인 사촌 동생은 — 오랫동안 혼자서 몰래 — 그에게 애정을 품고 있었다. 그리하여 두 사람은 약혼을 했고,

마침내 행복하고 사랑스러운 한 쌍이 되었다. 그의 말에 그녀가 의아하다는 표정을 지었지만, 네빌은 고개를 돌렸다. "이제 그만하지." 그는 이렇게 말하면서 노를 더 빠르게 젓기 시작했다. 그들은 곧바로 호숫가에 도착했고, 배에서 내린 뒤 채플우드의 기다란 길을 걸었다. 비숍스게이트로 마차를 타러 가는 길은 이미 어둑어둑했다.

그로부터 한두 주일 뒤, 호러스는 영국의 머나먼 지역으로 초청하는 한 통의 편지를 받았다. 여행을 떠나기 며칠 전, 그는 사촌에게 함께 산책하자고 청했다. 그들은 몇몇 목초지를 가로질러, 올드윈저 교회 묘지로 발걸음을 옮겼다. 처음에 그는 평소와 다르지 않았고, 두 사람은 익숙한 길을 함께 걸으며 즐겁게 이야기를 나누었다. 아름답고 화창한 날씨마저 흥을 돋웠다. 춤추듯 일렁이는 호수의 파문이 그들의 발걸음을 더욱더 빠르게 목적지로 끌어당겼다. 바야흐로 맑고 파란 하늘 위로 솟은, 시골 교회의 녹슨 첨탑이 보였다. 그들이 걷는 동안 나눈 대화엔, 과연 네빌이 어떤 슬픈 까닭으로 사촌을 교회 묘지까지 이끌었는지, 그녀로서는 유추할 만한 단서가 전혀 없었다. 그런데 교회 묘지를 떠나려 할 때, 호러스가 돌연 마치 뭔가가 생각난 듯 돌아서더니, 잔디밭을 가로질러 강가의 무덤 옆에 멈추었다.

그 아래에 잠든 사람을 기념하는 비석은 보이지 않았다. 잔디가 풍성하고 소박한 데이지도 많았지만, 썩어 가는 낙엽과 부러진 검은딸기나무 가지는 묘소의 전체적인 미관을 해쳤다. 네빌은 그것들을 치우고 나서 말했다. "줄리엣, 내가 없는 동안 이 신성한 장소를 잘 보살펴 주길 부탁해."

그가 이어서 말했다. "묘비는 없어. 그녀의 부탁을 받은 두 사람이, 그녀의 유언대로 장사 지냈거든. 언젠가 다른 누군가가 이 근처에 묻히면, 그의 이름이 그녀의 묘비명이 될 수도 있겠지. 물론 나는 아닐 테지만." 사촌의 경악한 표정에 그는 살짝 미소를 지어 보였다. "하지만 줄리엣, 약속해 줘. 이 무덤에 그 어떤 일도 생기지 않도록 지켜 주겠다고. 당신을 슬프게 하고 싶진 않지만 만약 궁금하다면 어떻게 된 얘기인지 들려주겠어. 하지만 지금 여기에선 안 돼."

다음 날, 네빌과 사촌은 그녀의 자매까지 대동하고 또다시 버지니아워터를 방문했다. 바람에 흔들리는 나뭇가지가 천상의 화음 같은 숨결을 내쉬는 소리를 들으며, 그들은 소나무 그늘에 앉았다. 그때 네빌이 누가 묻지도 않았는데 갑자기 그 이야기를 시작했다.

"난 열한 살 때 이튼에 보내졌지. 고통스러웠던 그곳 생활에 대해서는 생각하고 싶지도 않아. 지금 들려주려는 이야기와 상관이 없었다면 분명 입에 올리지조차 않았을 거야. 난 악랄한 상급생에게 끌려다녔어. 그 녀석은 나에게 온갖 궂은일을 시켰고, 나를 괴롭힐 온갖 방법을 궁리해 냈지. 그 어린 독재자는 참 기발했어. 밤낮으로 그 녀석한테 불려 다니느라 학교 공부는 뒷전이니 매번 벌을 받을 수밖에 없었지. 하지만 더 괴로운 일은 따로 있었어. 그 녀석은 내게 수치심을 주면서 즐거워했지. 내가 어머니를 몹시 닮았다면서 내 본성이 거부하는 잔혹한 행위를 강요한 거야. 물론 난 거부했어. 서인도 제도의 노예가 따로 없었지! 지금은 상황이 좀 더 나아졌기를 바라지만, 내가 다닐 때만 해도 귀족의 유년기는 자메이카의 폭정을 훨씬 넘어설 만큼 변덕스럽고, 가차 없고, 잔인한 속박의 연속이었어.

입학한 지 이 년이 지나고 열세 살이 되는 해를 앞둔 어느 날, 나의 폭군은, 굳이 이름을 밝히진 않겠어, 악의적인 권력으로 내게 명령을 내렸어. 내가 새장에 넣어서 기르던 멋쟁이새[59]를 죽이라는 것이었지. 내 방에 들어온 그는, 내 삶의 유일한 낙을 지키려는 내 모습에 분개했어. 난 완강하고 단호하게 그의 명령을 거부했지. 불복종의 끔찍한 대가를 앞둔 바로 그 순간, 폭군의 담당 선생님이 그에게 아버지가 찾아왔다는 소식을 알렸어. 녀석은 '절대로 그냥 넘어가지 않을 거다!'라고 소리쳤어. 그러는 동시에, 나의 멋쟁이새를 낚아채더니 바로 목을 비틀어 버리고는 내 발치에 던졌어. 그리고 조롱하는 웃음과 함께 방에서 나갔지.

그때 나는 가슴이 터질 것만 같았어. 태어나서 처음으로 끓어오르는 분노를 느꼈지. 정성스럽게 돌봐 온 새가 이제 숨을 거둔 채 내 발치에 놓여 있었어. 그 모습을 보자, 불타오르는 복수심과 스스로의 무력함을 동시에 느꼈고, 내 안엔 눈물로 절대 꺼트릴 수 없는 베수비오 화산이 솟아났지. 치미는 분노를 말이나 행동으로 표현할 수 있다면 덜 괴로울 것 같았어. 실제로 욕설과 비난을 마구 쏟아 내니 기분이 한결 나아지더군. 내가 아는 욕이라고는 그 녀석한테 들은 말뿐이었으니, 나를 모욕한 자에게 내가 들어 온 욕을 도로 퍼부은 셈이었지. 그러나 말은 한낱 공기와 같았어. 분노를 좀 더 실질적으로 증명하고 싶었어. 방 안에 있는 녀석의 물건을 전부 부숴 버렸지. 아이의 수준을 훨씬 초월하는 힘으로 갈가리 찢고 짓밟고

---

59 참새목 되새과에 속하는 새로, 특히 수컷은 화려한 진홍색 깃털을 가지고 있어서 널리 사랑받는다.

으스러뜨렸어. 내 마지막 행동은, 그동안 폭군이 매우 자랑스럽게 애지중지하던 시계를 바닥에 내동댕이친 것이었어. 내 발치에서 산산이 조각 난 시계를 보자 퍼뜩 정신이 들었고, 공포 비슷한 감정이 나의 떠들썩한 마음을 순식간에 누그러뜨렸지. 도망칠 궁리를 하기 시작했어. 일단 기숙사 밖으로 나가서, 도로를 지나 초원을 가로질렀어. 이튼 위쪽으로 한참이나 떨어진 곳까지 말이야. 그런데 폭군의 친구인 상급생이 날 봤더군. 그는 내가 폭군의 심부름을 하러 가는 줄 알고 나를 불렀는데, 내가 슬금슬금 피하는 모습을 보더니 위압적으로 고함을 쳤지. '너, 이리 오라고!' 그 말을 듣는 순간, 내 뒤꿈치에는 날개가 달린 것 같았어. 나는 더 도망갔지만 쫓아갈 필요가 없다고 생각했는지 따라오진 않더군. 사랑하는 줄리엣, 이야기가 점점 따분해지는 것 같지만 양해해 줘. 아무튼 난 선생님들과 상급생들에게 벌받을 생각을 하니 너무 두려워져서 도망치기로 결심한 거야. 템스강의 강둑에 이르렀을 때, 상의를 벗은 뒤 머리에 둘러 묶고 헤엄쳐 건넜어. 그러고는 여러 들판을 달리고 달려서 윈저 숲속으로 들어갔지. 사람들의 발길이 닿지 않는, 깊고 어두운 야생으로 들어가면 영원히 숨을 수 있으리라 생각한 거야. 참 어린애다운 생각이었지. 때는 초가을이었어. 약간 더울 정도로 포근한 날씨였어. 숲속 참나무엔 겨울이 다가오는 기색이라곤 전혀 보이지 않더군. 하지만 나무 아래 고사리는 벌써 누런빛을 띠었어. 채플우드 안으로 들어갔어. 밤나무와 너도밤나무의 열매를 먹었고, 사냥꾼들과 산지기들이 보이면 연신 숨었지. 그렇게 숲속에서 이틀을 보냈어.

하지만 밤나무와 너도밤나무의 열매가 한창 성장하던 열

세 살 소년의 주린 배를 채워 줄 리 없었지. 어느 날 비가 내렸고, 세상에서 나처럼 불행한 아이는 없으리라는 생각이 떠오르기 시작했어. 어렴풋이 굶어 죽는다는 게 이런 거구나, 하고 생각했지. 느닷없이 옛이야기「숲속의 아이들」이 떠오르더군. 숲에 버려져 죽어 가는 아이들을, 울새들이 나뭇잎을 물어 와서 덮어 주었다는 이야기 말이야. 가엾게 죽은 내 멋쟁이새가 떠올라서 뺨을 타고 눈물이 쏟아져 내렸어. 아버지와 어머니가 생각났어. 사촌 동생이자 소꿉친구인 너도 생각났지. 또다시 북받쳐 오르는 감정을 느끼며 엉엉 울었어. 그렇게 완전히 지칠 때까지 울다가, 거대한 참나무 아래, 몇 번인지 모를 여름을 지나온 나뭇잎 위에서 웅크린 채 잠이 들었지.

지금 난 할 말이 많은 듯 장황하게 늘어놓고 있지만, 사실 이건 그대들의 관심과 흥미를 끌기 위한 스케치에 불과해. 잠에서 깨어났을 때 가장 먼저 내 눈에 들어온 것은, 비단으로 몸을 감싼 아이의 가녀리고 조그마한 발이었어. 깜짝 놀라서 고개를 들었지. 고급스럽고 우아한 발로 보건대, 틀림없이 화려하게 차려입은 사람이겠거니 했지. 그런데 막상 내 앞엔 까만색 무명 원피스를 입은, 열일곱 살 정도로 보이는 소녀가 서 있었어. 크고 투박한 밀짚모자에 가려서 얼굴은 잘 보이지 않았지. 새하얀 대리석보다 창백한 피부, 고통의 흔적이 가득한 이마 위에서 양쪽으로 갈라진 밤색 긴 생머리, 눈물이 그렁그렁하리만큼 슬퍼 보이는 커다란 파란색 눈. 하지만 아기 같은 상냥함과 순수함이 묻어나는 입매가 자칫 슬퍼 보였을 얼굴을 가려 주었지.

소녀는 내게 말을 걸었어. 너무 배고프고 지치고 힘들어서 도저히 그녀의 친절을 뿌리칠 수 없었지. 기꺼이 소녀를 따라서 그녀의 집으로 갔어. 부러진 말뚝 울타리를 넘고 숲을 벗어나서 비숍스게이트 황야로 향했지. 그러고는 얼마 지나지 않아서 그녀의 집에 도착했어.

덜렁 홀로 서 있는 음산해 보이는 오두막이었어. 울타리는 다 쓰러져 가고, 마당은 방치되어 있는 데다 텃밭에는 꽃도, 덩굴 식물도 보이지 않았어. 집 안은 깔끔하게 정리되어 있었지만 칙칙한 까닭에 누추한 느낌마저 풍겼지. 작은 오두막은 워낙에 쾌활하고 우아하게 꾸며야 칙칙해 보이지 않는 법이니까. 깨끗하지만 헐벗은 바닥, 골풀 의자, 송판으로 만든 탁자, 격자무늬 커튼을 씌운 작은 침대. 전부 다 초라한 농부의 살림살이보다 투박했어. 그래도 그곳은 상냥한 내 구세주의 집이었지. 하얀 손에 낀 우아한 장갑은 수수한 차림새와 대조되었는데, 솔직히 상냥한 그녀 역시 남루한 세간살이와 대조를 이루었지.

가엾어라! 소녀는 전적으로 자신의 출신을 속이고, 가난한 농민 흉내를 내고 있었어. 앞뒤가 안 맞는 상황이 자신의 실체를 폭로하리라곤 헤아리지 못한 듯 말이야. 물론 식탁 차림새는 초라했어, 음식도 은둔자에 걸맞게 빈약했고. 하지만 리넨은 그 오두막에 어울리지 않게 고급스러웠고, 작은 초가 꽂힌 촛대 역시 거지라면 공짜로 줘도 싫다고 치를 떨 만큼 쓸데없이 세련되었지. 이것들은 모두 나중에 기억해 낸 것일 뿐, 당시에는 그녀가 하나뿐인 심부름꾼을 — 어린 여자아이였다. — 부려서 내 앞에 차려 놓은 푸짐한 아침 식사와, 실로 오랜만에 내게 말을 걸어 주는 다정하고 편안한 그 목소리에 완전히 넋이 나가 있었지. 내가 허기를 달랜 뒤, 그녀는 어찌 된 일인지 물었어. 그렇게 자초지종을 듣고는 아버지에게 편지를 보내라고 하더군. 난 그녀의 배려로 며칠 그 집에 머무르다가, 결국 학교로 돌아가서 잘못을 용서받았지. 얼마 지나지 않아서 상급생이 되었고, 나의 비참한 노예 생활도 끝이 났지.

시간이 날 때마다 인간으로 변신한 요정임에 틀림없는 그녀를 찾아갔어. 더는 학교 친구들과 어울리지 않았지. 그들의 관심사는 내 눈엔 그저 천박하고 어리석게만 느껴졌거든. 나는 오로지 학교 수업을 마치고 남몰래 엘렌 버넷의 오두막을 찾아가는 일만을 생각했지.

그렇게 심각한 표정 짓지 말아 줘, 내 사랑! 내가 어린 시절에 다른 사람을 사랑했을 수도 있지만 엘렌은 아니야. 절망의 자매라도 되는 양 그녀의 우울은 너무도 깊고 강렬했어. 그녀의 입에서 나오는 이야기는 심각하고 슬프기만 한 데다, 그녀의 마음마저 모든 세속적 관심사와 한참 동떨어져 있었기에 그녀를 사랑할 순 없었어. 그러나 그녀의 슬픔과 이야기에는 사람을 사로잡는 힘이 있어서, 그녀와 함께 있으면 평범함을 초월한 존재가 된 것만 같았지. 그녀가 만든 마법의 영역, 나는 그 신성한 땅으로 들어간 거였어. 슬프고 심각한 그곳은 천국과는 거리가 있었지만, 저 너머를 향한 고조된 감정과 열정이 엿보였으므로 다른 세상에 온 듯 특별하고 흥분되고 매혹적이었어. 그대는 내가 다른 남자들과 다르다는 말을 자주 했지. 나 역시 평범한 치들과 어울리고 똑같은 관심사를 추구하면서 보통의 남자가 되기도 하지만, 나에겐 그들과 다른 신성한 부분이 있어. 내 마음속 깊은 곳엔, 속된 세상에 오염되지 않게끔 꽁꽁 봉인해 둔 살아 있는 우물이 있지. 곧잘 사용하진 않지만 분명히 존재해. 엘렌이 물길을 열어 준 그날 이후로 우물물은 쉼 없이 흐르고 있어.

도대체 그녀가 무슨 이야기를 했느냐고? 그녀는 과거사를 말하지 않았고, 친구나 친척과의 교류도 암시하지 않았어. 인류를 기다리는 여러 가지 비극, 삶의 복잡한 미로, 격정과 사랑, 회한, 죽음의 불행, 무덤 너머의 희망과 두려움 따위에 대해 이야기했지. 자신의 상처받은 마음속에 살아 있는 비참함에 대해서도 말이야. 그러다 보면 섬뜩할 정도로 열변을 토하다가 돌연 멈추더니, 나에게 괜히 형용할 수 없는 고통에 대해 알려 준 것 같다면서 자책했지. 자주 이런 말을 했어. '난 너에게 해로운 존재야. 나 때문에 넌 세상에 적응하기 어려워질 거야. 난 나쁜 세상의 일그러진 축소판 같은 저 너머에 내던져진 너를 보고, 저 사악한 힘에 전염되지 않도록 최선을 다했어. 하지만 평범한 삶을 살아가는 다른 인간들과 어울리는 것보다 내가 너에게 더 큰 해악을 끼친 것 같아서 두렵구나. 좋지 않은 일이야. 모름지기 상처받은 사슴은 피해야 해.'

그녀에게는 겉으로 드러나 보이는 것보다 더 어두운 그림자가 있었던 거야. 엘렌의 불행은 그대처럼 슬픔을 알지 못하는 사람이라면 감히 상상할 수조차 없을 정도로 어마어마했어. 가끔 그녀는 자신의 절망을 말로 표현하기도 했는데, 육체적 감각과 정신적 감각의 경계가 무너질 만큼 너무나 큰 고통이었어. 그녀의 심장이 박동할 때마다 고통이 새어 나오는 듯했지. 그녀는 자신의 슬픔에 대해 이야기하다가 갑자기 무너져 버렸어. 고통스러운 비명과 함께, 나더러 자기를 떠나라고 애원하더군. 무언가 끔찍한 생각이 떠오른 듯 얼굴을 두 손으로 가린 채, 괴로이 덜덜 떨면서 말이야. 물론 떨쳐 내려고 노력하긴 했지만, 특히 그녀를 가장 괴롭히는 것은 스스로 목숨을 끊고자 하는 충동이었어. 우아함과 지혜와 다정함을 한데

묶은 은빛 줄을 끊어서, 세상을 장식하는 창조물을 도로 세상으로부터 빼앗는 것. 그녀는 신앙심으로 자살 충동을 억누르거나 고통의 감각을 도저히 견딜 수 없어서 애써 즐거운 일을 곱씹을 때도 있었어. 그녀는 스스로 목숨을 끊는 행위가 삿된 일이라고 말했지. 그런데 나는 종종 이런 생각이 들었어. 그녀가 목숨을 끊고 싶어 하는 까닭은 불행하기 짝이 없는 자녀의 마지막 결단으로 야속한 하느님 아버지를 분노하게 하려는 게 아니라, 더는 내게 나쁜 영향을 끼치지 않기 위해서라고 말이야. 심지어 그녀는 독약을 준비한 적도 있었어. 내가 찾아갔을 때 탁자 위에 놓여 있었는데, 그녀는 그게 무엇인지 굳이 감추려 하지 않았어. 변명하려고도 하지 않았고, 그저 나더러 제발 자기를 미워하지 말아 달라고, 부디 좋게 자신을 보내 달라고 애원했어. '살 수가 없어!' 이 한마디가 그녀의 유일한 변명이었어. 그 모습이 얼마나 비참하고 힘겨워 보이던지, 차마 고통스러운 삶을 이어 가라고 설득할 엄두가 나지 않더군. 난 어린아이처럼 굴지 않았어, 과연 그랬을지 모르겠지만. 난 그녀에게 이곳 벨비디어까지 함께 걸어가자고 마지막 부탁을 청했고, 그녀는 흔쾌히 들어주었어. 그곳에선 찬란한 일몰이 기다리고 있었지. 아름다움과 사랑의 기운이 바람을 타고 흐르며 주변을 온통 부드럽게 물들였지. 내가 소리쳤어. '저걸 봐요, 엘렌, 저렇게 사랑스러운 자연이 있으니 살아갈 가치는 충분하다고요!'

'그래, 맞아. 하지만 내 마음속 감정이 저 찬란한 풍경에 어두운 얼룩을 만들었는걸. 아름다움은 보는 사람의 눈에 달린 거잖아. 내 눈엔 모든 게 일그러지고 사악하게 보여.' 그녀는 이렇게 말하면서 눈을 감아 버렸어. 하지만 부드러운 바람이 아직 어리고 감수성 풍부한 그녀에게 위안을 주는 듯했지. '사랑하는 엘렌, 난 당신에게 내 모든 걸 빚졌어요. 난 당신의 사람이고 당신의 제자예요. 난 다른 사람들처럼 맹목적으로 살아갈 수도 있었지만 당신 덕분에 눈을 뜨게 되었죠. 엘렌, 바로 당신 덕분에 정의롭고 선하고 아름다운 것을 느끼게 되었는데 끝내 날 고통스럽게 하는군요. 그대가 떠나 버리면 난 어떡해요?' 마지막 말은 정말 내 진심이었기에 눈물이 마구 쏟아졌어. '날 떠나지 마요, 엘렌. 난 엘렌 없인 살 수 없어요. 아버지와 어머니 때문에 죽을 수도 없다고요.' 그녀는 곧장 뒤돌아보며 말했어. '넌 충분히 축복받은 사람이야.' 그렇게 말하는 그녀의 목소리가 왠지 부자연스러웠고 얼굴은 무척이나 창백했으므로 당장 자리에 앉혔어. 나는 연신 그녀에게 매달리며 기도하고 울었지. 그런데 그녀가 돌연 울음을 터뜨렸어. 몹시 구슬프게 울었지. 그녀가 우는 모습은 그때 처음 보았어. 그 뒤로 그녀는 죽겠다는 결심을 버린 것 같았지. 우리는 달빛이 비칠 무렵에야 오두막으로 돌아왔는데, 우리의 대화는 평소보다 훨씬 차분하고 명랑했어. 그녀의 오두막에 도착하자마자 난 독약을 쏟아 버렸어. '잘 자.'라는 그녀의 인사엔 방금 전의 불안한 기색 따윈 온데간데없었지. 그다음 날 그녀가 말했어. '경솔하고 악랄하다고 할 수도 있겠지만 난 모든 걸 포기했을 때조차 스스로 반드시 지켜야 할 의무를 만들어 냈어. 난 그걸 꼭 지킬 거야. 그동안 너무 끔찍한 모습만을 보여서 미안해. 앞으로는 나아진 모습을 보여 줄게. 우리의 연결 고리가 느슨해지거나 끊어지기 전까지 절대로 목숨을 버리지 않을 거야. 난 다시 자유로워졌어.'

그 시절, 그래도 그녀가 바깥세상과 완전히 단절돼 있지 않음을 알려 주는, 아주 사소한 사건이 딱 하나 있었어. 난 가끔 그녀에게 신문을 가져다주었어. 당시엔 세상이 참으로 많이 소란스러웠거든. 나를 만나기 전까지 자신의 마음속 공간을 제외하면 세상 전부를 잊어버린 그녀였지만, 반갑게도 나폴레옹 이야기를 꺼내더군. 나폴레옹이 러시아 원정에 실패했다는 소식과, 마지막 전쟁에서 패배하리라는 얘기를 말이지. 어느 날, 탁자에 놓인 신문에 눈길이 갔던지 그녀는 얼른 허리를 굽혀서 기사를 읽었어. 심장이 마구 뛰는지 가슴이 오르락내리락하더니 곧 진정을 하더군. 그러고는 나에게 신문을 치우라고 했어. 난 주제넘을 만큼 호기심이 동했지만 그녀가 왜 그러는지 알 길은 없었어. 나중에 그녀가 들여다보던 신문을 살펴보니 오직 이런 내용의 광고가 실려 있을 뿐이었어. '이 글을 읽으시는 분 중에서 지난 5월 3일, 바베이도스에서 출발한 리버풀행 세인트 메리호에 탑승했던 분이 계시다면 신문사로 연락 부탁드립니다. 당시 세인트 메리호는 공해상에서 화재가 발생했고, 국왕 폐하의 호위함 벨레로폰에 의해 일부 탑승자만이 구조되었습니다. 에버샴 양의 생사와, 현재 거처를 아시는 분이 계시다면 파크 레인 스트래튼 거리의 L. E. 앞으로 직접 연락 주시기를 간청드립니다.'

가녀린 엘렌의 몸에 건강 이상의 징후가 뚜렷이 나타나기 시작한 것은, 그 사건이 있은 뒤 겨울이 다가오면서부터였지. 난 자주 이런 생각이 들었어. 적극적인 삶의 의지가 없는 그녀가 수명을 줄이고 병을 불러들이는 일들을 알게 모르게 많이 했으리라고. 그녀는 병색이 역력한데도 모든 치료를 거부했어. 그래도 다시 상태가 나아졌지. 크리스마스 연휴에 집으로 돌아가기 전, 마지막으로 그녀를 보았을 때만 해도 완전히 회복된 줄 알았다니까. 그때, 그녀는 애정 가득한 모습으로 날 맞이해 주었어. 나와의 우정이 장차 계속되리라고 믿는다면서, 자신을 절대 잊지 않겠노라고 약속해 달라고 했지. 그런데 편지를 보내지 않겠다고 하면서 내게도 편지를 보내지 말라고 했어.

그 초라한 오두막 문가에 서 있던 그녀의 모습이 아직도 생생해. 만약 병과 고통을 사랑스럽다고 말할 수 있다면 그녀는 사랑스러웠어. 그녀는 아름다운 만신창이였지. 그래, 그녀는 천사 같은 얼굴과 요정 같은 몸, 음악 같은 목소리를 가지고 있었어. 아마 행복했던 시절엔 저토록 괴로운 모습이 아니었을 테지. '아직 저렇게 앳돼 보이는데 완전히 길을 잃은 모습이구나!' 마지막 작별 인사로 그녀에게 손을 흔들 때, 그녀보다 어린 나에게서 터져 나온 생각이었어. 고작 열다섯 정도로 보였지만, 창백한 이마에 끊임없이 드리운 슬픔의 주름이 그녀의 영혼에도 새겨져 있으리라는 점은 누구든 쉬이 알아차릴 수 있을 터였지. 그녀와 헤어지고 고개를 돌린 그 순간부터 내 눈앞엔 그녀의 모습이 아른거렸어. 두 손을 내밀어도 그녀의 잔상은 좀체 사라지지 않았지. 낮의 상념 속에도, 밤에 꾸는 꿈에도 그녀에 대한 기억만이 가득했어.

겨울 방학 동안, 어느 화창한 날에 사냥을 하러 갔어. 사랑하는 줄리엣, 그대도 그 사고를 기억할 테지. 내가 낙마해서 다리가 부러졌던 일 말이야. 내가 말에서 떨어지는 광경을 본 유일한 사람은, 내가 그때까지 본 중에 가장 아름다운 말을 탄 젊은 남자였어. 그가 높이 뛰어오르는 모습을 보느라 정신이 팔린 탓에 그랬던 것 같아. 남자는 곧바로 말에서 내리더니, 쓰러져 있는 내 곁으로 다가왔어.

내 말은 벌써 달아나고 없었지. 남자는 자신의 멋진 말을 불렀는데, 녀석이 아주 잘 따르더군. 그는 내 가벼운 몸을 거뜬하게 안장에 올리고, 내 다리를 고정하려고 애썼지. 그러고는 거기서 그리 멀지 않은, 엘모어 공원의 나무가 우거진 움푹한 곳에 자리한 관리인의 주택으로 데려다주었어. 그곳은 D 백작의 영지였는데, 그 남자는 백작의 둘째 아들이었지. 그는 하루 이틀 혼자서 나를 간호해 주었어. 누워 있는 내 곁에서 적잖은 시간을 함께해 주었지. 그는 책을 읽어 주거나 말을 걸거나, 반도에서 복무하는 동안 겪은 수많은 기이한 모험을 들려주었어. 그런데 그 얘기를 듣고 있자니, 문득 이런 생각이 드는 거야. 저토록 뛰어난 재능을 가졌음에도 극도로 불행한 사람들에게 끌리는 것이, 바로 내 운명인가?

그 남자, 루이스의 바로 옆집에는 에버샴 경이 살았어. 에버샴 경은 젊은 나이에 결혼했지만 젊은 나이에 홀아비가 되었지. 아내의 죽음이 치명적이고 어두운 그림자를 드리운 까닭에, 그의 삶은 메마른 황야로 변해 버렸어. 결국 그는 아내가 남긴 갓난아이 딸을 루이스의 어머니에게 맡기고, 수년 동안 머나먼 나라들을 떠돌았지. 그는 딸 클라리스가 열 살쯤 되었을 무렵에 돌아왔어. 사랑스럽고 다정한 클라리스는 주변 모든 사람의 기쁨이자 자부심이었지. 집으로 돌아온 에버샴 경은 — 그때 그의 나이 겨우 서른 남짓이었어. — 딸의 교육에 전념했어. 아버지와 딸은 언제나 함께 있었지. 훌륭한 음악가인 아버지의 가르침 덕분에 딸의 실력 역시 일취월장했어. 부녀는 같이 말을 타고, 같이 걷고, 같이 책을 읽었지. 아버지가 아버지 노릇을 제대로 하고, 또 효심과 전적인 의존, 완벽한 믿음까지 더해지면 아버지에 대한 딸의 사랑은 그 무엇보다 깊고 강해지는 법이야. 인간 본성에 허락된 가장 순수한 사랑이니까. 클라리스는 단순한 어린아이에서 성찰과 관찰이 깨어나는 시기, 바로 그 시기에 접어들었고, 늘 깨어 있고 헌신적인 애정으로 평범한 일상을 훌륭한 것들로 장식해 준 아버지를 숭배했어. 그녀에게 아버지는 신의 특별한 선물이자, 자신과 비슷하기에 훨씬 가깝게 느껴지는 수호천사였지. 클라리스는 아버지가 보기에도 매우 사랑스럽고, 지성과 따뜻함을 겸비한 사람으로 성장했어. 루이스와 약혼한 뒤로, 딸에 대한 자부심은 더더욱 커졌지. 그런데 루이스는 입대가 예정되어 있었고, 몇 년 동안 복무한 뒤 그녀와 결혼할 예정이었어.

일상이 고요하고 평온할 때, 열정적인 젊은이의 눈앞에 열린 세상이 아무런 방해물 없이 잘 가꿔진 땅처럼 보일 때, 자발적으로 사막과 폭풍이 휘몰아치는 험지로 들어가기란 쉽지만은 않은 일이지. 루이스 엘모어는 스페인에 배치받았고, 때마침 에버샴 경은 바베이도스의 영지를 방문할 일이 생겼어. 그의 기억 속 그곳은 지상 낙원인 데다, 새롭고 낯선 세상을 둘러보면 딸의 견문이 넓어지리라고 생각했지. 그들은 석 달 뒤에 돌아올 예정으로, 마치 여름 휴양을 떠나듯 그곳으로 출발했어. 클라리스는 연인이 머나먼 땅에서 경험과 지식을 쌓는 동안, 자신 역시 뭔가를 체험할 수 있다는 사실에 기뻐했어. 연인에게 무슨 일이 생기지 않을까 하는 불안한 마음을 조금이나마 덜 수 있을 터였고, 아버지와 함께 여행한다는 사실도 무척 마음에 들었어. 틀림없이 아버지는 모든 순간과 모든 장소를 기쁨과 즐거움으로 채워 줄 테니까. 그들은 항해를 했어. 클라리스는 마데이라에서 편지를 보냈지. 옅띤 기쁨과 황홀감으로 가득한 내용이었지. 그녀는 아버지와 함께하지 않았더라면 아무리 아름다운 풍경도 공허했으리라고 했어. 편지의 절반 이상이 사랑하고 숭배하는 아버지에 대한 감사와 애정으로 채워져 있었지. 아버지의 편지에도, 비록 문장이 거창하진 않았지만 딸아이에 못지않은 열정으로 잘 성장한 딸에 대한 만족감, 딸의 아름다움에 대한 자부심, 딸의 사랑과 친절에 대한 감사함이 담겨 있었어.

두 사람은 서로에 대한 의무와 애정을 충실히 이행함으로써 부녀의 끈끈한 유대감이 선사하는 행복을 여실히 보여 주는 훌륭한 본보기였어. 아버지는 딸에게 전적인 관심과 너그러움, 이해심을 베풀었고, 딸의 행복을 위해서라면 목숨이라도 바칠 터였어. 딸 역시 아버지를 따르고 존경하고 감사히 여겼지. 이 고결하고 친절하고 존경스러운 아버지와, 사랑받고 또 사랑을 건네던 딸은 지금 어디에 있을까? 그들은 잉글랜드를 떠나 내륙의 물길에서 유람을 했어. 그런데 무자비한 운명의 전차가 예상치 못한 순간에 나타나서 묵직한 바퀴로 그 두 사람을 덮치고 말았지. 거대한 산사태가 계곡 아래로 쏟아져 내리듯 오직 물보라만을 남긴 채 사랑과 희망과 기쁨은 산산조각 나 버렸어. 부녀는 그렇게 사라졌어. 그러나 과연 어디로? 가장 무력한 희생자의 생사가 수수께끼에 빠진 거야. 루이스는 오로지 클라리스의 묘연한 행방을 밝혀내는 데에 골몰했지.

그들이 떠난 지 몇 달 뒤, 부녀는 세인트 메리호가 곧 바베이도스에서 출발하리라는 내용의 편지를 보내왔어. 같은 시기에 루이스는 스페인에서 돌아왔지. 첫 번째 전투에서 옆구리에 심각한 상처를 입은 탓에 의병 제대를 당한 것이었어.

집으로 돌아온 그는, 부녀가 탄 세인트 메리호가 도착했다는 소식을 매일매일 기다렸지. 그런데 가장 흔한 전령사인 신문을 통해, 불안을 압도하는 두려움과 고통스러운 의심을 자극하는 소식이 전해졌어. 바다 한가운데에서 세인트 메리호에 화재가 발생했고, 호위함 벨레로폰이 승객 일부를 구조했다는 내용이었어. 의사의 만류에도 불구하고 루이스는 부상당한 몸을 이끌고, 사랑하는 그녀의 운명을 최대한 빨리 확인하기 위해 당장 런던으로 출발했어. 그곳에서 호위함이 다운스로 입항하리라는 얘기를 들었지. 그는 타고 있던 마차에서 내리지도 않고, 곧바로 미친 듯 말을 달려서 다운스에 도착했어. 승선해서 지휘관도 만나고, 선원들과 이야기를 나누었지. 그들은 구조한 사람들에 대해서는 자세히 알지 못했어. 다만 세인트 메리호에서 구조된 승객들 대부분이 리버풀에 들렀을 때 하선했다고 알려 주었지. 엘모어 씨는 부상으로 인한 고통 탓에 한동안 꼼짝 할 수조차 없었어. 상처와 가라앉지 않는 열 때문에 발이 묶인 거야. 하지만 회복하자마자 그는 다시 부녀의 운명을 알아내는 데 모든 열정을 쏟아부었지. 부녀는 모습을 드러내지도, 편지 한 장 보내오지도 않았어. 루이스는 상황을 알아보면 알아볼수록 자신이 가장 두려워하는 일이 현실로 확인되는 듯 여겨졌어. 그럼에도 그는 끝내 희망을 버리지 않고 끈질기게 철저한 조사를 이어 갔지. 그는 구조된 승객 일부가 내렸다는 리버풀과 아일랜드를 방문했어. 하지만 끔찍한 비극을 둘러싼 앞뒤가 맞지 않는 정보만을 드문드문 얻었을 뿐, 에버샴 양이 현재 어디에 있는지에 대해서는 전혀 알아낼 수 없었지. 그녀가 죽었으리라는 의심만이 거듭 확인될 따름이었어.

세인트 메리호에 붙은 불이 오래도록 무섭게 타오른 뒤에야 벨레로폰이 나타나서 구명보트로 승객들을 구조하기 시작했다더군. 여자들이 먼저 구명보트에 탔는데, 클라리스는 혼자선 절대로 가지 않겠다며 아버지 곁에 꼭 붙어 있었어. 자신만이 구조되고, 배에 남은 아버지는 죽을지도 모른다는 불길한 생각 때문에 더욱 완강하게 고집을 부렸지. 아버지의 간청도, 선장의 분노 어린 충고도 그녀의 고집을 꺾을 순 없었어. 루이스는 화재 사건이 있은 지 두세 달이 지난 뒤에야 만난 한 남자를 통해서 당시의 상황을 겨우 알 수 있었어. 남자는 그녀의 고집에 분노가 치밀어서 이렇게 말한 것까지 똑똑히 기억하고 있었지. '이러다간 아가씨가 아버지를 죽일 거야. 아버지에게 독을 먹인 존속 살인자가 될 거라고. 아가씨처럼 기분에 휩쓸려서 고집을 부리다가 아버지를 죽음으로 몰아넣은 딸은 여태 한둘 아니었지!' 클라리스는 결국 홀로 가지 않겠다고 탈출을 거부했고, 길게 실랑이할 여유가 없었기에 그녀 뜻대로 하게 되었지. 그 끔찍한 상황에서 그녀는 창백하지만 단호한 얼굴로 아버지와 함께 있었어. 아버지는 딸을 꼭 껴안고 달래 주었지. 조리 있게 처신하고, 차분하게 명령을 내릴 시간 따윈 없었어. 다가오는 폭풍우를 타고 불꽃의 파도가 이쪽을 향해 일렁이고 있었지. 불붙은 배를 제외하고 모든 걸 집어삼킨 깜깜한 밤이 한낮처럼 밝았기에 더욱 무서웠어. 구명보트들이 힘겹게 돌아왔지만 불타는 배에 용케 접근한 건 단 한 척뿐이었지. 그마저 거의 만원이었고, 에버샴 경과 그의 딸은 그제야 구명보트에 타려고 갑판 끄트머리로 향했어. 그런데 선원들이 고래고래 소리를 치는 거야. '둘 중 한 사람만 탈 수 있습니다. 그쪽은 그냥 계시고 여자분을 이쪽으로 미세요. 가능하면 돌아오리다.' 에버샴 경은 이제 완전히 침착성을 잃은 딸을 강인한 팔로 뿌리치며 구명보트에 태웠어. 곧장 정신을 차린 그녀는 아버지를 외치며 타오르는 배 쪽으로 두 팔을 내밀었어. 만약 선원들이 붙잡지 않았더라면 바다에 뛰어들었을 거야. 한편 에버샴 경은 다른 구명보트가 배에 접근하긴 틀렸음을 깨닫고 커다란 나무판자를 가져와서 그것에 매달린 채 바다로 뛰어들었어. 구명보트는 높은 파도 때문에 호위함에 쉽사리 다가가지 못했지. 구명보트가 파도를 따라 높이 솟아올랐을 때 클라리스는 필사적으로 운명과 맞서 싸우는 아버지의 모습을 보았어. 죽음과의 전투에서 마침내 죽음이 이겼음을. 아버지의 팔이 수면 아래로 스르르 미끄러지고, 나무판자가 홀로 떠내려가는 광경을. 저 흐릿한 형체가 아버지인가? 그녀는 눈물을 흘리지도, 기절하지도 않았지만 팔다리가 뻣뻣하게 굳은 채 얼굴의 핏기마저 싹 가셨어. 결국 그녀는 마치 통나무처럼 호위함 갑판으로 옮겨졌지.

고향 땅으로 돌아가는 배에서 선장은, 사람들로 하여금 그녀가 아버지를 죽음으로 몰아넣었다고 여기게끔 내버려 두었어. 하인들도 죽었으므로 그녀가 누구인지 기억하는 사람은 거의 없었지. 하지만 사람들은 그녀 곁을 지나칠 때마다 쉬쉬하려는 노력조차 없이 마구 떠들어 댔어. 아마 그녀는, 아버지를 죽였다는 얘기를 수백 번은 들었을 테지. 그녀는 아무에게도 말을 걸지 않았고, 혹여 누가 말을 걸면 짤막하게 답할 뿐이었어. 주변 사람들의 거침없는 꾸지람을 듣지 않으려고 식사 자리에서도 잠자코 꾸역꾸역 음식을 먹었지. 그러나 그녀 얼굴에 새겨진 비참함은 사라지지 않았어. 배가 리버풀에 도착했을 때, 선장은 그녀를 호텔에 데려다주었고 다시 찾아가서 살펴볼 생각이었지만 갑자기 그날 밤에 다운스로 출항하게 되었던 터라 그럴 수 없었다고 해. 선장은 그녀가 영국 출신임을 알았고, 모국에 돌아왔으니 편지를 써서 친구들에게 도움을 청하겠거니 생각했다더군. 게다가 틀림없이 숙박비를 치를 만한 돈이 있는 손님을 영국의 호텔보다 더 정중하게 대해 줄 곳이 어디 있겠어? 엘모어 씨는 이것 이상으로 더는 알아낼 수 없었지. 심지어 이 모든 사실을 꿰어 맞추는 데에만 여러 달이 걸렸어. 호위함에 구조되리라는 일말의 희망을 감지한 순간 에버샴 경은 딸에게 지갑을 맡긴 모양이야. 거기엔 몇백 파운드에 달하는 리버풀 은행의 약속 어음 증서도 들어 있었던 것 같아. 클라리스는 호텔에 도착한 지 이틀째 되는 날, 호텔 주인에게 그 증서를 보여 주었어. 그가 어음 증서를 현금으로 바꿔다 주었고, 그다음 날 그녀는 작은 연안 항로선을 타고 리버풀을 떠났지. 루이스는 그녀의 행방을 추적하려고 몹시 애썼지만 허사였어. 그녀는 아일랜드로 건너간 게 분명했어. 하지만 무엇을 하든, 어디를 가든 헤아릴 수 없는 고통을 떠안은 채 스스로를 감추려 했을 테지. 이 모든 사건은 사람들의 기억 속에서 빠르게 잊혔어.

그래도 루이스는 절망하지 않았고, 그녀를 찾기 위해 계속 여기저기 돌아다니고 심부름꾼을 부리는 등 가능한 모든 수단을 동원했어. 그가 내게 이 이야기를 처음 털어놓은 순간부터, 우린 다른 이야기는 전혀 하지 않았지. 이 이야기는 내 관심을 사로잡았고, 일이 어떻게 되었는지, 그녀가 어디에 숨어 있을지, 그와 끊임없이 이야기를 나누었어. 돈을 가지고 있으니 스스로 목숨을 끊지는 않았겠지만 바깥세상이 낯설기만 한 어리고 사랑스럽고 미숙한 그녀가 대체 뭘 할 수 있단 말인가? 모든 가능성을 고려해 봐야 하지 않을까?

　나는 부러진 다리 때문에 거의 삼 개월이나 갇혀 있었어. 삼 개월이 채 지나기 전부터 사방을 기어다녔고, 나름대로 거의 다 회복되었다고 생각했지. 이튼으로 돌아가지 않고 옥스퍼드에 입학하기로 결정했어. 이제 소년에서 남자가 되었다는 생각에 한껏 기분이 들떴지. 그러나 나는 여전히 가엾은 엘렌을 생각했고, 고집스럽게도 아무런 연락이 없는 그녀에게 화가 났어. 한두 번인가, 그녀의 당부를 어기고 편지를 보냈지. 다리를 다친 일과 엘모어 씨가 친절하게 관심을 베풀어 준 것에 대해 이야기했지. 그래도 그녀는 감감무소식이었고, 이쯤 되니 혹시라도 병이 깊어져서 세상을 떠나지는 않았을까, 두려워지기 시작했어. 그녀는 나더러, 떨어져 있는 동안 절대로 자신의 이름을 언급하지 말고 자기에 대해 알아보지도 말라고 엄숙하게 맹세하도록 했거든. 아직 앳된 소년에겐 자신보다 나이 많은 사람의 말에 복종하는 것이 중요한 의무였으니, 애정이나 두려움 때문에 그녀의 말을 어기고 싶은 생각이 떠오를 때마다 애써 외면할 수밖에 없었어.

　그리고 봄이 왔어. 꽃봉오리, 향기로운 꽃과 햇살 가득한 화창한 날씨를 선물로 들고서. 나는 집으로 돌아왔는데, 마침 우리 가족은 다음 날 런던으로 떠날 예정이었어. 하지만 오랜 병상 생활로 몸이 많이 쇠약해진 나는 공기도 나쁘고 피로를 유발하는 대도시에 가지 않는 편이 낫겠다는 쪽으로 의견이 모아졌지. 결국 난 시골에 남게 되었어. 말도 타고 사냥도 하고 엘렌을 생각했지. 그녀와 나누던 즐거운 대화가 그리웠고, 그녀가 충만하게 해 주던 내 마음속 빈자리가 느껴졌지. 슈롭셔에서 버크셔까지, 시골길을 가로질러 그녀를 만나러 가야겠다는 생각이 뇌리를 스쳤어. 그때부터 내 머릿속은 온통 그 생각뿐이었지. 이튿 주변의 들판, 은빛 템스강, 장엄한 숲, 아름다운 버지니아워터의 풍경, 메마른 황야와 그녀의 외딴 오두막집. 건강이 좋지 않아서 약간 구부정한 자세의 창백한 그녀가 나를 본 순간, 어두운 상념의 구렁텅이에서 깨어나 환한 미소로 반갑게 맞이해 주는 모습.

그녀를 보고 싶은 마음은 점점 커져만 갔어. 나의 애정 어린 관심으로 그녀를 힘껏 웃게 하고, 억누를 수 없는 슬픔과 절망이 마치 천상의 화음처럼 울려 퍼지는 그녀의 목소리를 듣고 싶어서 견딜 수 없었지. 그런 갈망에 사로잡힐수록 내 마음속에선 이런 말소리가 들려오는 거야. '당장 가. 안 그러면 너무 늦을 테니까!' 그러자 또 다른 애절한 목소리가 응답했어. '다시는 그녀를 볼 수 없을 거야!'

여름 달빛이 비치는 밤, 관목 숲을 어슬렁거리며 이런 생각에 취해 있었지. 주변 풍경이 황홀할 정도로 아름다워서 쉽사리 자리를 뜨지 못하고 있는데, 갑자기 엘모어 씨가 나를 부르기에 깜짝 놀랐어. 그는 해안으로 가는 길이라고 하더군. 아일랜드에서 편지를 받았는데, 에버샴 양이 에니스코시[60] 근처에서 살고 있는 듯하다는 거야. 그녀가 하필 그곳을 선택했다니 약간 이상했지만, 자기 신변을 꽁꽁 숨기는 게 가장 큰 목적일 테니 아예 불가능한 일도 아니었어. 그러나 그는 그리 크게 기대하진 않았지. 기쁜 소식이 기다리고 있으리라는 확신보다, 그래도 한번은 확인해 봐야겠다는 생각이었지. 그는 내게 동행하겠느냐고 물었어. 나는 기꺼이 같이 가겠다고 했지.

---

60 아일랜드 남동부 지역의 유서 깊은 도시.

우리는 그다음 날 아침에 함께 출발했어.

밀포드 헤이븐에 도착했어. 그곳에서 배를 탈 예정이었지. 우리가 승선할 배는 아침 일찍 출발하기로 되어 있었어. 우리는 출항을 기다리는 동안, 무료함을 달래기 위해 해변을 걸으면서 이야기를 나누었어. 나는 루이스에게 엘렌의 이야기를 들려준 적이 없었어. 그때 맹세를 어기고, 그녀와의 추억을 털어놓고 싶은 충동이 강렬하게 일었지만 끝끝내 참아 냈지. 우리는 불행한 클라리스에 대해서만 이야기를 했어. 그녀의 절망과 돌이킬 수 없는 회한에 대해서.

산책을 마치고 각자 휴식을 취한 뒤, 아침 일찍 배에 오를 준비를 했어. 그러고는 루이스의 방문을 두드렸지. 그가 안으로 들어오라고 했어. 그는 옷을 다 차려입은 모습이었지만, 아직 챙기지 못한 짐들이 방 안에 흩어져 있더군. 나는 테이블에 놓인 작은 가죽 케이스를 집었어. 그때 루이스가 말했지. '내가 보여 줬던가? 가엾은 클라리스! 그 그림을 그릴 때 그녀가 얼마나 행복해했는지!'

나는 케이스를 열었어. 이마와, 눈처럼 새하얀 목덜미를 덮은 풍성한 곱슬머리, 산들바람을 떠오르게 하는 가녀린 몸. 표정에선 넉넉한 행복감이 넘쳐흘렀지. 그러나 비둘기 같은 큰 눈망울과 순수함이 묻어나는 입술은 결코 딴사람으로 착각할 수 없을 만큼 익숙했어. 나도 모르게 '엘렌 버넷'이라는 이름을 외치고 말았지.

의심의 여지가 없었어. 왜 나는 확신하지 못했을까? 그토록 명백한데도! 자기 잘못으로 사랑하는 부모를 죽음에 이르게 하고 홀로 살아남았으니 과연 엘렌은 당연히 불행하고 비참하지 않았을까? 나는 곧장 폭포수처럼 그간의 일들을 쏟아

냈어. 예전엔 미처 알아차리지 못했던 사소한 일들까지 되짚으면서, 우리는 나의 슬픈 은둔자가 루이스 엘모어의 연인임을 확신할 수 있었지. 우리는 항해 따원 집어치우고, 단 일 초의 망설임도 없이 마차의 머리를 동쪽으로 돌렸어. 번개같이 빠른 속도로 내달렸지만 초조함에 사로잡힌 우리에겐 그것마저 성에 차지 않았어. 우스터에 도착하니 기대감이 흔들리기 시작했어. 루이스에게 그녀가 다시 밝아질 수 있으리라는 희망적인 일화들을 들려주는데, 돌연 그녀의 건강이 좋지 않다는 사실이 떠오른 거야. 그러자 두려움이 엄습했어. 그 순간 내 표정이 변하고 있음을 루이스도 눈치챘어. 한동안 아무 말도 나오지 않았어. 겨우 입을 뗀 나는, 그녀에게 좋지 않은 일이 생겼을지도 모른다는 얘기를 털어놓았고, 루이스는 마치 전기 충격이라도 받은 듯했지.

옥스퍼드에 이르러서는 도저히 계속 달릴 수가 없어서 한두 시간 정도 쉬기로 했어. 우리는 마음속의 불안감을 입 밖으로 꺼내지 않았고, 둘 다 줄곧 침묵을 지키다가 마침내 윈저가 보이기 시작할 무렵에야 루이스가 먼저 입을 열었어. '네빌, 내일 아침이면 클라리스를 만날 수 있어. 우리 둘 다 침착해야 해.'

드디어 다음 날이 밝았지. 깨어났을 때, 마치 바윗덩어리가 가슴을 짓누르는 기분 — 슬픔이 남긴 최악의 유산 같은 것이지. — 이었어. 화창한 날이었지만 내 눈엔 온통 칠흑 같은 어둠뿐이었어. 심장이 죽어 버린 것만 같았지. 아침 식탁에 앉았지만 둘 다 음식엔 손도 대지 않았고, 잠시 안절부절못하며 망설이다가 여관을 나섰지. 그러고는 (시간을 끌기 위해) 비숍스게이트로 걸어갔어. 우리는 속마음과 정반대되는 대화를 나누었지. 겉으로는 전부 다 잘될 거라고 떠들어 댔지만, 속으로는 희망이 없음을 예감하고 있었어. 익숙한 길을 따라서 황야를 건넜어. 한쪽엔 초록이 우거진 숲이 있었고, 다른 편엔 드넓은 황무지가 펼쳐져 있었지. 그녀의 오두막집은 그곳 끄트머리에 자리했고, 가까이 다가가기 전까지 좀체 보이지 않았어. 오두막 근처에 다다르자, 루이스는 나에게 혼자 다녀오라고 했어. 내가 돌아올 때까지 여기서 기다리겠다고. 나는 그의 말대로 혼자서, 내 두려움을 확인하게 될 현장으로 다가섰지. 마침내 눈앞에 오두막이 나타났어. 외딴곳에 홀로 서 있는 오두막, 외롭고 황량한 마당, 바람에 흔들리는 닫히지 않은 쪽문. 덧문은 다 닫혀 있더군.

나는 그저 멍하니 서서 최악의 예감을 확증해 주는 풍경을 바라볼 수밖에 없었어. 내 마음은 벌써 큰 소리로 엘렌을 부르는 듯했지만 — 나에게 그녀는 어디까지나 엘렌이고, 그녀의 본명은 허구일 뿐이었으니까. — 스스로 생을 마감한 그녀의 입술처럼 내 입술도 전혀 움직이지 않았어. 루이스가 더는 기다리지 못하고 오두막으로 들어왔어. 나를 혼자 보낸 뒤, 잠시나마 마음속에서 샘솟았던 한 줄기 희망은 텅 빈 집 안을 보는 순간 모조리 사라져 버렸지. 우리가 돌아서서 다시 발걸음을 옮기려 할 때, 한 아이가 내 이름을 불렀어. 어린 소녀가 들판을 가로질러 우리에게 달려왔지. 가만 기억해 보니, 예전에 엘렌과 함께 있던 여자아이더군. '네빌 씨, 편지가 있어요!' 아이가 외쳤어. '편지? 어디에? 누가?' '그 여자분이 당신에게 편지를 남겼어요. 올드윈저로 가서 쿡 씨의 댁을 찾아보세요. 그분이 당신의 편지를 가지고 있어요.'

'편지를 남기다니. 그럼 어디로 여행을 떠난 것일까? 지금

당장 가야겠어. 쿡 씨라고? 올드윈저에 있는? 어디로 가면 찾을 수 있지? 그 사람은 누구야?'

'아, 그분은 모르는 사람이 없어요.' 아이가 명랑하게 말했다. '교회 묘지 근처에서 살고요, 교회 관리인이에요. 장례식을 마치고, 낸시가 그분에게 편지를 보관해 달라고 맡겼어요.'

우리는 희망을 가졌던가? 우리의 비참한 친구를 다시금 볼 수 있으리라고 잠시나마 기대를 품었던가? 아니다! 아니었다! 우리는 속으로 이미 알고 있었다. 아버지를 잃고 고통에 몸부림치던 불행한 소녀가 마침내 영혼의 집으로 떠났다는 사실을! 그런데 왜 우리는 오두막집으로 찾아갔는가? 고통으로 일그러질 미소를 왜 입가에 머금었던가? 그저 단 하나의 위안을 원했기 때문이다. 그녀의 무덤 앞에서 통곡하는 것. 조문객인 우리와 그녀의 유일한 연결 고리인 그녀의 무덤 앞에서 말이다. 아직 앳된 소년이었던 나의 슬픔이 마침내 눈물로 터져 나왔어. 줄리엣, 그대도 그 무덤을 보았지. 나에겐 영원히 엘렌인 아름다운 클라리스의 가슴에 얹힌, 잔디로 뒤덮인 흙더미를.

그녀의 무덤 위에 쓰러져서, 아직 제대로 자라나지도 않은 잔디에 입을 맞추며 나는 몇 시간 동안이나 울었어. 오직 단 하나의 비참한 생각밖에 들지 않았지. 한때 이 세상에 그녀가 존재했었고, 이제는 영원히 그녀를 잃어버렸다는 것!

결국 우리 손에 들어온 그녀의 편지는, 내 친구의 정체가 루이스의 사랑스러운 연인이라는 의구심을 완전히 씻어 주었어. 그 편지의 필체는 틀림없이 에버샴 양의 것이었으니까. 편지는 그녀가 내게 남긴 것이었고, 내용은 다음과 같았지."

***

4월 11일

나는 사랑하는 사람들의 이름을 두 번 다시 입에 올리지 않겠다고, 한때 나를 소중히 여겨 준 이들과 결코 연락하지 않겠다고 맹세했어. 그들에게 깊은 감사를 빚졌고, 파산과 마찬가지로 나는 그 빚을 갚을 수 없겠지. 친애하는 호러스, 그들과 관련해서 네게 이렇게 편지를 쓰는 건 결국 모든 걸 얼버무리는 일일 테지만 하늘이 나를 용서해 주길 바랄 뿐이야! 만약 그들에게 최후의 작별을 고하지 않는다면 내 영혼은 편하게 잠들지 못할 거야.

네빌, 넌 그 사람을 알고 있어. 그 사람이 잃어버린 그녀를 영원히 애통해하리라는 것도. 만일 네가 엘렌이라는 사람에 대해 그 사람에게 말해 준다면 그는 그녀가 대서양의 파도 속에서 죽었다고 확신하게 될 거야. 그를 사랑한다는 것 말고, 엘렌은 그녀와 하나도 닮지 않았으니까. 그 사람에게 전해 줘, 사랑이 넘치고 따뜻한 마음을 가진 여자와 결혼하는 편이 훨씬 더 행복하리라고. 나 같은 존속 살…… 나 같은 사람과 결혼하겠다는 생각은 그 사람에게 파멸을 가져다줄 뿐이라고 말이야.

난 그 단어를 입에 담지 않을 거야. 병과 죽음의 문턱에 다다랐던 경험이 내 절망에서 독을 빼 주었어. 네가 본 슬픔과 번뇌는 누그러진 아픔과 경건한 희망으로 녹아내렸지. 난 이제 비참하지 않아. 이제는 말이야! 네가 이 글을 읽을 무렵이면, 이 편지를 쓴 내 손과 세상을 바라보던 내 눈은 벌써 흙과 하나 되어 있을 거야. 넌 어쩌면 그 사람과 함께 내 조용한 무덤을 찾아오겠지? 내 운명에 눈물을 흘리더라도 이 모든 얘기는 비밀로 해 줘. 사람들이 내 무덤에 푸른 잔디를 입혀 줄 거야. 하지만 다른 물건들로 장식하게 하지는 말아 줘. 내 마지막 부탁이야. 누구의 무덤인지 알 수 없도록 묘비도, 이름도 없애 줘.

친애하는 호러스, 이젠 안녕! 그리고 차마 내 입으로 부를 수 없는 그 이름에게도 안녕. 믿음과 희망을 담아서 제 영혼을 바칩니다, 신이시여, 그 사람의 앞길을 축복해 주세요! 어쩌면 넌 나를 안타까워할지도 몰라. 그러나 감히 형언할 수 없는 내 슬픔의 무거운 사슬을 끊어 주신 신께 감사하게 될 거야. 이름 없는 풀로 뒤덮인 초라한 무덤으로, 난 이제 안식을 찾았다고 네게 말할 수 있음에 감사해.

엘렌

순례자들

 구름 한 점 없이 맑은 여름날의 황혼이 벌써 운슈푼넨 계곡[61]에 널찍한 그림자를 드리우고 있었다. 점점 잦아드는, 아름다운 석양의 햇살이 주변 언덕의 정상에서 계속 반짝였다. 그 찬란한 색조가 서서히 깊어지다가 차츰 어두워지더니 마침내 밤의 수수한 암흑에 굴복했다.

 뿌리내린 대지와 거의 나이가 비슷해 보일 만큼 크고 풍성한 라임나무 길 아래에서 운슈푼넨의 부르크하르트는 마치 근래에 있었던 어떤 슬픈 일 탓에 근심이 가득한 듯 초조한 발걸음으로 배회하고 있었다. 때때로 그는 머릿속에 들어찬 상념이 형체를 드러내길 고대하기라도 하는 듯 눈을 땅바닥에 단단히 고정한 채 서 있었다. 그러다가 또 어떤 때는 나무 꼭대기를 쳐다보기도 했다. 밤바람에 부드럽게 흔들리는 나뭇가지는, 이제 사라져 버린 널따란 그늘에서의 행복했던 시간을 떠올리며 한숨을 내쉬는 양 보였다. 부르크하르트는 나무

---

61 스위스 베른 고원, 인터라켄 지역에 위치한 계곡.

아래에서 한 걸음 앞으로 나아가더니 별이 총총한 짙은 남색 하늘을 올려다보았다. 저 사랑스럽고 어여쁜 밤하늘과 별들이 마치 영광을 알리는 희미한 전조처럼 여겨졌다. 그러자 곧 희망이 샘솟았고 오랫동안 그의 마음을 무겁게 짓눌렀던 슬픔마저 잠시나마 사라졌다.

이런 생각에 잠겨 있던 그는, 갑자기 말을 걸어 온 씩씩한 목소리에 정신이 퍼뜩 들었다. 남자의 음성이 들려온 곳으로 다가갔더니 달빛 아래에 두 사람의 순례자가 서 있었다. 칙칙한 색깔과 거친 질감의 옷에, 이마까지 내려오는 챙 넓은 모자를 쓴 모습은 여느 순례자들과 다르지 않았다.

"하느님을 찬양합니다!" 방금 전에 부르크하르트에게 말을 건 순례자가 외쳤다. 신장이나 태도로 추측하건대, 그가 둘 중 연장자처럼 보였다. 나머지 순례자도 따라서 똑같이 암송했는데, 작고 더듬거리는 목소리로 보아하니 어린 나이임을 짐작할 수 있었다.

"어디로 가는 거요? 이 늦은 시각에 여기서 뭘 하는지?" 부르크하르트가 물었다. "여정으로 고된 몸이 쉬어 갈 곳을 찾고 있다면 여기서 쉬었다 가시게. 하느님의 은혜로 두 사람을 환영합니다."

"귀하신 분, 저희가 바란 것 이상으로 친절을 베풀어 주시는군요."

연장자로 보이는 순례자가 말했다. "저희는 여정이 이끄는 대로 고향에서 이 멀리까지 왔습니다. 사랑하는 하느님 아버지와의 약속을 지키기 위해 순례길에 올랐지요. 태양이 이글거리는 한낮에 가파른 산길을 올라야만 했습니다. 젊지만 아직 그런 고난에 익숙하지 않은 형제는 점점 지쳐 갔고, 환한 달빛 덕분에 이 성의 탑을 발견하자 다시금 희망이 살아났답니다. 그리하여 하룻밤 묵어 가기를 청하기로 했지요. 저희는 내일 새벽에 다시 고단한 길을 떠날 예정입니다."

"따라오시오." 부르크하르트가 빠르게 앞서 걸으면서, 곧 하인들에게 일러 대접하겠다고 말했다. 순례자들은 뜻밖의 환대에 기뻐하며 말없이 늙은 기사를 따라 높은 아치형 천장을 올린 홀로 들어섰다. 벽에 매달린 나뭇가지 모양의 촛대에 놓인 가느다란 양초가 제법 기분 좋은 빛을 자아냈는데, 지금의 엄숙한 분위기에 썩 잘 어울렸다.

늙은 기사는 두 순례자의 얼굴을 찬찬히 바라보았는데, 주인의 친절한 접대를 겸손히 받아들이는 젊은이들의 편안한 태도에 더욱더 호감이 갔다. 그들의 인상과 그러한 태도에 매우 감명받은 부르크하르트는, 무의식적으로 그들이 나타나기 전에 떠올렸던 상념 속으로 다시 돌아갔다. 과거의 나날들도 생각났다. 전투나 사냥에서 돌아온 그를 이 홀에서 반가운 미소로 맞이해 주던 사랑스러운 딸. 행복했지만 너무나 짧았던 그 장면들에 이어서 그의 마음을 병들게 한 사건들 역시 떠올랐다. 추억이라기보다 괴로움과 원망의 구실이 되어 버린 시간들.

이내 저녁 식사가 제공되었다. 부르크하르트는 순례자들에게 많은 관심을 보였지만 대화는 시들시들했으므로, 그는 또다시 우울한 생각에 사로잡혔다. 아마도 젊은 손님들은 주인이자 은인에 대한 존중심에서, 또는 예의를 차리고자 입을 다문 듯했다. 그러나 저녁 식사를 마친 뒤 오래 익은 포도주가 남작의 기운을 북돋워 주었고, 나이 있는 순례자 역시 보다 대담해졌다. 마침내 그들을 얽어맨 족쇄가 풀린 것이다.

"귀하신 분, 실례를 무릅쓰고 말씀드리겠습니다. 생판 남에겐 이토록 너그러이 즐거움을 베푸시면서, 정작 본인께선 슬픈 구경꾼 같으시군요. 슬픔의 이유를 알려고 하는 것 자체가 주제넘은 짓임을 잘 압니다. 하지만 이렇게 넓고 훌륭한 저택에서 깊은 슬픔에 잠긴 채 홀로 사시는 이유가 뭔지 여쭤보고자 합니다. 단지 공연한 호기심 때문만은 아닙니다. 가난한 형제들에게 필요한 것을 나눠 주시는, 그토록 너그러운 손을 가지신 분의 근심을 저희가 혹시 덜어 드릴 수 있지 않을까 해서 말씀드립니다!"

"배려는 고맙네, 선량한 순례자여." 늙은 귀족이 말했다. "하지만 이승을 사막으로 만들고, 고독히 영원한 휴식을 취해야 하는 곳으로 나를 잽싸게 데려가는 슬픔에 관해 이야기해 준들 무슨 소용이 있겠나? 파묻고 잊어버려야 할 일들을 다시금 떠올리는 고통을 내게 주지 마시게. 자네 인생은 아직 봄이야. 과거의 어리석은 행동이나 돌이킬 수 없이 잃어버린 기쁨의 불협화음이 울려 퍼지는 슬픈 기억 따윈 없겠지. 이글거리는 분노의 악마 같은 꾐에 넘어가서 올바른 길을 벗어난, 천륜을 갈가리 찢어 버린 치열하고 죄 많은 사람의 이야기를 괜히 들었다간 그 젊음의 햇살마저 어두워질 뿐이야."

부르크하르트는 순례자의 부탁을 외면하려고 했다. 그러나 순례자의 부탁에는 진실하면서도 세심한 설득력이 있었고, 낯선 이의 풍부한 음색은 그의 마음속에 잠든, 아주 오래전의 기억을 일깨워 주었다. 늙은 기사는 진심 어린 다정함을 품고 다가오는 사람에게 오랫동안 닫혀 있던 마음의 문을 열고 싶은, 도저히 거부할 수 없는 충동을 느꼈다.

"그대들의 꾸밈없는 동정에 믿음이 생기는구먼, 젊은 친구들. 내가 왜 슬픈지 알려 드리다. 보다시피 난 여기서 혼자 외롭게 살고 있다네. 그러나 행운의 여신도 한때는 나에게 미소를 지어 주었지. 하늘이 나에게 부와 선물을 후하게 베풀어 주었음을 잘 알았고 말이야. 든든한 병사들 덕분에 나는 적들에게 공포의 대상이 될 수 있었고, 억압받고 무력한 사람들을 지켜 줄 준비가 되어 있었지. 드넓고 비옥한 땅 덕분에 가난한 이들의 부족함을 덜어 주고 모두를 넉넉히 대접해 줄 수 있었다오. 하지만 하늘이 나에게 준, 분에 넘치는 선물 중에서도 가장 소중했던 것은 바로 내 아내였어. 아내는 부자, 가난한 사람, 가릴 것 없이 모두가 숭배할 정도로 깊은 덕을 갖춘 사람이었지. 이미 천사였기에 이 더러운 세상에 어울리지 않았던 탓일까, 하늘은 아내를 너무 일찍 데려가 버렸어! 우리가 행복하게 지낸 일 년은 너무도 짧았지.

아내를 잃은 슬픔과 고통은 이루 말할 수 없었고, 머지않아 그녀를 뒤따라가더라도 이상하지 않을 터였지만 나에겐 아내가 남기고 간 딸이 있었지. 나는 사랑하는 딸을 위해 아픔을 이겨 내려고 노력했어. 모든 관심, 모든 희망, 모든 행복을 딸에게 쏟아부었고, 딸은 크면 클수록 제 엄마를 닮아 갔지. 딸아이의 표정과 몸짓 하나하나가 나의 사랑스러운 아그네스를 생각나게 했다네. 제 엄마의 아름다움을 그대로 물려받은 이다가 제 엄마의 곧은 성품까지도 그대로 물려받았기를 나는 바랐어.

돌이킬 수 없는 상실감으로 인해 공허함을 느꼈지만 또다시 결혼한다는 생각 자체가 내게는 불경스러운 일처럼 느껴졌지. 솔직히 재혼을 단 한 번도 생각해 보지 않은 건 아니야. 그러나 딸아이를 바라보는 순간, 그런 생각은 온데간데없이 사라졌어. 딸이 내 희생을 전부 보상해 주리라는 애틋한 확신과 희망으로 나는 더욱이 딸만을 바라보게 되었다네. 아아! 그런데 그 희망은 모래 위에 쌓아 올린 덧없는 성(城)일 뿐이었지. 그저 망상에 불과했던 그 꿈을 생각하면 지금까지도 고통스럽다네.

이다는 아플 때나 건강할 때나 애정 어린 배려로 옆에서 이 아비를 지켜보며, 온갖 근심 걱정을 다 사라지게 해 주었지. 내 소망이 이루어진 것만 같았어. 아아! 하지만 딸아이의 넘치는 사랑과 배려는, 마치 파멸을 노리고 유혹하는 뱀처럼 결국 내 두 눈을 멀게 했지.

(수치스럽게도) 나와 베디슈빌[62]의 영주 루페르트 사이엔 갈등이 많았고 앙갚음해 주기도 했지만 오랫동안 죽도록 증오하는 사이였어. 사소한 사건이 걷잡을 수 없을 만큼 커지고 말았지. 그는 더 이상 내게 도전할 수 없게 되자, 복수를 위해 강철보다 훨씬 강력한 수단을 찾아내기에 이르렀다네.

사회의 평화를 지켜야 할 자가 오히려 저 부유하고 막강한 폭군 체링겐[63]의 베르히톨트 공작을 이 고원 마을로 불러들였어. 그는 주민들의 양과 소를 빼앗고, 아내와 딸들을 모욕했지. 마을 남자들은 불만을 품었지만 용기만 있을 뿐 전투에 익숙하지 않았으므로, 무작정 폭군한테 저항할 수 없음을 깨닫고 즉시 나에게 도움을 청했네. 나는 조금도 지체하지 않고 용감한 병사들을 규합해, 폭군을 무찌르고자 길을 나섰지. 혹독

---

62 오늘날 스위스 취리히 지역에 해당한다.
63 오늘날 독일 슈바벤 지방과 바덴뷔르템베르크주, 스위스 일부 지역을 다스리던 가문이다.

하고 기나긴 투쟁 끝에 신께서 우리를 축복하셨고, 마침내 승리를 거머쥘 수 있었어.

그런데 내가 성으로 돌아가려는 날 아침, 공작이 즉시 면담을 요청해 왔다더군. 나는 곧바로 그를 만나러 갔고, 베르히톨트는 미소 지은 채 다가와서 화해의 표시로 손을 내밀었지. 나는 허심탄회하게 그 손을 잡았다네. 그렇게 공공연하고 우호적인 모습 아래에 거짓이 숨어 있으리라고는 전혀 상상하지 못했으니까. 그가 말하길,

'친구여, 이젠 이렇게 불러야겠지요. 이 싸움에서 당신이 보여 준 용기는 정말 존경스럽습니다. 물론 내가 이 고원의 건방진 주민들과 대립한 데엔 다 정당한 이유가 있었음을, 지금 이 자리에서 모조리 설명할 수 있지만 말입니다. 비록 당신이 이겼지만, 이 부당한 싸움이 그 불한당의 오해로 시작되었음엔 의심의 여지가 없습니다. 그럼에도 나는 태생적으로 갈등을 싫어하니, 우리가 적이라는 생각을 기꺼이 버리고, 최소한 내 쪽에선 절대로 깨뜨릴 일 없을 우정을 시작하지요. 이제 같은 군인끼리 불신하지 않는다는 징표로, 나와 함께 내 성으로 갑시다. 거기서 지난날의 좋지 않은 기억은 다 날려 버립시다.'

난 그의 끈질긴 요구를 연신 거부했어. 집을 떠난 지 벌써 일 년이 넘은 데다, 더 늦으면 딸아이가 걱정하리라 생각하니 조바심이 나서 도저히 지체할 수 없더군. 그러나 공작은 누가 보아도 친절하고 정중한 태도로 계속 부탁했고, 나도 더는 거절할 수 없었다네.

공작은 열렬한 환대와 사려 깊은 태도로 나를 대접해 주었어. 하지만 정직한 사람은 감언이설이 넘쳐 나는 궁궐보다

차라리 고달픈 전쟁터 한복판이 더 편하다는 사실을 이내 깨달았지. 궁전에선 말과 몸짓으로 상대방을 환영하지만 혀는 결코 심장의 전령사가 될 수 없거든. 왜냐하면 끊임없는 질투와 시기가 사람의 마음을 좀먹기 때문이야. 또 겉치레를 모르는 나의 투박한 태도가 공작의 궁전을 가득 채운, 향수와 향유를 바른 무의미한 자들의 흥미를 만족시켜 주고 있음을 깨달았어. 저 생명체들이 똥 더미에서 햇빛을 받고 부화하는 벌레 떼처럼 그저 살아 있을 뿐이라고, 오로지 공작을 위해 존재하는 것들일 뿐이라고 생각하니 그나마 분노가 가라앉았더군.

마지못해 며칠 동안 공작의 손님으로서 그곳에 묵어야 했지. 그러던 어느 날, 요란한 의전을 받으며 특별한 손님이 도착했어. 바로 내 원수인 베디슈빌의 루페르트였지. 공작은 대단히 공손하고 극진한 태도로 그를 맞이하더군. 일부러 나를 뒷전에 제쳐 두고, 여봐란듯이 내 원수를 훨씬 정성스레 대접하고 있다는 생각이 몇 번이나 들었지. 난 솔직하지만 거만한 성격이다 보니 그런 푸대접을 당최 용납할 수 없었어. 게다가 죽이고 싶을 정도로 증오하는 상대와 함께 술을 마신다면 위선자가 따로 없지 않겠나? 그래서 그만 돌아가기로 결심하고, 공작에게 작별 인사를 건넸지. 공작은 떠나겠다는 내 말에 매우 괴로운 표정을 짓더군. 그러더니 돌연 이러는 이유가 뭔지 말해 달라고 간곡히 부탁했지. 나는, 원수에게 보여 준 공작의 지나친 호의 때문이라고 솔직하게 털어놓았다네.

'정말 진심으로 가슴이 아픕니다.' 공작이 몹시 슬퍼하며 말했지. '나의 친구, 용맹한 운슈푼넨의 친구가 그토록 나를 부당하고 비열한 사람이라고 생각하다니! 나는 조금도 당신을 푸대접하지 않았습니다. 당신을 생각하는 내 마음이 진심임을 알아주세요. 당신의 원수가 내 궁전을 방문한 것은 결코 우연이 아닙니다. 그가 이곳에 온 이유는, 내가 존경해 마지않는 두 사람을 꼭 화해시키고 싶었기 때문입니다. 두 분은 우리가 사랑하는 이 나라를 빛내 주는 귀하고도 훌륭한 분들이니까요. 그러니……' 공작은 내 손과 우리의 대화 도중에 끼어든 루페루트의 손을 잡았네. '내가 두 사람을 화해시키고, 오랜 불화를 종식시키는 기쁨을 누리게 해 주세요. 우리 모두가 가진 신성한 믿음에 걸맞은 요청이니 부디 거부하지 말아 주시길. 내가 평화의 사절단으로서 두 분에게 제안하는 바입니다. 그럼, 우리에게 하늘의 축복을 가져다줄 화해의 서약을 맺으면 어떨까요? 미인이라고 소문이 자자한 당신의 사랑스러운 딸과, 거짓 없이 말씀드리건대 응당 따님의 상대로 어울리는 성품을 갖춘 루페르트 경의 하나뿐인 아들의 결혼을 허락해 주시지요.'

그 말을 듣는 순간 온몸의 피가 끓어오르고, 분노에 사로잡혀서 목이 메일 지경이었네.

'뭐라고 하셨소? 내가 왜 그런 희생을 하리라 생각하시오? 내 소중한 보물을 내어 주고, 사랑스러운 이다의 품위를 떨어뜨리는 일을? 그 아이의 성스러운 어미를 걸고 맹세하건대, 내 딸을 저자의 아들과 결혼시키느니 차라리 수녀원에 보내겠소! 아니, 저런 인간 말종 집안에게 순수함을 잃느니, 차라리 내 앞에서 죽는 편이 더 낫지!'

'공작 전하 앞에서 나를 이다지도 망신시키다니!' 루페르트가 격노하여 소리쳤네. '즉각 책임져야 마땅하지만 내가 앞으로 당신을 지켜보겠소. 내 복수를 피하려면 당신은 인간을 초월해야 할 거요.'

'루페르트 경의 말이 맞습니다, 운슈푼넨의 영주여. 당신은 너무 경솔하군요. 분노에 이성이 흐려진 겁니다. 장담하건대, 나의 호의적인 제안을 경멸하며 거절한다면 평생 후회하게 될 거요.'

'공작님, 내가 경솔하게 보일 수도 있습니다. 감히 대공의 궁전에서 옳은 말을 곧이곧대로 하는 나를, 어쩌면 몹시 대담하다고 여기실 수도 있습니다. 하지만 내 혀더러 마음에도 없는 말을 하라고 강요할 순 없습니다. 나의 노골적일 만큼 정직한 태도가 공작님의 심기를 불편하게 해 드린 것 같으니, 허락해 주신다면 인제 그만 내 성으로 돌아가 보겠습니다. 집을 떠나온 지 너무 오래되었답니다.'

'아무렴, 당연히 허락해 드려야지.' 공작은 거만하게 대꾸한 뒤 냉담하게 휙 돌아섰지.

나는 불러온 말 위에 올라탔고, 최대한 침착하게 달렸어. 저 머나먼 나의 성으로 출발하고 나니, 마음이 한결 편안해졌지.

공작의 궁전을 출발한 지 이틀째 되는 날, 그리 멀지 않은 곳에서 내 영지의 산이 보이더군. 그 산에서 불어오는 순수한 바람을 맞으니, 힘이 두 배로 샘솟는 것 같았어. 그러나 단 하나뿐인 보물, 내 사랑스러운 딸을 생각하면, 걱정 많은 아비로서는 앞으로 남은 길이 두 배는 멀게 느껴졌지. 그런데 돌연 성 바로 앞의 길모퉁이에 다다랐을 때, 길이 좀 더 남았기를 바랐다오. 기쁨과 희망 그리고 근심이 거의 질식할 듯 밀려들었기 때문이야. '이제 곧 좋든 나쁘든 진실을 알 수 있겠지.'라고 생각했네.

성이 완전히 모습을 드러낸 순간, 모든 건 평화로워 보였어. 내가 떠났을 때와 아무것도 달라지지 않은 듯했네. 당장 말을 박차고 성문으로 다가갔는데, 놀랍게도 온통 고요하고 텅 비어 있었어. 하인들도, 농민들도, 개미 새끼 한 마리조차 보이지 않았지. 마치 성안의 모든 이들이 잠자는 듯 말이야.

'맙소사! 왜 이토록 조용하단 말인가? 혹시 사랑스러운 내 딸이 죽은 것인가?'

감히 종을 울릴 용기조차 나지 않았어. 세 차례 종을 울리고 싶었지만 혹시 끔찍한 진실이 기다리고 있을까 봐 두려워서 연신 망설였다네.

말 한 마디, 신호 하나가 졸지에 나를 영영 딸을 잃은 아비로, 세상천지에 홀로 남겨진 비참한 아비로 만들까 봐! 자식을 둔 아버지만이 그러한 고통을 완전히 이해할 수 있을 거요! 오직 자식을 둔 아버지만이 그 같은 감정을 설명할 수 있을 거요!

그때 갑자기 나의 충실한 개가 달려오더군. 그놈이 요란하게 짖고 비벼 대면서 집으로 돌아온 나를 반겨 주는 바람에 겨우 정신이 들었소. 그 소리를 듣고 나온 늙은 문지기가 곧바로 문을 열어 주더군. 서둘러 다가와서 나를 맞이하는 그를, 반가워하는 그 얼굴을 바라보는 순간, 갑작스레 고통스러운 기억이 스쳐 지나가고 있음을 바로 알아차렸다네. 재빨리 말에서 내려, 복도로 들어갔어. 항상 가장 먼저 주인을 맞이해 주는 나의 충실한 집사 윌프레드를 제외하고, 하인들 모두가 전부 나와 있더군.

'내 딸은 지금 어디 있는가? 성의 여주인은 어디 있어?' 내가 다급하게 소리쳤네. '딸이 무사하다고 말하거라!'

그때 충실한 윌프레드가 나타나더니 내 앞에 무릎을 꿇었네. 그의 주름진 뺨에 눈물이 흘렀고, 내 손을 꼭 쥔 채 머뭇거리며 말했지. 따님은 살아 계시지만 성을 떠났다고.

'빨리 더 말해 보거라, 윌프레드.' 난 다급한 나머지 그의 말을 가로막았지. '그게 무슨 말이냐? 딸이 살아 있는데, 그러니까 이다가 무사한데 여기에 없다니. 내가 없는 동안에, 너를 포함해 내 가신들이, 비겁하게도, 이 성에서 가장 소중한 보물을 약탈당했단 말이냐? 말하거라! 똑바로 말해! 명령이다!'

'사랑하는 주인님, 이 소식을 전하는 저 역시 주인님만큼이나 슬프답니다. 아가씨는 베디슈빌 경의 아들 콘라트와 혼인하기 위해 성을 떠났습니다.'

'루페르트 경의 아들? 내 딸 이다가, 다른 누구도 아닌 내 영혼이 증오하는 자의 아들과 결혼을 한다고?'

밑도 끝도 없는 거대한 분노가 밀려왔네. 지옥의 고통에 온몸의 피가 거꾸로 솟구치는 것 같았어. 광기 어린 분노에 휩싸여서 사랑하는 딸에게까지 저주를 퍼부었지! 그렇다네, 순례자여, 나는 그토록 애지중지하던 딸에게마저 저주를 퍼부었다오. 내 삶의 기쁨인 딸아이한테 말이오. 내가 딸에게 저주를 퍼부었다는 사실을 한시도 잊은 적이 없다네! 여태껏 주체할 수 없는 이 비통한 눈물은, 내가 그 끔찍한 행동을 얼마나 뉘우치고 있는지 말해 줄 뿐이오!

나는 이를 갈며 적들에게 저주를 퍼부었고, 복수를 맹세했네. 거대한 분노 탓에 가까스로 남아 있던 모든 기운이 소진되었는지, 난 곧장 하인들의 품으로 쓰러졌어. 다시 눈을 떠 보니 내 침실이었고, 윌프레드가 곁을 지키고 있었지. 그사이 무슨 일이 있었는지 똑바로 기억해 내기까지 제법 시간이 걸렸소. 마침내 정신이 맑아졌을 때, 세상의 모든 악행과 불행이

나를 짓누르고 혀에 족쇄를 채웠음을 깨달았지. 나도 모르게 딸의 초상화가 걸린 방으로 시선이 옮겨졌어. 충실한 집사, 늙은 윌프레드가 아직 초상화를 치우지 않았더군. 그걸 치우면 내가 더 화를 낼 것 같았는지 말이야. 그래도 마치 우연인 양, 그 앞에 갑옷을 놓아서 초상화를 가렸더군.

수일이 지나서야 딸이 무슨 연유로 떠났는지 자세한 내용을 들을 수 있었네. 분명 내 슬픔이 자네들을 붙잡고 늘어질 테니 간단하게만 말하리다. 내 딸은 워낙 미인이라고 소문이 자자했고, 베디슈빌의 콘라트는 혈기 왕성한 나이에 걸맞게 호기심 많은 청년이었던 터라 오래전부터 이다를 보고 싶어 했는데 계속 헛수고한 모양이야. 그러다 마침내 절호의 기회가 찾아온 거지. 근처 수도원으로 미사를 드리러 가는 이다를 발견한 거요. 그는 이다를 보자마자 사랑에 빠졌어. 이다는 신성한 일을 하러 가는 길이었지만, 그 청년은 아랑곳하지 않고 말을 걸었지. 그놈은 이다처럼 순진무구한 소녀의 관심을 끄는 방법을 잘 알고 있었어! 아아! 달콤한 아첨으로 단번에 순수한 이다의 마음을 얻어 낸 거야.

이다는 이 아비에게 무한한 애정을 가진 아이였다네. 이 아비를 위해서라면 기꺼이 목숨까지 바칠 정도로 말이야. 그러나 사랑에 빠진 여자는 마음속의 엄격한 손님들을 재빨리 쫓아내는 법이지. 이성과 의무라는 손님들을! 딸아이는 그에게 홀딱 반해서, 그놈과 결혼하려고 베디슈빌로 떠난 거요. 그놈은 참으로 교활하고 음흉한 말로 내 딸을 설득했을 테지. 내가 돌아오기 전에 일을 벌이면 어차피 돌이킬 수 없으니, 내가 마지못해 두 사람을 용서하고 결혼마저 허락하리라고. 역시나 그놈은 교활하게도, 만약 우리 둘이 결혼한다면 베디슈빌과 운슈푼넨의 갈등은 자연스레 해소되고, 이다는 죽음보다 더한 증오를 없앤 평화의 중재자로 영원히 남으리라고 설득했더군. 내 순진한 딸은 그 음흉한 궤변에 넘어가서 사랑하는 아버지를 배신하고, 심지어 원수의 아들과 결혼하기로 마음먹은 거요."

부르크하르트는 다시금 고통스러운 기억을 떠올리자니 아무래도 감당하기 힘든 듯했다. 잠시 뒤에야 겨우 마음을 추스르고 이야기를 이어 갔다.

"그때 내 마음속에선 오로지 복수심만이 불타오를 뿐이었다오. 그 밖의 다른 모든 감정들은 복수심에 아예 으스러져 버렸지. 나는 즉시 병사들과 함께, 극악무도한 도적을 벌할 준비를 시작했네. 하지만 끝내 그런 만족감, 그놈을 응징하는 기쁨은 얻지 못했다오.(지금 생각하면 신께 감사할 일이지만.) 이윽고 체링겐 공작이 내게 마지막으로 건넸던 말을 다시 상기시켜 줄 만한 빌미를 마련해 주었거든. 공작은 대규모 병사를 내 원수의 편에 붙였고, 갑자기 그 강력한 군대가 내 땅으로 쳐들어온 거야. 치열하게 싸웠지만, 수적으로 상대가 되지 않았어. 내 용감한 병사들은 그 승산 없는 싸움을 끝까지 이어 갔을 테지만, 난 더 이상 피를 본다면 무모한 짓일 뿐이라고 판단했으므로 적들에게 승리를 내주었네. 그리고 나는 깊은 치욕감을 안은 채, 살아남은 충성스러운 병사들과 함께 물러났어. 그 뒤로 줄곧 이 성안에 처박혀 있었네. 분노와 배신감이 너무 큰 나머지, 딸과 화해할 일말의 가능성조차 모조리 차단해 버렸다오. 그토록 수치스러운 일을, 전부 딸 때문에 당했다고 생각하니 도무지 견딜 수 없더군. 결국 모두에게 내 앞에서 절대 딸의 이름을 입에 올리지 말라고 명령했지.

그렇게 세월이 흘러갔소. 그동안 딸아이의 소식을 전혀 모르다가, 아주 우연히 남편과 함께 이 나라를 떠났다는 사실을 알게 되었다네. 딸이 떠난 지 벌써 이십 년이 넘었다오. 나에게는 너무도 긴 시간이었지. 시간이 흐르면서 차츰 내 잘못을 깨닫고 뉘우치게 되었고, 분노와 복수심도 흐릿해졌어. 이제야 가엾은 딸의 소식을 백방으로 알아보았지만 흔적조차 찾을 수 없었지. 그렇게 아내도 잃고, 딸도 잃고, 그저 슬픔만 가득한 노인으로 살아왔다네. 그나마 현명하신 하늘의 섭리에 복종하는 법을 배울 수 있었지. 신께서 금지한 사악한 분노를 품고 뉘우치지도 않았으니, 난 그런 일을 당해 마땅했네. 오! 사랑하는 내 딸을 얼마나 보고 싶어 했던가! 이 시들고 병든 가슴으로 얼마나 내 딸을 껴안고 싶어 했던가! 뜨거운 후회의 눈물을 흘리며, 분노에 눈이 멀어서 딸에게 매일 퍼부었던 저주를 다시 주워 담았다네. 지금도 쉬지 않고 기도한다오. 딸에게 지독한 저주를 퍼부었던 기억을 잊게 해 달라고, 혹시 그럴 수 없다면, 그때 내뱉은 저주를 내가 받게 해 달라고, 사랑하는 딸에겐 가장 귀한 축복만을 내려 달라고! 하지만 신께서 내 불경함을 벌하고자, 사악한 복수심에 젖어서 퍼부은 악담을 이뤄 주셨을지도 모른다는 생각이 끊임없이 나를 괴롭힌다네. 그런 생각만 하면 온몸의 피가 얼어붙는 것만 같아.

꿈에서 자주 사랑하는 딸을 본다네. 하지만 딸은 항상 슬픈 표정이야. 그토록 무정하게 자신을 끊어 낸 아비를 원망이라도 하듯이 항상 슬픔에 잠긴 얼굴이지. 어쩌면 딸은 벌써 오래전에 죽었을지도 몰라. 만약 살아 있다면 틀림없이 한때 자신을 몹시도 아꼈던 아버지의 사랑을 되찾고자 했을 테니까. 사실 처음에 딸은 내게 용서받으려고 애썼다네. 나중에야 알게 된 사실이지만, 제발 나를 만나게 해 달라고 성문 앞에서 무릎을 꿇고 애원까지 했다더군.

그러나 평소에 내가 워낙 단호하게 일러둔 데다, 윌프레드가 죽은 뒤 새로 온 집사는 무척 고집스러운 사람이라 딸의 마지막 간청마저 잔인하게 외면하고 말았다네. 아아! 세상 그 어떤 아버지보다 나는 내 딸을 사랑했어. 겨울이면 찬바람에 감기라도 걸릴까 봐, 또 여름이면 더위라도 먹을까 봐, 늘 노심초사하며 한시도 눈을 떼지 않고 키웠다네. 혹여 아프기라도 하면 어미의 손길보다 더 헌신적으로 밤새 곁을 지켰건만! 사랑하는 아내 아그네스가 그 야속하게 짧았던 인생 동안, 우리에게 남긴 하나뿐인 자식인데. 그런 딸이 제집에서 문전박대를 당하다니! 모두를 환영하고, 걸인조차 편히 쉬게 해 주는 내 집에서 말일세! 딸이 '살아 있다'고 알려 주는 사람이 있다면 뭐든지 다 주련만, 그 어디에서도 딸의 소식을 들을 수 없구려. 아, 내가 이성의 목소리에 귀를 기울였더라면, 야만적이고 포악한 감정에 휩쓸리지 않았더라면, 지금 이 순간, 딸은 물론이고 손주들과도 함께 행복한 노년을 보냈을 테지. 그리고 내가 삶의 마지막을 맞이했을 때, 바로 그들이 내 눈을 부드럽게 감겨 주고 진심으로 슬퍼하면서 내 영혼의 영원한 안식을 빌었을 거야. 그 진실한 기도가 매일 하늘에 닿았을 테지.

순례자들이여, 이제 내 슬픔의 이유를 알았겠지. 그대들이 그렇게 슬피 우는 모습을 보니, 이 쓸쓸한 노인을 진정으로 가엾게 여기는 모양이구먼. 앞으로 기도할 때마다 나와 내 슬픔을 기억해 주시게. 당신들이 찾아가는 성지에 도착해서 무릎을 꿇었을 때, 이 늙은이의 슬픔을 잊지 말아 주시오."

두 순례자 가운데 나이 많은 쪽이 뭐라 대답하려고 했지만 허사였다. 감정이 북받쳐서 말이 나오지 않았던 것이다. 그는 부르크하르트의 발치에 무릎을 꿇고, 순례자의 옷을 벗어 던지더니 힘겹게 소리쳤다.

"저는 이다의 아들입니다! 저보다 어린 동행자는 이다의 딸이고요! 여기 당신 앞에 무릎 꿇고 있는 저희가, 바로 당신이 그토록 애통해하며 그리워하던 딸의 자식들입니다. 저희는 할아버지께 용서를 구하려고, 또 사랑을 구하기 위해서 왔습니다. 내치실까 봐 두려웠는데, 하느님께서 할아버지의 마음을 누그러뜨려 주셨군요. 이제 저희가 미약하나마 할아버지의 슬픔을 달래 드리고, 말년을 더 밝고 즐겁게 보내실 수 있도록 돕겠습니다."

부르크하르트는 깜짝 놀라서 그들을 뚫어지게 바라보았다. 마치 아름다운 환영이 눈앞에서 어른거리는 듯했다. 숨이라도 한번 내쉬었다가 그대로 사라져 버릴까 봐 두려울 정도였다. 환영이 아님을 확신한 순간, 그는 폭풍 같은 감정에 압도되어 자기 앞에 무릎 꿇고 있는 첫째 순례자의 목덜미 쪽으로 쓰러지고 말았다. 순례자는 여동생의 도움을 받아 재빨리 노인을 일으켜 세웠고, 남매가 함께 부축하자 부르크하르트는 이내 정신을 되찾았다. 그는, 걱정스럽고도 다정한 얼굴로 자신을 들여다보는 젊은 순례자를 마주하자, 과거에 잃어버린 딸 이다라고 착각했다. 마침내 죽음이 세상의 모든 고통을 거두어 갔고, 하늘이 새로운 시야를 열어 주었다고 생각했다.

"위대하신 하느님!" 그가 외쳤다. "저는 당신의 자비를 받을 자격이 없습니다! 그런 저에게 이토록 엄청난 자비를 베풀어 주시다니요!" 그는 잠시 말을 멈추고, 순례자들을 끌어안았다. "뭐라고 말씀하실지 다 압니다. 지금 제가 얼마나 기쁜지 아시겠지요. 너희들은 사랑스러운 이다의 자식이 분명하구나. 자, 말해다오, 네 어미는 죽었느냐? 아니면 아직 내게 딸을 다시 한 번 품을 수 있는 희망이 남아 있는 것이냐?"

첫째 순례자 헤르만은, 어머니가 이 년 전에 자신의 품에서 세상을 떠났다고 말했다. 그녀의 마지막 기도는, 모쪼록 신께서 자신이 아버지에게 준 상처를 용서하시고, 자식들이 똑같은 실수를 저지르지 않도록 해 달라는 것이었다. 그리고 아버지는 훨씬 오래전에 세상을 떠났다고 덧붙였다.

헤르만이 품속에 넣어 둔, 봉인된 작은 꾸러미를 꺼냈다. "어머니가 돌아가시기 전에, 이걸 꼭 할아버지에게 전해 달라고 부탁하셨습니다. 어머니는 말씀하셨지요. '아들아, 내가 죽거든, 그리고 만약 나의 아버지가 아직 살아 계시거든 그분 앞에 무릎을 꿇고 제발 이 편지를 읽어 달라고 부탁드리거라. 확답을 받기 전까지 절대로 일어나면 안 된다. 내가 참회하고 있음을 아버지께서 알아주신다면 저주를 취소하실 거고, 그래야 내 아버지가 한때 사랑했던 이 이다가 편히 잠들 수 있을 테니까. 어린 네 눈에도 이 어미가 얼마나 괴로워했는지 말씀드리거라. 아들아, 나의 아버지께서 지칠 때까지 애원하거라. 용서받기 전까지 절대로 포기하면 안 된다.'

짐작하시겠지만 저는 무슨 일이 있어도 어머니의 마지막 부탁을 들어 드리기로 다짐했습니다. 그래서 너무나도 사랑하는 어머니를 잃은 슬픔이 조금이나마 사그라들었을 때, 저는 여동생과 함께 순례자의 옷을 입고 할아버지의 성에 찾아가기로 했습니다. 할아버지가 여전히 노여워하시고, 어머니의 편지를 읽지 않겠다고 하시면 언제까지고 천천히 할아버지의 마음을 열기 위해 노력할 작정이었습니다."

"다 하느님의 축복이구나, 얘야." 부르크하르트가 말했다. "하느님께서 불모지의 바위에 샘을 만드시듯 한때 메마른 돌덩이 같았던 내 마음에서도 또다시 사랑과 회개의 물줄기가 흘러나오게 해 주시다니! 더는 지체하지 말고 네 어머니가 남긴 이 슬픈 편지를 읽어야겠구나. 너희도 들어 주길 바란다. 네 어머니의 과오와 입장을 모두 들을 수 있을 것이다."

부르크하르트는 한동안 두 손으로 얼굴을 가리고 북받쳐 오르는 감정을 진정시키고자 애썼다. 마침내 그는 봉인된 편지를 열고, 큰 소리로 읽기 시작했다. 이따금 목소리가 흔들렸다.

"사랑하는 아버지—아직도 이렇게 불러도 될까요?—서글픈 제 삶이 얼마 남지 않은 것 같아요. 기력이 완전히 쇠하기 전에 마지막으로 이 편지를 남깁니다. 당신께서 한때 그토록 사랑했던 딸을 부디 가엾게 여겨 주시길, 그리고 그 딸의 마음을 너무도 무겁게 짓눌러 온 저주를 취소해 주시길 간곡히 부탁드립니다. 아버지, 저는 아버지가 생각하시듯 그렇게 악랄한 죄인은 아니랍니다. 저는 모든 의무와 은혜를 저버리고, 세상 어느 누구보다 큰 사랑을 베풀어 주신 홀아버지를 외롭게 남겨 둔 채 원수의 아들과 결혼했습니다. 하지만 아버지가 모든 사실을 알게 되시면 틀림없이 저를 용서해 주시리라고 생각합니다. 한평생, 그러기를 간절히 바랐어요. 아버지가 응당 반대하실 걸 알고 서둘러 저지른 일이었으니까요. 아버지는 분명 저를 사랑하시듯 제 남편도 사랑해 주시겠죠. 또 훗날 태어날 아이가 아버지에게 행복과 위안을 가져다주리라고 믿어 의심하지 않습니다. 제가 아버지의 마음을 영원히 아프게 하리라고는 전혀 생각하지 못했어요. 제가 잘못했지만 그 땐 어려서 철이 없었고, 남편의 끈질긴 구애가 있었다는 점 역시 부디 고려해 주세요.

아버지가 저에게 끔찍한 저주를 퍼부었고, 다시는 제 이름을 입에 올리지조차 말라고 명령하셨다는 이야기를 들은 순간, 제 마음속엔 영원토록 지워지지 않는 상흔이 남았답니다. 마치 하늘이 저를 내버리고, 영영 존속 살인자로 낙인찍기로 결정한 것 같았으니까요! 뇌와 심장에 불이 붙고, 온몸의 피는 얼어붙는 듯했습니다. 죽음의 냉기가 팔다리에 스며들었고, 혀는 말하기를 거부했지요. 울고 싶었지만 이미 눈물샘도 다 말라 버린 뒤였어요.

얼마나 오랫동안 그런 상태로 지냈는지 모르겠어요. 며칠 동안 의식 불명이었으니까요. 다시 깨어났을 때 몹시 비참했으므로, 당장이라도 아버지에게 달려가서 무릎을 꿇고 용서를 구하고 싶었답니다. 그러나 좀체 거동할 수 없었고, 얼마 뒤에는 제가 보냈던 편지가 봉해진 상태 그대로 되돌아왔다는 사실마저 알게 되었습니다. 남편도 아버지를 만나 뵙고자 노력했지만 아무 소용이 없었다고 말해 주었지요.

기력을 충분히 회복한 뒤에, 제가 직접 성으로 찾아갔습니다. 그러나 불운하게도 성문을 통과하자마자 아주 고약한 사람을 맞닥뜨렸고, 그 사람은 저를 알지 못하더군요. 그는 저에게 절대로 주인님을 만날 수 없다고 경고했어요. 기도도 하고, 간청도 해 보았죠. 맨바닥에 무릎까지 꿇었건만, 그는 끝끝내 제 말을 들어주지 않았고 도로 성문 밖으로 내쳤지요. 그러고는 저를 들여보내 준 문지기를 제가 보는 앞에서 해고해 버렸답니다. 그 문지기 역시 저처럼, 죽을 때까지 성안으로는 두 번 다시 들어가지 못했답니다. 그 어떤 노력도 소용없고, 저 때문에 늙은 하인 몇 명이 쫓겨났다는 소식까지 들려오니 제 마음은 완전히 무너져 내렸습니다. 그리하여 결국 완전히 포기하게 되었지요.

(제가 이 편지를 믿고 맡기는) 아들이 태어난 뒤, 고맙게도 남편은 제 우울함을 달래 주기 위해 모든 노력을 다했답니다. 이탈리아에 물려받은 재산이 꽤 있었던 남편은, 그 호의적이고 아름다운 나라로 떠나자고 저를 설득했어요. 하지만 사랑하는 남편 콘라트도, 이탈리아의 밝은 햇살과 평화로운 산들바람도 제 마음속 깊이 뿌리박힌 슬픔을 없애 주지는 못했어요. 이탈리아조차, 소나무가 빽빽이 들어선 산에 둘러싸인 고향보다 매력적이지 않다는 사실을 곧 알게 되었죠.

로마에 도착하고 얼마 지나지 않아서 딸을 낳았어요. 그리고 또 얼마 뒤에 사랑스러운 남편을 잃고 말았습니다. 제 고통은 이루 말할 수 없을 정도였지요. 그런데 다행이라고 해야 할지, 갓난아기를 돌보느라 정신없이 바빴기에 어느 정도 아픔을 잊을 수 있었습니다. 하지만 감당하기 어려운 깊은 슬픔은 그대로 남아 있었지요. 가령 아픈 아이들을 돌볼 때마다 그 어떤 아버지보다 내게 큰 사랑을 베풀어 주신 아버지가 떠올라서 얼마나 사무치게 후회했는지, 아마 하늘만이 아실 거예요!

저는 너무나 오랜 세월 동안, 고통스러운 감정과 싸웠습니다. 제발 오래 살게 해 달라고 신께 자주 기도했지요. 아이들에게 하느님의 거룩한 사랑과 두려움을 가르치고, 제 어미의 잘못 역시 속죄하도록 일러 주고 싶었거든요. 하느님께서는 자비롭게도 제 기도에 응답해 주셨습니다. 제 간절한 부탁을 들어주셨어요. 친애하는 아버지, 당신께서 이 아이들에게 사랑을 베풀어 주신다면, 제가 당신께 용서받고자 평화의 중재자 두 사람을 키워 냈다는 사실을 깨닫게 되실 거예요. 당신의 딸이 두려운 하늘의 심판을 앞두고 잘못을 고백할 때, 아마 아버지의 저주가 제 앞을 가로막겠지요. 그러니 가엾은 이다가 이렇게 죄를 뉘우치고 있음을 알아주시고, 부디 그 모진 저주를 취소해 주세요! 아버지, 제가 영원한 안식을 취할 수 있도록, 천사 같은 자비를, 축복을 보내 주세요. 안녕히 계세요, 아버지. 영원히 안녕! 지금 제가 달뜬 입술로 입맞춤하는 십자가 옆에서, 그 십자가에 못 박힌 채 한없이 자비로우신 그분 곁에서, 당신의 딸, 한때 당신이 무척이나 사랑했던 이다가 이렇게 간곡히 부탁드립니다. 제발 제 부탁을 들어주세요!"

"딸아! 내 딸아!" 부르크하르트는 편지를 떨어뜨리며 흐느꼈다. "가슴 깊은 곳에서 우러나오는 진심으로 너를 용서하마! 하느님께서도 나를 용서해 주시길! 후회막심한 이 아비는 너를 꼭 끌어안고, 네게 사랑한다고 말해 주고, 네 슬픈 눈물을 닦아 주고 싶을 뿐이다! 네 사랑스러운 모습을 기억하며, 그 기억을 내 목숨보다 소중히 지킬 것이다."

다음 날, 부르크하르트는 온종일 방 안에 있었다. 지난밤의 충격적인 여파로, 충분한 휴식이 필요했다. 제롬 신부만이 그의 방을 출입할 수 있었다. 그다음 날 아침, 노인은 헤르만과 손녀 이다가 초조하게 기다리고 있는 홀로 향했다. 그의 창백한 얼굴엔 아직도 혼란스러운 감정의 흔적이 남아 있었다. 하지만 그는 손주들에게 애정을 가득 담아서 입을 맞추었고, 미소 띤 얼굴로 손녀 이다의 목에 묵직한 금목걸이를 걸어 주었다. 열쇠가 가득 달린 목걸이였다.

"성의 여주인께 그에 걸맞은 권위를 드려야지." 부르크하르트가 말했다. "잠깐! 문지기의 경종이 울리는구나. 보아하니 이른 시간부터 여주인을 찾아온 손님이 있는 모양이로군. 누구지?" 그가 바깥을 내다보며 말을 이었다. "성 후베르투스와 함께 용감하고 멋진 기사가 오고 있군. 당연히 환영이지, 우리 여주인께서 허락하신다면 말이야. 빌리발트, 무엇을 가져왔느냐? 성 안셀무스 수도원장의 편지로구나. 무슨 내용이지?"

"황제의 전쟁을 마치고 집으로 돌아가는 길에 당신의 성에 들르는 젊은 기사를 반갑게 맞이해 주시리라고 믿습니다. 내가 아주 잘 아는 기사로, 당신의 환대를 받을 만한 자격이 충분한 사람임을 보증하지요. 재물이 보내는 황금 미소에 연연하지 않는 자이니, 마음껏 친절을 베푸셔도 됩니다."

"그럼, 그래야지. 물욕에 휘둘리지 않는 자라면 더더욱 환영이야. 당장 들이거라, 빌리발트."

집사는 서둘러 그 낯선 기사를 홀 안으로 데려왔다. 그 기사는 겸손하면서도 대장부다운 분위기를 풍기며 들어왔다. 나이는 스물다섯 살 정도로 보였고, 아가씨들이 꿈에서라도 그려 볼 법한 멋진 외모를 가지고 있었다.

"기사여." 부르크하르트가 그의 손을 다정하게 잡으며 말했다. "내 성에 온 것을 환영하네. 대접할 게 변변하지 않지만 몸의 상처와 고단한 전장을 잊게 해 드리겠소. 이런, 깜빡했구먼, 성의 여주인을 소개해 드리지요." 나이 든 기사가 손녀 이다를 소개했다. "우리 아가씨의 얼굴이 붉어지며 미소 짓는 모습을 보니 두 사람은 구면인 것 같군. 내 추측이 맞나?"

"예, 만난 적이 있습니다, 할아버지." 손녀 이다가 말했다. 그녀는 깜짝 놀라면서도 과거의 인연을 여태 기억하고 있음을 유쾌하게 인정했다. "뮌헨의 성 우르술라 수녀원의 원장실에서 보았답니다. 소중한 친구를 만나려고 가끔 그곳을 방문했거든요."

"그곳 수녀원장님이 바로 제 친척입니다." 젊은 기사가 말했다. "행운의 여신이, 수녀원에서 저 숙녀분을 여러 차례 마주치는 행복을 제게 선사했지요. 그런데 변덕스러운 행운의 여신이 또다시 이 떠돌이에게, 심지어 산속에서 그 같은 행운을 누릴 기회를 주실 줄은 생각도 못 했습니다."

"운이 좋은 건 우리도 마찬가지인 듯하네. 실례일지 모르겠지만 이름을 물어야겠군. 이름을 들은 뒤엔, 쓸모없고 지루한 의례 따윈 건너뛰고, 이 성의 여주인과 함께 자네를 진심으로 환영해 주고 싶네." 부르크하르트가 말했다.

이방인이 대답했다. "제 이름은 발터 데 블룸펠트입니다. 보잘것없지만 단 한 번도 더럽힌 적 없는 이름입니다. 제가 이 이름을 받았듯이, 영광스럽게 이 이름을 물려줄 수 있도록 신의 축복이 있기를 바랄 뿐입니다."

몇 주일, 몇 달이 흘렀다. 발터 데 블룸펠트는 여전히 운슈푼넨 영주의 손님이었다. 그는 나날이 더 훌륭해지는 미덕과 성품으로 부르크하르트의 마음을 사로잡았다. 과거의 잘못을 깨달은 뒤, 이제 늙은 기사는 긍정적인 감정들을 한결 편하게 받아들였다. 종종 눈물을 글썽이며 얘기하곤 했다. 지난날, 자신의 과오 탓에 멀어진 모든 사람들을 진정으로 용서했으며, 또한 진심으로 그들에게 용서를 구하고 싶다고.

어느 날, 그러한 이야기를 다시금 털어놓았다. "과거에 원수진 체링겐 공작을 다시 만날 수 있다면 진실로 반가워하며 끌어안고, 친구로 받아들일 텐데. 그런데 그는 이미 조상들 곁에 묻혔다고 하지. 그가 가문의 명예를 이어 갈 후손을 남겼는진 모르겠구나."

부르크하르트는 발터가 떠나겠다고 청할 때마다 갖가지 핑계로 붙잡아 두었다. 그 젊은 손님이 떠나 버리면, 최근에 가닿은 행운의 고리가 끊길 것만 같았기 때문이다. 헤르만 역시 발터를 친형제처럼 아꼈다. 손녀 이다도 그를 남매처럼 사랑한다고 여겼다. 물론 스스로가 내심 냉정한 이성으로 무엇을 숨기려 하는지 분명히 알았지만 말이다. 운슈푼넨의 영주는, 발터와 이다 사이의 감정이 점점 깊어져 가고 있음을 진즉 알아차렸지만 부를 탐하지 않는 청년이었기에 그 사실이 전혀 불쾌하지 않았다. 게다가 성 안셀무스 수도원장은 늘 발터를 칭찬했고, 실제로 그 역시 칭찬에 부합하는 모습을 보여 주었기에, 늙은 기사는 그 청년을 귀하게 여겼다. 어느 날 저녁, 그는 손주들을 처음 만났던 나무 우거진 길을 걷다가 약간 떨어진 곳에서 이야기를 나누는 이다와 발터의 모습을 보았다. 부르크하르트는 이다의 관심이 온통 젊은 기사에게 집중되어 있음을 쉬이 알 수 있었다. 그가 크게 헛기침을 해도 손녀는 전혀 알아차리지 못했고, 거의 고함을 치더라도 듣지 못할 정도였다.

"발터, 그거 아는가? 예전에 성지로 향하던 두 명의 순례자가 이 길 아래에서 나에게 다가오더니 말을 걸었다네. 내 죄와 외로움에 연민을 느낀 순례자들은, 더 위대한 관용을 베풀기 위해 성지 순례를 포기했지. 그 뒤로 줄곧 이 늙고 무력한 할아비를 다정하게 보살펴 주고 있다네. 사랑스러운 두 순례자 중 한 명은 이제 내 집을 떠나, 라이히트펠트 남작의 아름다운 딸을 배우자로 삼아 인생의 순례길에 오르게 되었지. 그런데 나머지 순례자 한 사람은 이 늙고 재미없는 할아비와 홀로 남게 되었어. 용맹한 기사여, 자네는 이처럼 이치에 어긋난 일을 그냥 두고만 볼 텐가, 아니면 굽이지고 예측할 수 없는 삶의 여로에 홀로 남은 순례자를 인도해 줄 텐가? 자네가 그렇게 겸손한 자세로 자신을 낮추는 모습으로 보나, 뺨을 물들인 빛깔로 보나, 이 늙은이가 뭘 모르는 소리를 하는 건 아닌 듯하구먼. 젊은 기사여, 나의 이다는 성녀가 아니기에 배우자가 필요하다오. 자네가 계속 헌신적으로 밀어붙인다면 혼사는 틀림없이 성사될 것이네. 그럼, 우리 순례자님의 의견은 어떤가? 순례자님은 이제 젊은 기사의 인도와 봉사를 받겠는가?"

그 순간 이다는 쓰러지듯 휘청거리며 부르크하르트의 목을 끌어안았다. 그들이 오래오래 행복하게 살았는지, 아니면 불행하게 살았는지를 굳이 알아볼 필요는 없을 것이다. 헤르만이 라이히트펠트 남작의 사위가 된 날, 이다는 발터 데 블룸펠트의 아내가 되었다는 이야기만으로도 충분하리라.

운슈푼넨의 행복한 주민들이 느끼기에, 여섯 달이라는 시간은 빠르게 지나갔다. 부르크하르트는 다시 젊어진 듯 보일 정도였다. 발터가 이다의 생일을 자신들이 가장 좋아하는 휴양지에서 보내겠다고 제안했을 때, 이 일을 가장 적극적으로 준비한 사람은 다름 아닌 부르크하르트였다. 발터와 이다가 바란 곳은, 아름다운 초원이었다. 앞쪽엔 맑은 시냇물이 굽이굽이 흐르고, 뒤쪽으로는 동그란 빈터를 둘러싼 나무들이 계단식으로 서 있었다. 그 무성하고 윤기가 흐르는 풀밭 위로, 널찍하게 뻗은 나뭇가지들이 시원한 그늘을 드리웠다.

부르크하르트는 손녀 이다 부부와 함께, 이 아름다운 휴양지로 여행을 떠났다. 그곳에서 무더운 한낮을 보내고 있는데, 발터가 황제의 궁전에서 겪은 일과 웅장한 마상 시합에 대해 이야기하기 시작했다. 그러고는 자신의 신부를 바라보았다.

"궁전이 아무리 장관이었다 한들 무슨 소용이 있을까, 나의 이다, 지금 이 평화로운 계곡에 함께 있으니 얼마나 행복한지! 왕자들도, 공작들도, 그들의 궁궐도, 그들의 나라도 전혀 부럽지 않소, 나의 이다, 당신 생각은 어떤가요? 궁정의 허례허식이나 거만한 왕족은 생각만 해도 진절머리가 나지 않소? 공작 부인의 화려한 보석관조차 당신 머리에 얹힌 붉은 장미 화환에 비하면 한없이 초라하답니다."

"자기는 참 다정하기도 하지요." 이다가 소리 내어 웃으며 대답했다. "사람들이 말하길, 여자는 마음속으로 허영을 너무나도 사랑하기에 그걸 절대로 싫어할 수 없다고들 하지요. 당신의 아내 역시 한낱 여자일 뿐이라 허영을 싫어하지 않는답니다. 오히려 저는," 이다는 익살스럽게 위엄 있는 척 연기하며 덧붙였다. "제가 아주 멋진 공작 부인이 될 수 있으리라고 생각해요. 보석관을 쓴 아주 우아한 모습으로 말이죠. 발터, 진실하고 용감한 기사인 당신은 제게 약속했지요. 제가 부탁하는 건 뭐든지 다 들어주겠다고. 이렇게 무릎을 꿇고 아주 정중하게 부탁할게요. 당신이 만약 마법의 주문을 알고 있다면, 단 하루 동안만이라도 저를 공주나 공작 부인으로 만들어 주세요. 그러면 제가 과연 품위 있게 행동하는지, 아니면 오만하게 구는지 알 수 있을 거예요. 전혀 까다로운 소원이 아니랍니다. 숲속 마법사의 도움을 받으면 되니까요. 나의 용감한 남편이여, 얼른 대답해 주세요. 당신의 아내는 이 소원이 이루어지기 전까지 결코 일어나지 않을 테니까요."

"이다, 정말 쉽지 않은 소원이군요. 그 소원을 어떻게 이뤄 줄지를 고민하다가 내 머리가 터질 수도 있겠는걸요. 어떡해야 하나, 어떻게 한담." 발터가 재미있다는 듯이 말했다. "아, 방법을 찾았어요! 이리 와 봐요, 내 사랑. 여기 당신의 왕좌에 앉으시지요." 그는 향기로운 야생 백리향과 앙증맞은 실잔대(harebell)가 풍성하게 자라난 언덕 자리에 그녀를 앉혔다.

"제왕들조차 이 향기로운 왕좌를 부러워할 겁니다." 그러고는 발터가 부르크하르트에게도 말했다. "경(卿)도 여왕님 옆에 서세요. 여왕님의 최고 고문관이니까요. 주변에 신하들이 가득하군요. 저 커다란 참나무는 여왕 폐하의 종자이고, 저쪽의 호리호리한 마가목들은 믿음직한 시동들입니다."

"제 소원을 이런 식으로 들어주시다니, 정말 실력이 형편없으시군요, 연극배우님!" 이다가 장난스럽게 실망한 기색을 내비쳤다.

"잠시만 기다려 주세요, 아름다운 아가씨." 발터가 웃으며 말했다. "여왕 폐하의 병사들을 깨우겠습니다."

발터가 옆구리에서 은빛 뿔피리를 꺼내더니 힘차게 불었다. 나팔 소리가 울려 퍼진 뒤, 그는 입술에서 뿔피리를 떼어냈다. 그러자 트럼펫이 신나게 응답했고, 그 소리가 완전히 잦아들기도 전에, 정말로 나무에 생명을 불어넣기라도 한 듯, 숲 한가운데에서 기병 부대가 나타났고, 뒤이어 궁수들이 걸어 나왔다. 병사들이 등장하자마자, 남녀를 불문하고 가장 좋은 옷을 차려입은 수많은 농민들이 모습을 드러냈다. 이다는 깜짝 놀란 나머지 야생화 왕좌에서 일어선 채, 발터의 팔을 꽉 붙잡고 있었다. 그사이 사람들은 기병들, 궁수들과 함께 이다 앞에 재빠르고 질서 정연하게 자리를 잡았다.

돌연 군중이 두 갈래로 갈라지더니, 화려하게 장식한 드레스를 입은 열두 명의 시동들이 걸어 나왔다. 그리고 아름다운 얼굴과 몸매를 지닌 여섯 명의 소녀가 자수를 놓은 쿠션에, 그 어떤 공작 부인이라도 부러워할 만한 두 개의 보석관을 올린 채 뒤따랐다. 이들 뒤쪽에서 성 안셀무스 수도원장이 사제들의 부축을 받으며 걸어왔다. 허리춤에 닿을 만큼 긴 하얀 수염과 칠십 년의 세월을 살아오는 동안 조금도 빛바래지 않은, 밝고 순수한 영혼을 보여 주는 그의 인자한 얼굴은 이다에게 마치 다른 세계의 존재인 양 다가왔다. 이윽고 소녀들은 발터와 그의 아내 앞에 무릎을 꿇더니 보석관을 내밀었다.

거의 숨을 죽인 채 이 경이로운 광경을 지켜보던 이다가 겨우 입을 열었다.

"사랑하는 발터, 이게 다 무슨 일인가요? 이 화려한 풍경은 도대체 무슨 뜻일까요?"

"무슨 뜻이긴! 사랑하는 부인이 내게 공작 부인으로 만들어 달라고 청하지 않았소? 나는 그대의 명령에 순종했을 따름이지요. 인사드립니다, 체링겐 공작 부인!"

군중의 환호성이 숲에 울려 퍼졌다.

"체링겐 공작과 공작 부인 만세!"

발터는, 놀라서 아무런 말도 못 한 채 숨을 헐떡이는 이다를 잠시 흐뭇하게 바라보았다. 그러고는 부르크하르트 쪽으로 고개를 돌렸다. 이다만큼은 아니더라도, 그 역시 깜짝 놀랐을 터였다.

"제게 친아버지 이상으로 소중한 할아버님, 저는 한때 할아버님의 원수였던 체링겐 공작의 아들입니다. 아버지는 수년 전에 이미 선조 곁에 묻히셨고, 단 하나뿐인 아들인 제가 부친의 작위와 재산을 물려받았습니다. 저는 성 우르술라 수녀원에서 이다를 처음 본 순간, 벌써 마음을 완전히 빼앗겼지요. 이다의 출신과 할아버님의 슬픈 사연을 알게 되었을 때, 저는 결심했습니다. 이다의 사랑뿐만 아니라 할아버님의 총애와 인정도 얻어 내고야 말겠다고요. 이다의 손가락에 끼워진 이 반지가, 바로 제가 모든 일을 잘 해냈다는 증거이지요. 조금이나마 위안이 되실지 모르겠지만, 제 아버지는 오랫동안 할아버님께 저지른 잘못을 뉘우치셨습니다. 어떻게든 속죄하기 위해, 아들인 저를 저 훌륭하신 성 안셀무스 수도원장님께 맡기셨지요. 아들이 아버지와 똑같은 실수를 되풀이하지 않길 바라면서요." 발터가 이다를 데리고 수도원장 곁으로 다가갔다. "할아버님, 부디 축복해 주시기를 부탁드립니다. 제가 하늘의 은혜로 영광스럽게 아내로 맞이한 이 여인에게 공작 가문의 휘장을 바치고자 합니다."

발터, 아니, 체링겐 공작과 이다는 수도원장 앞에 무릎을 꿇었고, 그 성스러운 사제는 눈물을 글썽이며 그들에게 신의 축복을 기원했다. 이어서 공작 전하가 일어나더니, 이다의 머리 위에 보석관을 씌워 주며 말했다.

"내가 처음 본 당신은 적갈색 두건을 쓰고 행복한 모습이었지요. 부디 이 빛나는 왕관을 쓰고서도 그때와 같이 늘 행복하기를."

"부디 신께서 저를 도와주시기를!" 이다가 긴장한 표정으로 답했다. "제가 이 왕관을 쓰고서도 겸손할 수 있도록 꼭 도와주시기를. 발터, 왕관 아래에선 가시가 자란다고 하지요."

"그래요, 부인." 공작이 말했다. "그런데 농부의 소박한 모자 아래에서도 가시는 자라난답니다. 하지만 나의 이다는 훌륭한 성품으로 그 모든 가시를 왕관의 가장 빛나는 보석으로 바꿀 테지요."

꿈

> 사랑이 사악하다고 말하는 사람은
> 거짓을 말하는 것이라네.
> — 이탈리아 노래

지금부터 들려줄 짧은 전설은 앙리 4세의 통치가 시작되었을 무렵에 일어난 이야기다. 가톨릭교로 개종한 앙리 4세가 왕위를 물려받은 일은 프랑스에 평화를 가져다주었지만 적대적인 당파들이 서로에게 입힌 깊은 상처를 치유하기에는 역부족이었다. 겉보기에는 분명히 하나가 된 것처럼 보였지만 원한을 품고 서로 치명적인 상처를 입혔던 기억만큼은 결코 잊히지 않았다. 만나면 어쩔 수 없이 호의적인 태도를 보이며 상대의 손을 꽉 잡았지만 일단 손을 놓은 뒤에는 각자 단검 자루로 손이 향했다. 입술에서 나오는 정중한 말보다 본능적인 행동이 그들의 분노를 분명하게 드러내 주었다. 일부 극렬 가톨릭교도들은 다시 먼 지방으로 떠나갔다. 그들은 마음에 품은 불만을 꼭꼭 숨겼지만 언젠가 숨김없이 겉으로 드러낼 수 있게 될 날만을 고대했다.

낭트 지방에서 그리 멀지 않고 루아르강이 내려다보이는 험난하고 가파른 지역에 들어선 거대한 요새 같은 성에 빌뇌브(Villeneuve) 가문의 마지막 핏줄이자 상속녀인 젊고 아름다운 여백작이 살았다. 그녀는 지난해 내내 이 외딴 성에서 철저하게 홀로 있었다. 내전에서 목숨을 잃은 아버지와 두 오라버니를 위해 그녀가 입은 상복은, 궁정에서 열리는 연회에 참석해 사람들과 어울리지 않아도 되는 우아하고도 좋은 핑곗거리가 되어 주었다. 고아가 된 여백작 콩스탕스는 고귀한 이름과 넓은 땅을 물려받았다. 머지않아 그녀의 후견인이 된 왕은 그녀에게 얼른 결혼하여 귀족으로 세상에 태어나 훌륭한 업적을 이룬, 그야말로 자격 충분한 신사에게 재산을 증여했으면 좋겠다는 뜻을 밝혔다.[64] 콩스탕스는 수녀가 되겠다며 곧 수녀원으로 들어가겠다고 답신을 보냈다. 왕은 진심에서 우러나오는 배려로 단호하게 그 선택을 금했다. 지금 너무 슬픔이 큰 탓에 감정적으로 내린 결정이라면서, 조금만 시간이 지나면 젊음의 활기찬 기운이 먹구름을 뚫고 제 모습을 드러낼 것이라고 했다.

일 년이 지났지만 콩스탕스의 생각에는 변함이 없었다. 그토록 아름답고 젊고 막대한 부까지 물려받은 여인이 수녀원에 파묻혀 조용히 살아가려는 이유가 도대체 무엇인지 왕은 소상히 알고 싶었지만 억지로 추궁하고 싶진 않았다. 그러다가 마침내 왕이 뜻을 전해 왔다. 애도 기간은 이제 그만하면 되었고 조만간 성을 방문하겠으니 만나서 직접 이야기를 나눠 본 뒤에도 마음이 바뀌지 않으면, 그때는 바라는 대로 해도 좋다는 것이었다.

콩스탕스는 기나긴 슬픔의 시간을 보냈다. 낮에 눈물을

---

[64] 프랑크 왕국 클로비스 1세 시대에 편찬된 '살리카법'에 따르면, 여성은 작위를 계승하거나 재산을 상속받을 수 없었다.

흘리는 것으로 모자라, 밤에도 가시지 않는 고통으로 잠 못 이룰 때가 많았다. 그동안 그녀는 성문을 꼭꼭 닫아 걸고 일절 손님을 받지 않았고, 『십이야』[65]의 올리비아처럼 평생 혼자 외롭게 눈물 흘리면서 살아가겠다고 맹세했다. 아랫사람들이 아무리 애원하고 때로는 항변해도 주인인 그녀는 그들을 쉽게 침묵시켰고, 마치 슬픔이 애정의 대상이라도 되는 양 꼭 끌어안았다. 하지만 슬픔은 곁에 두기엔 너무 날카롭고 쓰라리고 타는 듯해서 절대로 반가운 손님이 될 수 없었다. 본디 열정적이고 명랑한 성격의 젊은 콩스탕스는 슬픔에 맞서 싸우고, 몸부림을 치면서 그 감정을 말끔히 떨쳐 버리고자 애썼다. 그러나 슬픔과 싸우는 데엔 그 자체로 뿌듯함이 있었고 겉으로는 정당한 일처럼 보였으므로 아무리 발버둥 쳐도 오히려 슬픔은 매번 새로워질 뿐이었다. 그녀는 슬픔의 무게를 인내심으로 겨우 떠받칠 수 있었고, 혹여 굴복하더라도 슬픔은 그녀를 억누를지언정 고문하지는 않았다.

콩스탕스는 성을 나와 근처를 거닐었다. 그곳은 성만큼이나 녹음이 우거지고 탁 트여 있었다. 사방이 벽에 둘러싸여 있고, 정교히 장식된 지붕을 얹은 성안은 그녀를 숨 막히게 했다. 시원스레 펼쳐진 고지대와 오래된 나무들을 보니 행복했던 지난날의 기억이 떠올라, 그녀는 은신처처럼 사방을 감싼 푸르른 자연 속에서 시간 가는 줄도 모르고 오래도록 머물렀다. 나뭇가지를 살살 흔드는 바람과 그 나뭇가지 사이에서 끊임없이 반짝거리는 햇살 때문인지 마음이 진정되었다. 성에

---

[65] 셰익스피어의 희극 작품으로, 극 중의 올리비아도 아버지가 죽고 오빠마저 사고로 잃었다고 생각하여 모든 구혼을 거절한다.

갇혀 있는 내내 너무도 고통스럽고 강렬하게 심장을 움켜쥐고 있었던 슬픔으로부터 조금은 놓여나는 듯했다.

나무가 우거진 성의 커다란 정원 끄트머리에 구석진 공간이 하나 있었다. 앞쪽으로는 드넓은 시골 풍경이 보이지만 그 으슥한 공간은 그늘을 이루는 키 큰 나무들로 촘촘하게 둘러싸여 있었다. 그동안 애써 외면했지만 자신도 모르게 발걸음이 향하는 곳이었다. 오늘도 그녀의 발걸음은 벌써 스무 번이나 그리로 향했다. 그녀는 풀로 뒤덮인 언덕에 앉아, 그 후미진 장소를 푸릇푸릇하게 장식하려고 손수 심은 꽃들을 애석한 표정으로 바라보았다. 그녀에게 그곳은 추억과 사랑의 신전이었다. 그녀는 절망에 사로잡힌 자신에게, 부모와 다름없는 존재인 앙리 왕이 보내온 편지를 들고 있었다. 그녀의 얼굴이 낙담한 표정으로 변했다. 여리디여린 그녀의 심장이 운명에게 물었다. 왜 자신은 이토록 어린 나이에 온 가족을 잃고 혼자가 되어 불행과 싸워야만 하느냐고.

"난 태어나고 자란 아버지의 집에서 마르지 않는 눈물로 사랑하는 사람들의 무덤을 적시며 살아갈 거야. 한때 행복을 꿈꾸었던 이 숲에서, 이제 나는 희망이 완전히 죽어 버렸음을 기념하겠지!"

그때 갑자기 나뭇가지가 부스럭거렸고 그녀의 심장은 빠르게 뛰기 시작했다. 하지만 소리는 곧 잦아들었다.

"바보 같기는!" 그녀가 중얼거렸다. "그가 온 줄 알았지 뭐야. 여기는 우리가 만나던 장소니까. 난 여기 앉아서 그를 기다리곤 했지. 부스럭대는 소리가 들리면 백발백중 사랑스러운 그가 오는 소리였어. 토끼가 움직이는 소리도, 침묵을 깨뜨리는 새소리도 전부 그 사람인 것만 같구나. 아, 가스파르! 한

때 내 사람이었던 당신, 이 사랑스러운 장소는 이제 두 번 다시 당신을 맞이하는 기쁨을 누릴 수 없을 거야. 두 번 다시는!"

또 덤불에서 부스럭거리는 소리가 들리더니 발소리로 이어졌다. 콩스탕스는 일어섰다. 심장이 빠르게 뛰었다. 분명 무례하게도 이제 그만 안으로 들어오라고 간청하러 찾아온 어리석은 시녀 마농일 터였다. 하지만 발소리는 마농의 것보다 훨씬 묵직하고 느렸다. 발소리의 주인공이 그늘에서 나타났다. 콩스탕스는 고통스럽게도 침입자가 누구인지 알아보았다. 달아나야겠다는 생각이 가장 먼저 들었다. 그러나 딱 한 번 그의 얼굴을 보고, 목소리를 듣고, 이렇게 함께 서 있는 것이 무슨 대수이겠는가? 굳은 결심을 되새기기 전에 마지막으로 함께 서서 그동안의 이별로 넓게 벌어진 틈을 메운들 사자(死者)에게 해가 되지는 않으리라. 그러면 그녀의 뺨을 창백하게 물들인 크나큰 슬픔도 누그러질 터였다.

이제 그는 그녀 앞으로 와서 섰다. 서로에 대한 사랑을 영원히 맹세했던 사람. 그도 그녀처럼 슬퍼 보였다. 제발 잠깐만이라도 머물러 달라고 애원하는 듯한 그의 눈빛을 그녀는 외면할 수가 없었다.

"콩스탕스, 당신의 단호한 의지를 꺾겠다는 희망을 품고 온 게 아니오." 젊은 기사가 말했다. "성지(聖地)로 떠나기 전에 마지막으로 그대의 얼굴을 보고 작별 인사를 하러 왔소. 다시는 보지도 못할 나처럼 혐오스러운 인간 때문에 캄캄한 수녀원에서 유폐 생활을 하지 말라고 간청하러 온 거요. 죽건 살건 이제 프랑스와 나는 영원히 이별이니까!"

"그게 사실이라면 정말로 끔찍한 일이에요. 하지만 앙리 왕께서 가장 총애하는 기사를 잃을 일은 절대로 없을 거예요.

당신은 그분께서 왕좌에 오르도록 도왔고, 앞으로도 그분의 왕좌를 지킬 거예요. 나에게는 당신 생각을 꺾을 힘이 없지만, 팔레스타인에는 부디 가지 마세요."

"콩스탕스, 당신의 한마디 말과 한 번의 웃음이 나를 붙잡을 수 있소." 젊은 연인이 그녀 앞에 무릎을 꿇었다. 한때 너무도 다정하고 익숙했지만 이제는 낯선, 금지된 연인의 모습을 보자 그동안 힘들게 굳힌 결심이 떠올랐다.

"다신 여기 오지 마세요! 내 미소도, 말 한마디도 앞으로 절대 당신의 것이 될 수 없어요. 여긴 왜 오셨나요! 죽은 자들의 넋이 아직도 이 그늘진 곳을 떠돌며, 어째서 성스러운 휴식을 방해하는 살인자를 들였느냐고 이 기만적인 소녀를 원망하고 있어요."

"우리의 사랑이 처음 시작되었을 때, 그러니까 당신이 내게 상냥했던 시절, 그대는 이 복잡한 숲을 구석구석 알려 주었지. 이 사랑스러운 장소로 나를 환대하여 맞아 주었소. 오래된 나무들 아래에서 당신이 내 사람이 되겠다고 맹세한 이곳으로."

"그건 몹쓸 죄였어요. 아버지 적의 아들에게 아버지 집의 문을 열어 주다니. 나는 벌받아야 해요!" 콩스탕스가 외쳤다.

젊은 기사는 그녀가 말하는 동안 어느 정도 마음을 다잡았다. 하지만 아직 감히 움직이지는 못했다. 순간 평정을 되찾은 듯 보이는 그녀였지만 그가 조금이라도 움직이면 놀라 곧장 달아날 것처럼 보였다. 그래서 그는 느릿느릿 답했다. "콩스탕스, 두려움과 크나큰 기쁨으로 가득한 행복한 시절이었소. 저녁 시간은 나를 당신의 발치로 데려다주었지. 저쪽 성에는 증오와 복수가 이글거릴지언정 나무가 우거지고 별빛이 내리쬐는 이곳은 사랑의 성소였소."

"행복이라고요? 끔찍한 나날들이었어요!" 콩스탕스의 목소리가 울려 퍼졌다. "의무를 저버리고도 행복할 수 있으리라고 생각하다니, 신의 뜻을 거역하고도 무사하리라고 생각하다니, 내가 어리석었어요. 사랑을 입에 담지 마세요, 가스파르! 피의 바다가 우리 사이를 영원히 갈라놓았으니까요! 더는 저에게 다가오지 마세요! 지금 이 순간에도 사랑하는 가족의 넋이 우리 사이에 서 있답니다. 그들의 창백한 그림자가 제 잘못을 경고하고, 살인자의 말에 귀 기울이는 저를 위협하고 있다고요."

"나는 살인자가 아니오!" 젊은이가 소리쳤다. "잘 봐요, 콩스탕스. 우리는 서로의 가문에 마지막 남은 사람들이오. 죽음은 퍽 잔인해서 우리를 이처럼 홀로 남겨 두었소. 처음 우리가 사랑에 빠졌을 때는 혼자가 아니었지. 부모님과 친척, 형제, 아니, 내 어머니마저 빌뇌브 가문에 저주의 말을 퍼부었소. 하지만 나만은 빌뇌브 가문을 축복했소. 당신, 사랑스러운 당신을 보고 빌뇌브 가문을 축복했지. 평화의 신이 우리 두 사람의 심장에 사랑의 씨앗을 심었고 우리는 수많은 여름밤에 달빛이 비치는 작은 골짜기에서 은밀하게 만났소. 밝은 대낮에는 사람들의 눈에 띄지 않는 이 달콤한 비밀 장소로 왔고. 이곳에서, 지금 내가 무릎 꿇고 애원하는 바로 이곳에서, 우리 함께 무릎 꿇고 사랑의 맹세를 했소. 정녕 그 맹세까지 깨져야 한다는 말이오?"

연인이 회상하는 행복했던 시절의 이야기를 들으며 콩스탕스는 눈물을 흘렸다. "절대! 절대로! 가스파르, 당신도 알겠지만, 모른다면 곧 알게 되겠지만, 그 믿음과 의지는 절대로 당신의 것이 될 수 없는 사람의 몫이에요. 우리가 사랑과 행복을 속삭일 때 주변에서는 전쟁과 증오, 유혈이 무섭게 난무하지 않았던가요? 우리의 젊은 손이 흩뿌린 꽃잎은 필사적인 적대감과 죽음에 짓밟혔죠. 내 아버지는 당신 아버지의 손에 죽었어요. 또 내 오라버니를…… 당신이 결단코 부정하듯 정말로 당신의 검이 내 오라버니를 죽음에 이르게 했는지 아닌지 진실을 알아봤자 별로 이로울 것도 없겠지요. 어쨌든 당신이 오라버니를 죽게 한 자들의 편에서 싸운 것만큼은 사실이니까요. 더는 말하지 마세요. 한마디도 하지 마세요. 당신의 말을 듣는 것 자체가 아직 영면에 들지 못한 넋들에게 불경스러운 일이니까요. 가세요, 가스파르. 날 잊어요. 기사도 정신 넘치는 용맹한 왕 아래에서 당신은 승승장구할 것이고, 한때 내가 그랬듯이 아름다운 여인이 당신의 맹세를 듣고 행복해할 거예요. 안녕! 당신에게 성모 마리아의 가호가 있기를! 나는 수녀원의 골방에서도 적을 위해 기도하라는 신의 가장 큰 가르침을 결코 잊지 않을 거예요. 안녕, 가스파르!"

콩스탕스는 이렇게 말하고 그들이 서 있던 나무 그늘을 뛰쳐나가 커다란 보폭으로 작은 빈터를 이리저리 가로지르며 성으로 향했다. 그녀는 아무도 없는 자기 방에 도착해서야 여린 가슴을 쥐어뜯는 슬픔을 폭풍처럼 토해 냈다. 그것은 세상에서 가장 끔찍한 슬픔이었다. 과거의 기쁨을 더럽히고, 행복한 기억을 후회하게 하고, 살아 있는 육신과 시체를 한데 동여매는 공포스러운 폭군의 나라처럼 사랑과 근거 없는 죄책감을 연결하는 슬픔이었다. 그때 불현듯 떠오르는 생각이 있었다. 처음에는 바보 같은 생각이고 미신일 뿐이라고 치부했지만 그래도 떨칠 수 없었다. 콩스탕스는 다급하게 시녀를 불렀다. "마농, '성녀 카타리나의 침상'에서 자 본 적 있어?"[66]

마농이 성호를 그었다. "에구머니나! 제가 태어난 이후로 단 한 명도 없었어요. 거기에 가 본 사람은 딱 두 명인데 한 명은 루아르강으로 떨어져서 죽었고, 또 한 명은 좁디좁은 침상을 쳐다보기만 하고 한마디 말도 없이 집으로 돌아갔대요. 거긴 끔찍한 장소예요. 선하고 독실한 삶을 살지 않은 사람이라면 누구든 그 성스러운 바위에 머리를 대는 순간 화를 당한대요!"

콩스탕스도 성호를 그었다. "사람 목숨은 신과 축복받은 성자들만이 의롭게 처분해 주실 수 있어. 나, 내일 밤에 그곳에서 잘 거야!"

"맙소사, 아가씨! 내일은 폐하가 오시는 날이잖아요."

"그래서 난 더더욱 굳게 마음을 먹어야 해. 치료제도 없는 이토록 커다란 불행은 누구의 가슴에도 자리해선 안 돼. 난 내가 우리 집안에 평화를 가져다줄 수 있기를 바랐어. 내가 가시면류관을 쓴다면 좋은 일이 아닐까? 하늘이 내게 길을 알려 주실 거야. 내일 '성녀 카타리나의 침상'에서 잘 거야. 거기에서 자면 성녀께서 꿈에 나타나 답을 주신다잖아. 정말로 성녀께서 나를 인도해 주실 거야. 하늘의 뜻에 따른다는 믿음이 있다면, 아무리 최악의 상황이라도 받아들일 수 있을 것 같아."

한편 파리에서 낭트로 출발한 왕은, 그날 밤 콩스탕스의 성으로부터 몇 킬로미터 떨어진 곳에서 묵었다. 새벽이 밝아오기 전에 한 젊은 기사가 왕의 처소를 찾았다. 기사는 심각

---

[66] 알렉산드리아의 카타리나는 4세기 무렵 이집트 알렉산드리아에서 순교한 성인으로, 백년전쟁을 프랑스의 승리로 이끈 잔 다르크에게 환시로 나타나 그 소명을 일깨워 준 인물이기도 하다.

한, 아니 슬픈 표정이었다. 미남에 늠름한 생김새였지만 여행에 지치고 초췌해 보였다. 그가 왕 앞에 말없이 섰다. 기민하고 유쾌한 왕은 생기 넘치는 파란 눈을 손님에게 향하고 부드럽게 운을 뗐다. "그래, 콩스탕스가 여전히 완강하다고, 가스파르?"

"그녀는 저희 두 사람이 불행을 짊어져야 한다는 생각을 고수하고 있습니다. 아! 저의 왕이시여, 자신의 행복을 희생하려는 콩스탕스의 모습에 제 행복도 무너지고 가슴이 찢어집니다."

"우리가 용맹한 기사인 자네를 주선해 주더라도 그녀가 계속 거절할 것 같으냐?"

"폐하, 제발 그런 생각은 거두어 주시옵소서! 불가능합니다. 그렇게 너그러운 마음으로 신경을 써 주셔서 뭐라 감사드려야 할지 모르겠습니다. 하지만 연인인 제가 아무리 간청한들 과거의 기억과 은둔 생활로 피폐해진 그녀의 마음을 돌릴 순 없습니다. 그녀는 폐하의 명령이라 해도 거부할 것입니다. 수녀원에 들어가기로 이미 마음을 굳혔습니다. 폐하, 간청드리오니 이제는 제가 떠나는 것을 부디 허락해 주십시오. 저는 앞으로 십자가의 병사입니다."

"가스파르." 왕이 말했다. "나는 여자에 대해 너보다 잘 안다. 콩스탕스의 마음은 굴복이나 애처로운 눈물로는 얻을 수 없어. 가족의 죽음이 그 어린 여백작의 가슴에 무겁게 들어앉았으니 혼자 있으면 후회와 안타까움이 차츰 커질 수밖에 없다. 그녀는 너희 두 사람이 하나 되는 것을 하늘이 허락하지 않는다고 여기고 있어. 세상의 목소리가 그녀에게 닿아야 한다. 세속의 힘과 친절함이 깃든 목소리, 위엄 있으면서도 애절한 목소리. 그 두 가지가 그녀의 마음을 움직일 수 있어. 내가 성스러운 십자가로 맹세하노니, 그러면 그녀는 네 사람이 될 것이다. 우리 계획을 앞으로도 계속 추진하자꾸나. 자, 이제 말을 타고 가거라. 해가 뜨고 아침이 밝았구나."

왕은 주교 관저에 도착하자마자 미사에 참례하기 위해 대성당으로 갔다. 호화로운 만찬이 이어졌다. 오후에 왕은 루아르강 가의 도시를 지나, 낭트보다 약간 위쪽에 자리한 빌뇌브 성으로 향했다. 젊은 여백작이 문에서 그를 맞이했다. 왕은 그녀가 분명히 고통으로 헬쑥하리라는 생각에 콩스탕스의 뺨을 바라보았다. 그녀의 얼굴이 근심과 절망으로 가득하다는 말도 이미 전해 들은 터였다. 하지만 막상 살펴본 그녀의 얼굴에는 홍조가 돌았고 움직임에는 생기가 넘쳤으며 목소리도 낭랑했다. '이제 가스파르를 사랑하지 않거나 벌써 마음의 안식을 찾은 게로구나.' 왕은 생각했다.

왕을 위해 간단한 식사가 준비되었다. 왕은 약간 망설였지만 콩스탕스의 밝은 모습에 더욱 궁금증이 동했으므로 가스파르의 이름을 입에 올렸다. 콩스탕스는 얼굴이 창백해지기는커녕 붉어지더니 매우 빠르게 답했다. "폐하, 내일까지만 시간을 주십시오. 내일 이후로 전부 확실하게 결판날 겁니다. 수녀가 되어 평생 하느님을 섬길지 아니면……."

그녀는 혼란스러운 표정이 되었다. 왕은 놀라는 동시에 기뻐하면서 말했다. "그렇다면 너는 젊은 드 보드몽을 싫어하는 게 아니로구나. 그의 몸에 흐르는 적의 피를 용서하는 게야."

"우리는 적을 용서하고 사랑해야 한다고 배우지요." 콩스탕스가 약간 떨면서 답했다.

"성 드니께서 들으면 수련 수녀의 올바른 답이라고 반가워 하겠구나." 왕이 웃으며 말했다. "허허, 변장한 내 충직한 시종 아폴로, 이리 나와서 이 아가씨의 사랑에 감사하도록 하라."

지금까지 변장한 모습으로 정체를 숨긴 채 뒤쪽에 서 있던 가스파르는 콩스탕스의 처신과 침착한 표정을 그저 놀란 얼굴로 바라보고 있었다. 그녀의 말소리는 들리지 않았지만 바로 전날 저녁에 보았던, 사시나무처럼 떨면서 눈물을 흘리던 그녀가 정녕 맞단 말인가? 모순되는 마음 사이에서 괴로워하던 그녀가 맞는가? 목숨보다 사랑하는 연인과 자기 사이에 아버지와 오라버니들의 창백한 유령이 서 있다고 말하던 그녀가? 아무래도 풀기 어려운 수수께끼 같았다. 마침 조바심을 느끼던 차에 왕이 부른 것이었으므로 가스파르는 재빨리 앞으로 나갔다. 그는 그녀 앞에 무릎 꿇었다. 줄곧 침착한 모습을 유지한 채 그 순간에도 여전히 열정적이었던 그녀는 그의 얼굴을 알아보자마자 외마디 비명을 지르며 의식을 잃고 바닥에 쓰러졌다.

도무지 이해할 수 없는 일이었다. 시종들의 간호로 정신이 든 뒤에도 그녀는 다시 발작을 일으켰고 격정적인 눈물을 터뜨렸다. 왕은 다 먹지도 못한 연회장의 음식을 바라보며 기다렸다. 왕은 도무지 예측할 수 없는 여자들에 관한 사랑 노래를 낮은 목소리로 흥얼거리며, 실망과 불안이 드리워진 보드몽의 얼굴을 보고는 뭐라 말해야 할지 몰랐다. 마침내 콩스탕스의 시녀장이 와서 사과의 말을 전했다. "아가씨께서 매우 아프십니다. 아가씨께서는 내일 폐하의 발치에 무릎 꿇고 용서를 구한 뒤 앞으로의 계획을 말씀드릴 것입니다."

"내일이라, 또 내일이군! 내일이 도대체 무슨 날이기에 그러느냐?" 왕이 물었다. "수수께끼를 좀 풀어 주지 않겠냐, 아리따운 아가씨여! 내일 다 판가름이 난다니, 도대체 내일 무슨 기이한 일이 있기에 그러느냐?"

마농은 붉어진 얼굴로 바닥을 내려다보며 망설였다. 하지만 왕은 시녀들이 여주인의 비밀을 실토하도록 유도하는 데에 도가 튼 사람이었다. 처음부터 콩스탕스의 계획에 경악했고 여전히 완강하게 반대하는 마농이라 좀 더 수월하게 털어놓을 수 있었다. 콩스탕스가 깊고 물살 빠른 루아르강 쪽으로 돌출된 비좁은 암붕(岩棚), 일명 '성녀 카타리나의 침상'에서 밤을 보내기로 했음을. 보통 운 없는 사람들과 달리 꿈을 꾸다가 낭떠러지 아래로 추락하는 일을 피할 수 있다고 해도, 그렇게 불편한 상태에서 꾼 꿈을 하늘의 뜻으로 받아들인다니, 왕이 생각하기에 보통 여성이라면 도저히 떠올릴 수 없는 광기 어린 짓이었다. 하지만 아름다운 외모 못지않게 지성을 겸비한 콩스탕스, 심지가 굳고 재능이 뛰어나다는 칭찬이 자자한 콩스탕스라면 그처럼 이상한 충동에 빠질 수도 있었다! 고통이 사람에게 그토록 기묘한 영향을 끼칠 수 있을까? 죽음 앞에서는 모든 영혼의 계급이 평등해지듯 고통은 귀족이건 평민이건, 현명한 자건 아둔한 자건 하나로 속박할 수 있는 것일까? 이상한 일이었음에도 콩스탕스는 반드시 마음먹은 대로 하겠다는 의지가 확고했다. 오히려 결심을 망설이는 것이 그녀에게는 더 힘든 일이었다. 이제는 성녀 카타리나가 심술을 부리지 않기를 바라는 수밖에 없었다. 만약 그녀가 짓궂은 장난을 친다면 꿈에 의해 좌우될 선택은, 깨어 있는 정신에 영향을 받을 수도 있었다. 그것 말고 물리적인 위험에 대비해 보호 장비도 함께 가져가야 했다.

양심의 지시와 모순되는 강력한 충동을 만족시키고자 돌진하는 인간의 연약한 마음을 침범하는 감정보다 더 끔찍한 것은 없다. 금지된 쾌락일수록 선뜻 따르게 된다고들 말한다. 저속한 품성을 지닌 사람, 투쟁과 다툼을 좋아하는 사람, 싸움에서 행복을 찾고 격노의 갈등에서 기쁨을 찾는 사람이라면 그럴지도 모른다. 하지만 콩스탕스는 좀 더 부드럽고 상냥한 기질을 지녔다. 극심한 고통에 시달리는 그녀의 가엾은 심장에서는 사랑과 의무가 격투했다. 깊은 신앙심에서 영감을 얻은 행동에 순종하는 것, 신앙심이 아니라 미신이라고 할 수도 있지만, 어쨌든 그것은 축복 어린 안도감을 주는 일이었다. 장차 시도하려는 일에 매우 큰 위험이 따른다는 사실은 되레 콩스탕스에게 열정을 불어넣었다. 사랑하는 사람을 위해 용기 내는 것은 행복한 일이었다. 무척 힘든 과업이지만 자신의 바람이 이루어질 수 있다고 생각하니, 콩스탕스는 사랑으로 충만해지는 동시에 절망적인 생각도 잠시나마 잊을 수 있었다. 위험에 처하거나 죽을 수도 있지만 그런 부담은 사소하게만 느껴졌다. 어차피 꿈에서 행복을 희생하라고 계시한다면 영원히 고통을 짊어지고 살아야 할 테니까.

날이 저물자 폭풍이 닥칠 조짐이 보였다. 거센 바람에 여닫이창이 마구 흔들리고 나무들은 환상적인 춤을 추는 거인이나 싸움을 벌이는 인간들처럼 시커멓고 거대한 팔을 마구 휘저었다. 콩스탕스와 마농은 호위해 주는 사람도 없이 단둘이서 뒷문으로 성을 빠져나가 비탈길을 내려가기 시작했다. 달은 아직 뜨지 않았다. 두 사람 모두에게 익숙한 길이었지만 마농은 몸을 떨고 휘청거렸다. 반면 비단 망토로 몸을 감싼 콩스탕스는 단호한 발걸음으로 비탈진 언덕을 내려갔다. 두 사람은 이내 강가에 이르렀다. 작은 배가 밧줄에 매여 있고 뱃사공이 기다리고 있었다. 콩스탕스는 가볍게 배에 올랐고 두려워하는 마농을 도와주었다. 잠시 후 그들은 강의 한가운데에 와 있었다. 따뜻하고 거세고 활기찬 바람이 휘몰아쳤다. 가족을 잃고 슬픔에 잠긴 뒤 처음으로 콩스탕스의 가슴에 황홀한 기쁨이 샘솟았다. 그녀는 그 감정을 갑절의 기쁨으로 환영했다. 문득 그녀는 가스파르처럼 용감하고 너그럽고 선하고 고귀한 사람에 대한 사랑을 하늘이 금지할 리 없다고 생각했다. '가스파르가 아니라면 누군들 절대로 사랑할 수 없어. 그와 갈라진다면 난 죽고 말 거야. 빛나고 생기 넘치는 내 심장과 팔다리는 일찍 무덤으로 들어갈 운명을 타고났을까? 그럴 리 없어! 이 안에서 이렇게 강한 생명력이 고동치는걸. 나는 살아서 사랑할 거야.' 세상의 모든 만물이 사랑을 하지 않는가? 바람은 거센 강물에 사랑의 말을 속삭이고, 강물은 꽃으로 덮인 강둑에 닿으며 입을 맞추고 바다와 하나가 되기 위해 빠르게 나아가지 않는가? 하늘과 땅도 사랑으로 지속되고 살아간다. 콩스탕스의 가슴에 진정한 사랑이 솟아나고 그것으로 흘러넘치는 깊은 샘이 자리하는데, 세상에서 오직 그녀만이 돌덩이로 그 물줄기를 영원히 틀어막고 혼자 살아가야 하는가?

기분 좋은 꿈을 꾸듯 그녀는 생각에 빠져들었다. 신에 관한 맹목적인 구전 설화에 익숙한 콩스탕스이기에 그런 생각에 쉽게 빠지는지도 몰랐다. 그녀가 한참 부드러운 감정에 젖어 있을 때 마농이 그녀의 팔을 잡으며 소리쳤다. "아가씨, 보세요. 저 배가 움직이는데, 노 젓는 소리가 나지 않아요. 성모 마리아님, 저희를 지켜 주세요! 집으로 보내 주세요!"

시커먼 배가 옆을 미끄러지듯 지났다. 칠흑 같은 망토를 두른 네 명의 뱃사공이 노를 당기는데도 마농의 말처럼 소리가 나지 않았다. 배의 키 쪽에 또 한 사람이 앉아 있었다. 그는 나머지와 마찬가지로 까만 망토로 몸을 감쌌지만 모자는 쓰지 않았다. 얼굴을 돌리고 있었지만 콩스탕스는 그가 자신의 연인임을 한번에 알아보았다. "가스파르, 정말 당신인가요?" 그녀가 크게 소리쳤다. 하지만 그는 고개를 돌리지도, 대답을 하지도 않았다. 배는 곧 어둑한 강물 사이로 모습을 감추었다.

지금까지 기분 좋던 몽상이 단번에 바뀌었다! 콩스탕스는 부릅뜬 눈으로 정신을 똑바로 차리고 어둠 속을 바라보았다. 하지만 벌써 하늘이 이상한 힘을 부리기 시작했는지, 주변에서 기이한 형체들이 나타났다. 조금 전에 공포감을 안겨 준 배는 시야에서 사라졌지만 또 다른 배가 있는 것 같았다. 죽은 자들의 넋이 담긴 배였다. 아버지가 강가에서 그녀를 손짓해 부르고 오라버니들은 찌푸린 얼굴로 응시하고 있었다.

어느덧 배를 대는 곳에 가까워졌다. 배가 오목하게 들어간 강기슭에 정박하자 콩스탕스는 강둑에 섰다. 비로소 몸이 떨리기 시작했고 제발 그냥 돌아가자는 마농의 애원에 절반쯤 굴복할 뻔했다. 그런데 마농이 어리석게도 왕과 가스파르의 이름을 언급하면서 내일 답을 주기로 했다는 말을 하는 것이었다. 콩스탕스는 만약 지금 돌아간다면 무슨 답을 해 줄 수 있을까, 생각했다.

그녀는 무너진 강둑을 서둘러 올라갔다. 끄트머리를 따라 계속 걸어가자 갑자기 물살 위로 늘어뜨려진 듯 보이는 언덕이 나왔고, 근처에 있는 작은 예배당이 눈에 들어왔다. 콩스탕스는 떨리는 손으로 열쇠를 꺼내 예배당의 문을 열었다. 그들은 안으로 들어갔다. 바람에 깜박거리는 작은 등불이 성녀 카타리나의 조각상 앞에서 불안하게 타오르는 것을 제외하면 내부는 온통 어두웠다. 두 여인은 무릎을 꿇고 기도했다. 콩스탕스는 다시 일어서면서 쾌활한 어조로 시녀에게 잘 자라고 인사했다. 그리고 작은 철문을 열었다. 문이 열리자 좁은 동굴이 나왔다. 저쪽에서 요란한 물소리가 들렸다. "마농, 넌 따라오면 안 돼. 따라오고 싶지도 않겠지만. 이 모험은 나 혼자서 해야 하는 거야." 콩스탕스가 말했다.

희망과 두려움, 사랑과 슬픔에 사로잡힌 것은 아니었다. 그저 벌벌 떨기만 하는 시녀를 예배당에 혼자 내버려 두고 가는 일이 가혹하게 느껴졌을 따름이다. 하지만 당시 기사의 종자나 시녀 들은 군대의 하급 장교 같은 역할을 할 때가 많았다. 이를테면 궂은 일을 도맡아 하고도 인정받지는 못하는 존재였다. 마농은 성스러운 땅에서 안전할 것이다. 콩스탕스는 어둠 속에서 좁고 구불구불한 통로를 더듬거리며 나아갔다. 오랫동안 어둠만 가득했으나 마침내 희미한 빛이 그녀를 비추었다. 돌출된 언덕 측면 아래쪽으로 세찬 물살이 굽이치는 동굴 입구에 이르렀다. 그녀는 까만 밤을 바라보았다. 루아르강이 거세게 흐르고 있었다. 강은 처음 속도를 내기 시작한 날 이후로 분명히 변했을 테지만 여전히 거침없었다. 빽빽한 구름이 하늘을 가렸고 나무 사이로 부는 바람은 살인자의 무덤에 불어닥친 폭풍처럼 구슬프고 불길했다. 콩스탕스는 약간 몸을 떨면서 자신이 누울 침상을 바라보았다. 벼랑 맨 끝과 아주 가까이 있는, 흙과 이끼로 뒤덮인 돌이었다. 그녀는 두르고 있던 망토를 벗었다. 꿈을 꾸기 위한 조건 중 하나였다. 머리를 숙여 땋아 내린 짙은 갈색 머리채를 풀고 맨발이 되었다. 차가운 밤기운이 가져다줄 고통을 오롯이 받아들일 준비를 다 마쳤다. 그리고 좁은 자리에 몸을 뉘었다. 간신히 누울 수 있을 정도의 공간이라 그녀가 자는 도중에 뒤척이기라도 하면 저 아래 차가운 물속으로 떨어질 터였다.

처음에는 절대로 잠들 수 없을 것만 같았다. 세찬 바람을 그대로 맞고 있는 데다, 이렇게 위험한 자세로 겨우 누워 있는데 눈꺼풀이 감길 리 없었다. 한참 있다가 그녀는 공상에 빠졌다. 몹시 부드럽고 포근한 느낌이라 밤을 새우고 싶을 정도였다. 그다음에는 점차 감각이 혼란스러워졌다. 지금 그녀는 저 아래에 루아르강의 세찬 물살이 흐르고, 거친 바람이 불어오는 '성녀 카타리나의 침상'에 누워 있다. 이제, 어디로 가야 하지? 성녀님은 어떤 꿈을 보내 주실까? 그녀를 절망으로 내모는 꿈일까, 영원한 축복을 내리는 꿈일까?

한편 바위투성이 언덕 아래, 어두운 강물 위에서 밤을 지새우는 또 한 사람이 있었다. 그에게는 온통 두려움만이 가득할 뿐 실오라기 같은 희망조차 품기가 어려웠다. 그는 콩스탕스보다 이곳에 먼저 도착할 계획이었지만 노 젓는 소리를 내지 않으려다가 시간이 지체되었고, 콩스탕스가 탄 배가 불쑥 나타나자 숨 가쁘게 서둘렀다. 그녀가 원망을 쏟아 내거나 돌아가라고 할까 봐 두려워서 자신을 부르는 목소리에도 돌아보지 않았다. 그는 콩스탕스가 동굴 통로에서 나오는 모습을 보았고, 절벽 너머로 몸을 숙이자 몸을 떨었다. 그녀가 앞쪽으로 발을 내밀었다. 하얀 옷차림의 그녀가 위쪽으로 돌출한 암붕에 눕는 모습이 보였다. 연인의 위태로운 모습을 지켜봐야만 하는 불침번을 서야 하다니 참으로 가혹한 일이었다! 꿈속에서 답을 얻겠다는 생각에 몰두한 그녀를 보자 그의 가슴에선 묘한 감정이 솟구쳤고, 곧 황홀해졌다. 사랑, 그에 대한 사랑이 그녀를 저토록 위험한 침상으로 이끌었다는 사실 때문이었다. 온갖 형태의 위험이 주변을 둘러쌌지만 그녀는 오로지 자기 가슴에 속삭여 줄 작고 조용한 목소리를, 두 사람의 운명을 결정해 줄 꿈을 만나기 위해 살아 있는 것이었다. 그녀는 잠들었는지도 모르지만 그는 두 눈을 부릅뜨고 지켜보았다. 밤이 깊어 갔다. 그는 기도하거나 오락가락하는 희망과 두려움에 도취한 채 배에 앉아 있었다. 눈동자는 저 위쪽에서 잠든 여인의 하얀 옷에 고정되어 있었다.

저 구름 속에서 몸부림치는 것은 아침인가? 그녀를 깨워 줄 아침이 오기는 할까? 그녀는 잠들었을까? 그녀의 꿈속을 가득 채운 것은 기쁨일까, 슬픔일까? 가스파르는 점점 조바심이 나기 시작했다. 그는 뱃사공들에게 계속 기다리라고 지시한 뒤 앞으로 휙 튀어 나갔다. 벼랑으로 올라갈 생각이었다. 뱃사공들이 위험하다고, 아니, 불가능한 일이라고 말렸다. 하지만 가스파르는 비탈진 바위투성이 표면에 매달렸고 도저히 발 디딜 곳 없어 보이는 곳을 타고 올랐다. 실제로 벼랑의 경사는 그리 급하지 않았다. 다만 '성녀 카타리나의 침상'이 위험한 까닭은, 그렇게 협소한 공간에서 자다가는 누구라도 아래쪽 성난 강물에 빠질 수 있기 때문이었다. 가스파르는 비탈진 곳을 연신 힘겹게 올라갔고, 마침내 정상 가까이에서 자라는 나무의 뿌리께에 이르렀다. 그 나뭇가지를 붙잡은 채로 사랑하는 여인의 머리가 누워 있는 암봉 맨 끄트머리 가까이에 가까스로 서 있을 수 있었다. 그녀는 가슴에 두 손을 포갰고, 진한 갈색 머리가 뺨을 지나 목 부분을 덮었다. 그녀의 얼굴은 매우 평화로웠다. 순수하고도 무력하게 잠에 빠져 있었다. 격한 감정은 전부 고요하게 가라앉은 채 가슴이 규칙적으로 들썩거렸다. 그는 포개진 아름다운 두 손이 위로 올라갈 때마다 그녀의 심장이 뛰고 있음을 알 수 있었다. 대리석으로 만든 그 어떤 조각상이든 저 아름다움의 절반도 따라가지 못하리라. 빼어나게 아름다운 외모의 이면에는 진실하고 상냥하고 헌신적이고 애정 넘치는 영혼이 자리했다.

가스파르는 천사같이 차분한 얼굴을 바라보면서 희망이 부풀고 있음을 느꼈다! 미소가 그녀 입술에 화환처럼 얹혔다. 그는 자신도 모르게 미소 지으며 그것을 행복의 신호로 받아들였다. 그런데 갑자기 그녀 뺨이 붉어지고 가슴이 불길하게 들썩거렸다. 까만 속눈썹에서 눈물이 한 방울 떨어지더니 이내 주르륵 흘렀다. 그녀가 몸을 뒤척이면서 소리 질렀다. "안 돼! 죽으면 안 돼! 내가 그의 족쇄를 풀어 줄 거야. 내가 그를 살릴 거야!" 가스파르가 손을 내밀었다. 그는 위험천만한 침상에서 떨어지려고 하는 그녀의 새털 같은 몸을 떠받았다. 그녀가 눈을 뜨고 연인을 보았다. 운명의 꿈을 꾸는 내내 자신을 지켜보았고 자기 목숨을 구해 준 연인을.

꿈을 꾸었건 꾸지 않았건 마농도 잠을 푹 잤다. 아침이 되어 눈을 뜬 그녀는 주변에 사람들이 웅성거리는 광경을 보고 깜짝 놀랐다. 작고 적막한 예배당에 태피스트리가 걸리고 제단은 금빛 성배로 장식되어 있었다. 사제가 무릎 꿇은 멋진 기사들과 미사를 올리고 있었다. 마농은 거기에 있는 왕의 모습을 보았다. 그녀는 또 다른 이를 찾으려 했지만 보이지 않았다. 그때 동굴로 통하는 철문이 열리더니 가스파르 드 보드몽이 들어왔다, 아름다운 콩스탕스를 데리고서. 헝클어진 머리에 하얀 드레스를 입은 콩스탕스는 미소와 홍조가 감도는 감개무량한 표정으로 제단까지 걸어갔다. 연인은 함께 무릎을 꿇고 두 사람을 영원히 하나로 맺어 주는 사랑의 서약을 읊었다.

행복에 젖은 가스파르가 콩스탕스의 꿈 이야기를 들은 것은 한참 뒤의 일이었다. 지금은 그저 행복감에 젖어 있었지만 너무도 큰 고통을 겪었기에 그녀는 사랑을 죄라고 생각하며 사랑과 관련한 모든 것을 끔찍하게 여긴 시절을 치를 떨면서 돌아보았다. "공포의 그날 밤 나는 여러 가지 환영을 보았어요. 아버지와 오라버니들이 천국에 계신 것을 보았죠. 가스파르가 신앙심 없는 자들과의 전쟁에서 승리를 거두고 앙리 왕의 궁정에서 총애와 사랑을 받는 모습도 보았지요. 저 자신은 수녀원에서 몹시 비통해하거나, 신부가 되어 부족함 없는 행복이 주어진 데에 하늘에 감사하거나, 또 울면서 슬픈 나날을 보내기도 했는데, 갑자기 제가 이교도의 땅에 있는 것 같은 생각이 들었어요. 성녀 카타리나께서 눈에 보이지 않게, 신앙심 없는 자들의 도시에서 저를 인도해 주셨어요.

저는 궁전으로 들어가서 승리를 기뻐하는 악한들을 보았습니다. 곧이어 그들은 지하 감옥으로 내려가서 축축한 지하 납골당과 흰 곰팡이가 핀 낮은 통로를 더듬더듬 지나더니 유난히 캄캄하고 끔찍한 방으로 갔지요. 바닥에는 헝클어진 머리카락과 엉겨 붙은 무성한 수염에, 흙 묻은 누더기를 걸친 사람이 누워 있었습니다. 그의 뺨은 창백하고 눈에선 생기가 사라지고 몸뚱이는 해골과도 같았지요. 뼈밖에 없는 몸에 헐렁한 족쇄가 채워져 있었어요."

"그런 제 매력적인 모습과 멋진 옷차림이 콩스탕스의 마음을 누그러뜨린 거지요!" 가스파르가 자신과 전혀 무관해 보이는 모습을 묘사하는 콩스탕스의 말에 넉살을 피웠다.

다시 콩스탕스가 말했다. "제 가슴이 속삭였어요. 저게 다

내 잘못이라고. 꺼져 가는 생명을 되살릴 수 있는 사람은 그 생명을 파괴한 장본인뿐이라고! 어둠 속에서 제 발치에 누워 있는 그의 쇠약한 모습은, 살아 있는 행복한 기사일 때와는 비교도 되지 않을 정도로 제 심장을 뜨겁게 만들었어요. 제 눈을 가렸던 장막이 떨어지고 눈앞의 어둠도 걷혔지요. 태어나 처음으로 삶과 죽음이 무엇인지 알 것 같다는 생각이 들었어요. 저는 죽은 사람을 상처 입히지 않는 것이야말로 살아 있는 사람이 행복해지는 길이라고 믿어 왔는데, 그것이 얼마나 사악하고 헛된 믿음이었는지 깨달았죠. 그 믿음 때문에 증오와 불손에 선과 미덕이 깃들어 있다고 잘못 생각했던 거예요. '죽으면 안 돼요, 내가 족쇄를 풀어 당신을 구해 줄게요, 당신은 사랑을 위해 살아야만 해요.' 저는 그에게 얼른 달려갔어요. 꿈에서는 내가 당신에게 죽으면 안 된다고 다그쳤지만 실제로 죽을 위기에 처한 것은 나였죠. 처음으로 삶의 진정한 가치를 깨달은 순간 당신의 팔이 나를 구했고, 나를 영원히 축복해 주는 당신의 사랑스러운 목소리가 들렸어요."

추천의 말
예언의 조각들

김하나(작가)

매우 중요한 SF 걸작이자 그 장르의 효시로 일컬어지는 『프랑켄슈타인(Frankenstein)』을 써서 불멸의 이름이 된 메리 셸리. 그는 엄마와 이름이 같다. 엄마 메리는 딸 메리가 태어나고 11일 만에 산욕열로 세상을 떠났다. 엄마 메리는 『여성의 권리 옹호(A Vindication of the Rights of Woman)』를 쓴 근대 최초의 페미니스트이자 당대의 지성인 메리 울스턴크래프트다. 그는 여성이 낸 책에 대한 비난과 비아냥을 피하기 위해 처음에는 익명으로 책을 출판했다. 그러나 그는 훗날 출판사로부터 일감과 비용을 받으며 지속적으로 글을 쓴 최초의 여성 작가가 된다. 딸 메리에게 자신을 낳고 죽은 엄마의 육체나 온기에 대한 기억은 전혀 남아 있지 않았지만, 딸은 엄마의 저작들을 통해 그의 사상과 경험을 상속받았다. 딸 메리는 책벌레였고, 집을 나와 엄마의 무덤에서 오랜 시간을 보내며 책에 빠져들곤 했다. 그리고 그 무덤가에서 몰래 연인을 만나고 결국에는 집을 떠나 도주한다. 훗날 결혼해서 '셸리'라는 성을 주는 그의 이름은 퍼시 비시 셸리. 그들은 유럽 곳곳을 방랑한다. 그 방랑 중에 메리 셸리는 『프랑켄슈타인』을 썼는데, 처음에는 그의 엄마처럼 익명으로 출판했다. 오랫동안 『프랑켄슈타인』은 남편인 퍼시 비시 셸리의 작품으로 여겨지거나 적어도 그의 조언이 크게 작용한 작품으로 알려졌다. 그러나 현대의 연구에 따르면 그의 기여는 미미한 것으로 추정된다.

작품집 『강변의 조문객』에는 『프랑켄슈타인』에서 드러나는 메리 셸리의 특징이 곳곳에 스며 있다. 그가 영국을 떠나 방랑하던 세월 동안 보았던 이탈리아, 스위스, 프랑스 등의 이국적인 풍광이 배경으로 등장하는데, 단순히 배경으로만 머물지 않는다. 해변, 호수, 바위산, 달빛, 곶, 파도 등의 풍광은 하나의 주연으로서 이야기에 독특한 정서를 드리우고 때로는 스스로 말을 한다. 이를테면 「꿈」에서 '성녀 카타리나의 침상'이라 불리는 신비한 암붕과 그곳으로 가기 위해 통과해야 하는 동굴의 이미지는 그 자체로 이야기의 구조에 중요한 역할을 한다. 또한 그 다양한 풍경 속을 질주하며 쫓고 쫓기는 추적의 이미지도 반복적으로 사용된다. 엄마의 무덤가에서 책을 읽던 책벌레 소녀답게 메리 셸리의 작품들에는 고딕 소설적 분위기가 드리우곤 하며 유령처럼 으스스한 존재가 나타난다. 「불멸하는 필멸의 존재」나 「변신」에서처럼 외양과 내면의 괴리나 이격 또한 그의 관심사 중 하나다. 죽음과 사랑이 교차하거나 죽음을 딛고 완성되는 사랑의 모티브로 이야기는 종종 귀결된다.

액자 구조를 여러 겹으로 사용하는 것도 메리 셸리의 특징이다. 『프랑켄슈타인』에서도 그는 이야기의 화자를 과감하게 바꾸며, 작품의 한중간에서 이제껏 적대적 타자였던 괴물의 내면으로 들어가 그가 스스로의 마음과 외양에 대해 성찰적으로 이야기하게 한다. 이렇듯 다중적 화자와 중층적 이야기 구조는 작품의 인상을 두텁게 하는데,「강변의 조문객」에서도 이러한 기법이 끝없이 변주된다. 모든 단편 속에는 이야기를 들려주는 지금의 화자가 있고, 때로는 그 이야기 속에서 또 이야기를 들려주는 화자가 등장한다.「유프라시아」에서 화자는 있는 힘을 다해 듣는 이를 구해 낸 뒤, 죽어 가면서 자신의 옛일을 들려준다.「보이지 않는 소녀」에서 화자는 뻔뻔하게도 자신의 이야기는 오로지 진실하며 가식이 없다고 피력하는데, 이는 마치 현대로 치면 페이크 다큐멘터리 영화의 도입부처럼 보인다. (영화 이야기가 나와서 말인데,「악마의 눈」마지막 부분에서 과감하게 젤라의 시점으로 이야기를 옮겨 짧고 강렬한 결말의 이미지를 보여 주는 기법은 지금의 눈으로 볼 때 참으로 영화적이다. 물론 메리 셸리는 영화라는 매체가 탄생하기 훨씬 전에 이 작품들을 썼지만.) 독자는 이야기하는 화자의 현재를 배음처럼 깔고 이야기 속 이야기로 인해 쌓여 가는 화성을 그 위로 겹쳐서 경험하게 된다. 그래서 이 작품집을 읽으면 그 길이에 비해 훨씬 더 많은 목소리가 중첩되어 들리는 듯하다. 마치 스베틀라나 알렉시예비치의 노벨 문학상 수상작『전쟁은 여자의 얼굴을 하지 않았다』에서 다양한 여성들의 목소리가 한꺼번에 겹쳐지듯이. 그런데 메리 셸리는 여성임에도 그의 작품 속에서 여성 화자의 목소리가 들려오는 일은 드물다. 그의 화자는 거의 모두 남성이다.『다락방의 미친 여자』에서 페미니즘 비평가 샌드라 길버트와 수전 구바는『프랑켄슈타인』을 언급하며, 메리 셸리가 만들어 낸 남자 괴물이 실은 위장한 여성일 수 있다고 말했다. 엄마 메리와도 같이, 처음에는 익명으로 글을 발표했던 메리 셸리의 목소리는 여러 남성 화자의 시점으로 이동하며 분열되는데, 그중에는 위장한 여성의 목소리도 적지 않을 것이다. 그런 관점으로 바라보면 이 작품집은 더욱 흥미로워진다.

메리 셸리는 최초의 종말 문학이라고 불리는 『최후의 인간(The Last Man)』도 썼다. 그의 작품 세계가 얼마나 전에 없던 것이면서도 선구적인지 놀랍기만 하다. 그 책의 서문에는 '쿠마의 시빌라 동굴'이라 불리는 나폴리의 비밀스러운 동굴 속에서 얇은 잎사귀에 여러 언어로 적힌 예언들을 발견하는 장면이 나온다. 시빌라는 그리스의 무녀를 뜻한다. 물론 이 서문 역시 사실은 시치미 뚝 떼고 페이크 다큐멘터리처럼 들려주는 소설 쓰기에 대한 비유적 이야기다. 그는 작가가 이야기를 만들어 내는 일이란, 그 연약한 잎사귀들에 적힌 예언을 해독하고 변형해서 모자이크처럼 꿰어 맞추는 작업이라고 말한다. 엄마 메리 울스턴크래프트의 유산이 책을 통해 딸 메리 셸리에게 전해졌듯이, 현대의 독자들인 우리는 메리 셸리가 흩뿌려 둔 또 다른 잎사귀들을 모자이크처럼 꿰어 맞추며 그 유산을 상속받는다. 『강변의 조문객』이 지금의 독자들에게 풍성한 의미를 가지는 이유다.

옮긴이 충남대학교 자치행정과를 졸업한 뒤 현재 번역 에이전시 엔터스
정지현 코리아에서 소설 전문 번역가로 활동하고 있다. 옮긴 책으로는
『그해 여름 손님』, 『파인드 미』, 『아웃 오브 이집트』, 『에이번리의
앤: 빨간 머리 앤 두 번째 이야기』, 『피터 팬』, 『오페라의 유령』,
『버드나무에 부는 바람』, 『호두까기 인형』, 『비밀의 화원』,
『하이디』, 『핑크리본』, 『길 위에서 사랑은 내게 오고 갔다』,
『가디언의 전설 1』, 『우체부 프레드 2: 업그레이드 편』, 『셰이프
오브 워터』(공역), 『인디아나 존스 마궁의 사원』, 『앤과 일곱
난쟁이』, 『나를 괴롭혀라: 좀 더 일찍 알았더라면 좋았을 모든
것』, 『엄지공주』 등 다수가 있다.

강변의 조문객 1판 1쇄 찍음 2024년 9월 6일
1판 1쇄 펴냄 2024년 9월 13일

지은이 메리 셸리
옮긴이 정지현
발행인 박근섭, 박상준
펴낸곳 (주)민음사

출판등록 1966. 5. 19. 제16-490호
서울시 강남구 도산대로 1길 62(신사동)
강남출판문화센터 5층 06027
대표전화 02-515-2000 팩시밀리 02-515-2007
www.minumsa.com

ⓒ 정지현, 2024. Printed in Seoul, Korea

ISBN 978 89 374 3838 7 04800
ISBN 978 89 374 2900 2 (세트)

* 잘못 만들어진 책은 구입처에서 교환해 드립니다.

쏜살　이것은 시를 위한 강의가 아니다 E. E. 커밍스 | 김유곤 옮김

엄마는 페미니스트 치마만다 응고지 아디치에 | 황가한 옮김

걸어도 걸어도 고레에다 히로카즈 | 박명진 옮김

태풍이 지나가고 고레에다 히로카즈·사노 아키라 | 박명진 옮김

조르바를 위하여 김욱동

달빛 속을 걷다 헨리 데이비드 소로 | 조애리 옮김

죽음을 이기는 독서 클라이브 제임스 | 김민수 옮김

꾸밈없는 인생의 그림 페터 알텐베르크 | 이미선 옮김

회색 노트 로제 마르탱 뒤 가르 | 정지영 옮김

참깨와 백합 그리고 독서에 관하여 존 러스킨·마르셀 프루스트 | 유정화·이봉지 옮김

마르그리트 뒤라스의 글 마르그리트 뒤라스 | 윤진 옮김

너는 갔어야 했다 다니엘 켈만 | 임정희 옮김

무용수와 몸 알프레트 되블린 | 신동화 옮김

호주머니 속의 축제 어니스트 헤밍웨이 | 안정효 옮김

밤을 열다 폴 모랑 | 임명주 옮김

밤을 닫다 폴 모랑 | 문경자 옮김

책 대 담배 조지 오웰 | 강문순 옮김

세 여인 로베르트 무질 | 강명구 옮김

시민 불복종 헨리 데이비드 소로 | 조애리 옮김

헛간, 불태우다 윌리엄 포크너 | 김욱동 옮김

현대 생활의 발견 오노레 드 발자크 | 고봉만·박아르마 옮김

나의 20세기 저녁과 작은 전환점들 가즈오 이시구로 | 김남주 옮김

장식과 범죄 아돌프 로스 | 이미선 옮김

개를 키웠다 그리고 고양이도 카렐 차페크 | 김선형 옮김

정원 가꾸는 사람의 열두 달 카렐 차페크 | 김선형 옮김

죽은 나무를 위한 애도 헤르만 헤세 | 송지연 옮김

도리언 그레이의 초상 1890 오스카 와일드 | 임슬애 옮김

아서 새빌 경의 범죄 오스카 와일드 | 정영목 옮김

질투의 끝 마르셀 프루스트 | 윤진 옮김

상실에 대하여 치마만다 응고지 아디치에 | 황가한 옮김

납치된 서유럽 밀란 쿤데라 | 장진영 옮김

모든 열정이 다하고 비타 색빌웨스트 | 임슬애 옮김

수많은 운명의 집 슈테판 츠바이크 | 이미선 옮김

밀림의 야수 헨리 제임스 | 조애리 옮김